高空项目每一步上攀都是接近成功的全新挑战。

断桥一小步，人生一大步。

拓展
TUO ZHAN

不断尝试的过程是最终走向成功的关键，学生在"足够高"项目中的顶端探测。

求生墙上的瞬间是团队成长和成功的见证。

拓展
TUO ZHAN

盲人方阵中不同寻常的沟通和协作是
团队获得成功的关键。

天梯三人行。

项目成功后学生们发自内心的喜悦
溢于言表。

▲充满创造性的团队展示。

▼安全协作向前进。

▲女皇圈中每一个人都在体验着支持与被支持的双重角色。

◀不舍弃、不放弃的精神在求生墙上
下得到充分展现。

拓展

TUO ZHAN

□ 钱永健 著

高等教育出版社

HIGHER EDUCATION PRESS

内容提要

　　本书主要介绍了拓展训练的本质特征和基本规律，对于拓展训练的理论发展和实践研究具有指导意义。书中运用作者亲历的案例，并通过原创的理论和实践总结，全面介绍了拓展的现状并展望了它的未来。书中按照"体能消耗适中、心理挑战较大、团队熔炼为主"的教学思路，将体验式学习、团队学习、求生与避险学习等融为一体，细分了拓展的五个层次、七种性质、八种形式、九项难度指标，并通过"三线教学模型"保证教学全过程的高效实用，为拓展培训和拓展课程提供了参照模板。本书可供拓展培训机构、各类学校、企事业团体开展拓展活动时参考。

图书在版编目 (CIP) 数据

拓展 / 钱永健著 . —北京：高等教育出版社，2009.5
ISBN 978−7−04−026577−4

I. 拓 … II. 钱 … III. 培训 − 方法　　IV.C975

中国版本图书馆 CIP 数据核字 (2009) 第 043608 号

策划编辑	范　峰	**责任编辑**	刘柏才	**封面设计**	王凌波
版式设计	王凌波	**责任校对**	刘　莉	**责任印制**	朱学忠

出版发行	高等教育出版社	**购书热线**	010 − 58581118
社　　址	北京市西城区德外大街 4 号	**免费咨询**	800 − 810 − 0598
邮政编码	100120	**网　　址**	http://www.hep.edu.cn
总　　机	010 − 58581000		http://www.hep.com.cn
		网上订购	http://www.landraco.com
经　　销	蓝色畅想图书发行有限公司		http://www.landraco.com.cn
印　　刷	北京新丰印刷厂	**畅想教育**	http://www.widedu.com

开　　本	787×1092　1/16		
印　　张	22.25	**版　　次**	2009 年 5 月第 1 版
字　　数	320 000	**印　　次**	2009 年 5 月第 1 次印刷
彩　　插	2	**定　　价**	36.00 元

本书如有缺页、倒页、脱页等质量问题，请到所购图书销售部门联系调换。

致　　谢

专家顾问（按姓氏笔画为序）

马欣祥　王纯新　白　刚　朱燕捷　祁国鹰　杜　葵　李　石
李　杰　林志超　郝光安　柯林·比尔德　夏晓敏

支持团队人员名单（按姓氏笔画为序）

马海江　王　勇　王澜沧　邓军文　邢衍安　卢福泉　田敏月
朱连庆　刘　铮　刘振华　闫洪亮　李　伟　李少雄　李朝斌
李德昌　吴尚辉　肖　安　何仲恺　张　锐　张强强　陈　勇
武元朝　周　俊　钱玉龙　钱俊伟　钱雪莉　徐翔鸿　高　航
黄　育　黄烈燕　萧文革　梁忠福　彭　振　董进霞　褚然然
滕炜莹　薛峪霖

支持机构

北京大学拓展训练研究中心

北京体育大学

中国登山协会场地装备器材委员会

东北林业大学体育教研部

江南大学体育学院

北京科技大学体育教研部

中国人民公安大学心理拓展教研室

浙江工商大学体育工作部

中国青年政治学院生命教育基地

体验教育协会（AEE）

北京人众人拓展训练学校

北京奥特世纪培训学校

北京大学附中为明教育培训中心

拓展训练网（www.51tuozhan.com）

序一

初识 Mr.Qian 是在一次户外体验式学习的学术讲座中，他对于相关领域的求知欲让我惊奇。得知他一直在做相关领域的学术研究，并且听同仁说他的书在中国很受欢迎，这让我对中国该领域的学术发展有了新的认识。后来，我们的交流越来越多，对他的了解也越来越多。再次来北大讲学，看到他的新作《拓展》即将问世，并有幸为此书作序，我感到非常高兴。

在户外体验教育快速发展的同时，他也为户外体验教育的文献宝库添上了弥足珍贵的一笔，作出了自己独特的贡献。他将自己对户外体验教育实践的理解诉诸文字，通过自己的亲身体验解读这种特殊的学习理论和学习实践，而这些理论和实践正是当下中国最常见到的户外体验学习的一个分支——拓展。

本书主要探讨了冒险学习、拓展训练的模型以及那些涵盖了体验式学习，或以体验为基础、更宽泛的理念的学习模型。本书潜在的理论基础是对于户外体验学习中冒险精神的认知，在"完整的人身体验"登上主要舞台的时候，人们现在已经认识到这种认知的重要性。

我期望读者可以感受到书中所展现的学习精神，并且在阅读或深入探讨的过程中，享受这一学习过程。

（英）柯林·比尔德

2009 年 4 月 10 日

序二

　　两年前，在《拓展训练》一书出版前，钱永健老师邀我为其作序。看完全书，我认为该书一定会成为中国拓展训练发展史上里程碑式的著作，标志着中国拓展训练理论发展所迈出的重要一步。事实证明，这本书的确做到了，它受到了拓展训练工作者的赞赏和喜爱，多次有人希望通过我向钱老师转达敬意，也让我因为有这样的同事而备感骄傲。

　　拿到《拓展》书稿，发现它超越了过去的模式，从中也让我真正认识了一位学术研究者对拓展事业的挚爱和执著。学校拓展从零起步，如何构建教学大纲？如何设计课程？如何建造场地？如何安排教学？如何进行评估？如何进行改进？如何确保安全？这一系列在今天看似简单而清晰的问题，但在最初的日子里一定让钱老师付出过不少努力与探索。

　　作为体验之后的心得，本书对于认识拓展有太多的价值，它让"模糊的拓展"变成了"有血有肉和充满灵性的拓展"。从定义开始，其后通过不断的分析和总结，寻找到了一些规律并构建出教学模型，以此提出对策和建议，让我们在拓展教学的路上找到了方向。在学校拓展和相关教育模式的发展史上，本书的价值只能用时间来证明而不能由我来评说，但我深信它将为拓展的普及和发展作出极大的贡献。

　　对于开展拓展的学校和希望开展拓展的学校，这是一本需要认真研读的书。对于拓展培训工作者、趣味活动组织者和喜爱挑战活动的团队，阅读此书也可以得到很大的帮助。

北京大学教授　郝光安

2009 年 3 月 15 日

写在前面的话

经过十余年的发展，拓展作为一种教育模式终于回归学校。拓展在丰富培训功能的同时，也给了学生们一个体验学习和释放情感的舞台。

拓展的成长是和诸多拓展人的不懈努力和孜孜追求密切相关的，正是这些值得尊敬的拓展人无私地伸出一个坚实的臂膀，让后来者可以站得更高，看得更远，极目远眺时有了新的视野，也有了更多的思索与回望，从而有了研究与探索的勇气。

从什么是拓展开始研究，渐渐地了解了拓展的层次、性质和形式，掌握了拓展的学习基础、模式和流程，探索出了拓展的锻炼价值和课程设置等。从拓展作为学校的一种活动方式变成了一门课程，从试着教学到制订出教学大纲，从趣味游戏学习到有规律的课程项目体验，从简单的活动介绍资料到严谨的教案，这些变化无不体现着拓展在不断地进步，尤其是专业的拓展教材的出版，必将为拓展的快速发展铺设一条高速路。

从尝试教授拓展课到从事拓展教学研究，许多人为我提供了坚实的臂膀作为支撑，我很感激他们。这种感激无法用言语表达，我于是默默耕耘，希望能够将他们的经验总结出来，和大家一起分享，同时接受大家的批评和指正。

几年来，太多的人和我在一起努力，他们给了我太多的帮助，这些帮助已经不需要一一列举，只是一个坚定的眼神就可以告诉我——共同前进。这些人是我在拓展教学实践和研究活动中最重要的团队成员，在此向他们表示真诚的感谢，这些人中有家人、老师、朋友、同事、学生，还有所有被拓展感动过的人。

I

夕阳下回望银杏树旁的高空断桥，未名湖反射的光影让飘渺的身影忽大忽小，果敢与坚毅的学生在那里拼搏。是在拼搏吗？我一次又一次地问自己，难道不是吗？桥下的呐喊与鼓励可以告诉我们答案。

　　一小步的跨越是人生一大步的预演，成功了！

　　眼底何止断桥路，心中隐映天堑通。

钱永健

2008 年 11 月 18 日

目 录

第一章
拓展概述

拓展训练像条河，虽然不知道它有多宽，也不知道它有多深，但至少应该知道河水流向何方。

内容提要

本章以翔实的资料介绍拓展的源头、产生与发展，并从广义和狭义的角度对拓展做出了定义；通过介绍 Outward Bound 对我国拓展的影响，继而探讨美国 Project Adventure 和拓展的关系，以及两者对我国拓展形成和发展的作用；梳理了我国商业培训领域的拓展与学校拓展的关系，通过实践分析了拓展是学校传统教育有益和必要的补充。

第一节　拓展的起源

在 20 世纪末，随着我国企业培训的成长与需求，拓展训练（以下简称拓展）在我国苗壮成长起来。几年后，这种备受人们关注的新奇体验学习进入了校园，并很快得到学生们的认可和追捧。学生对于拓展课的喜欢促进了学校拓展的快速开展，校园一隅的拓展课堂掌声雷动喊声四起，学生们兴致盎然，将课堂演绎成一个体验学习的乐园。课外学生组织在一起开展拓展活动，同样的场景展现在许多高校校园，越来越多的人参与其中，感受拓展的魅力。

拓展将体能、心理与社会适应等多种学习目标，设计在"游戏"活动中变为有针对性的"项目"，通过"挑战自我，熔炼团队"的学习，让学生从中感悟游戏内外的道理，并启发学生进行深入的思考，顿

在活动中体验，
在体验中学习，
在学习中成长。

1

悟之后的喜悦与激动让内心充满无以言状的满足，正如我们常说的那样："小游戏，大道理。"将游戏变大就是生活，将道理变小就是真谛，拓展的学习不能仅仅局限在单个的游戏之中，而是寻找游戏之外和其相近的真实生活，将游戏中所学运用其中，正所谓"功夫在诗外"，拓展也是如此。

拓展主要包括水上拓展、野外拓展、场地拓展和室内拓展，水上拓展活动主要在江、河、湖、海上开展，野外拓展主要在山地、沙漠和湿地开展，场地拓展主要在接近自然的人造情境场地上开展，室内拓展既有室外移入室内的活动也增加了更多沙盘模拟游戏和理论教学。纵然如此解释，人们问得最多也最直接的还是拓展是什么？有人认为是户外冒险、新式游戏、绳索课程，也有人认为是定向与穿越、野外生存、划艇泛舟、登山攀岩等，更有人认为是管理培训、心理实验、案例教学等，但这些观点都不能给拓展以最直观的解释。

从广义上讲，拓展是让人们在高山瀚海中迎接各种各样的挑战，从中学会应对一系列困难的能力，尤其是运用身体的各种技能应对生存危机和心理压力的考验，从而获得全新体验改变内心的认知。[①]广义上的拓展类似 Outward Bound，讲究户外特点和冒险技能的学习，注重学生内心的体验感受。

图 1-1　拓展中求生墙对身体、心理、团队都有极高的锻炼价值

从狭义上讲，拓展是将管理与心理游戏融入户外运动元素，按照体验式学习模式进行的一种团队教育活动。校园里开展的拓展课主要是狭义概念下的拓展，大多数活动是让学生获得一些"历奇"的经历，并通过项目设置挑战人们习惯上的"盲点"，以此得到"强烈的刺激"获得全新的体验（如图 1-1 所示）。

在学校，拓展作为一种突破传统教育思维和教学模式要求的全新理念，通常在设定的陌生情景或特定的环境

---

① 钱永健.从拓展训练到体验式学习 [J]. 山野，2007(5).

下，以身体为活动载体，以团队为组织形式，以游戏为活动内容，全面提高学生的身体健康、心理健康和社会适应能力为目标，进而成为全面塑造学生个体和提高团队素质的一种体验式学习模式。拓展以其"体能消耗适中、心理挑战较大、团队熔炼为主"的学习基调，表明这是一个能够全面发展学生素质的课程，成为以素质教育为主导的教育理念实施的实践典范。

拓展作为一个新生事物，想要对它有更多的了解，追寻它的源头和其后的发展历程，对于我们有重要意义。从 Outward Bound 的产生，到 Project Adventure 的出现，以及台湾的探索教育和香港的历奇训练，都是当前开展拓展教学可借鉴的依据和参考。

Outward Bound

Outward Bound 是最早的以冒险为基础的教育活动，Outward 是向外的意思，Bound 喻指去迎接未知的挑战和风险。[1]Outward Bound 作为一种学习方式的名称，被越来越多的人接受，并将它诠释为一艘船离开安全的港湾，驶向广阔无际的大海，去迎接未知的挑战，在面对随时出现的暴风雨和各种困难的同时，也会获得意想不到的机遇。航行中的挑战成为一种难得的经历，最终到达目的地并成为再次远航的经验。Outward Bound 作为一种教育手段，最初是让人们在自然环境的高山瀚海之间充分体验，通过解决一系列困难获得经验，在提高人们生存能力的同时获得内心的反思，并将其在生活实践中加以巩固，从而改变行为习惯。Outward Bound 由海员求生演变而来，并成为现代户外体验式学习的源头。

第二次世界大战时，大西洋上有很多船只由于受到攻击而沉没，大批船员落水，由于海水冰冷，又远离大陆，绝大多数的船员不幸罹难，但仍有极少数的人在经历了长时间的磨难后得救生还。人们在了解了这

---

① Paul Landry.Canoeing.Lyons and Burford Publishers, 2003:4.

图 1-2　带有海上情境的拓展基地

些生还的人的情况后，发现了一个令人非常惊奇的事实：绝大多数生还下来的人并不是最年轻的，也不是体格最强壮的，反而是那些相对年龄偏大的海员。

经过一段时间的调查研究，专家们终于找到了这个问题的答案：这些人之所以能够活下来，关键在于他们有良好的心理素质，他们意志特别坚强，有强烈的求生欲望，家庭生活幸福，有强烈的责任感，善于同他人合作，有丰富的生活经验，当然还有一点点运气。此外，他们不一样的品质还包括团队的协调和配合能力。

当遇到灾难的时候，幸存者首先想到的是："我一定要活下去！"在他们的心中，当时想得最多的是：相信自己能找到办法，努力让自己平静下来，想办法求救或自救。而那些年轻的海员可能想得更多的是：我怎么如此不幸，这下我可能要完了，我不能活着回去了。也有的船员无谓地浪费了太多体力，或者游离了营救的搜寻区域而没能幸免于难（如图 1-2 所示）。

对于海员幸存者的研究，德国教育学家库尔特·哈恩（Kurt Hahn，1886—1974）博士作出了许多贡献。《伦敦时报》撰文说："我们这个时代已经没有人能像他那样，提出如此有创意的教育理念并具备把它付诸实施的天分。"1886 年，哈恩生于柏林一个有地位的犹太家庭，年少的他酷爱野营和探险，在 19 岁那年伤了小脑。为了治疗，哈恩在黑暗的房间里待了一年，并在其间学习了多种身体运动技能。在牛津大学学习时受柏拉图教育理念的影响，他的理想就是创办一所学校，希望通过它来实现一种平衡的、能够全面发展并能对人们在人格和行为上有影响的教育。在应对海上危机时的求生技能训练中，哈恩发现许多训

你的拥有比你所知道的更多！

There is more in you than you think!

——比利时教堂墙上的一句话

4

练求救本能以外的训练价值，并进行总结分析，将研究结果用于人在特殊情境下的各种生存训练。

哈恩以海员求生为契机深化他的教育理念，并于 1920 年在德国办了一所寄宿学校，将其命名为萨拉姆学校，也叫和平学校，作为校长哈恩开始他最初的教育活动。作为犹太人的哈恩后来被迫来到英国，并于 1934 年在戈登思陶恩建立了一所学校，帮助英国士兵和当时的年轻人，后来这个学校搬迁到威尔士。和平学校一直没有像哈恩想象的那样发展壮大，直到他和戈登思陶恩的船业大亨劳伦斯·霍尔特（Lawrence Holt）相识后，两人对海员遇险的共同关注，促使哈恩提议他们联合办学，并于 1941 年在威尔士的阿伯德威成立 Outward Bound 学校。

霍尔特认为，"由于错误的培训，在鱼雷击中的商船上许多海员不必要地失去了生命。和饱经风霜的老手不同，较年轻的海员没有经历过风雨，没有学会依靠自己智慧摆脱困境的能力，并且缺乏和同伴无私合作的信念。"霍尔特说："我宁愿在大西洋中把救生艇给一位八九十岁的老水手，也不愿把它给一位完全以现代方式培训出来的、没有经历过海上风雨的年轻航海技术员。"并坚持"阿伯德威的训练必须要在海上经历风雨，而不是在海上观光，这样才能造福各界人士"。

Outward Bound 学校除了训练年轻海员、工厂的学徒、警察、消防员以及军校学员，还有从普通学校放假或者就要参军的男孩子，他们都成为学校的学生。当时一个月的课程包括小船驾驶训练、要达到合格标准的体能训练、用地图指北针跨越乡村的越野训练、救援训练、海上探险、穿越三个山脉的陆地探险以及对当地居民的服务活动。活动主要由体育教师组织实施，活动中有严格的纪律制度。

> 冒险和挑战、差异和包容、社会和环境责任意识、品性形成、通过体验学习、同情和服务意识。
> ——Outward Bound 的核心价值

到这里来的年轻人一批又一批，始终不变的是，当他们被告知在近 30 天里要实现的目标时，这些年轻人表现出质疑甚至觉得荒唐。可是他们很快被这些活动吸引住了，年轻人尝试完成各项艰难的活动，通过训练许多年轻人深深地喜欢上了这个最初让他们讨厌的活动。学校的一位老师这么说："他们抱着错误的目的来到这里，离开时却会因为正确教导的结束而留恋。"

在这所学校里，通过在海上、山谷中、遍布湖泊的野山以及沙漠中的磨炼可以得到生活的体验。从最初在阿伯德威的日子开始，Outward Bound 发展至今已经是世界上最有影响的户外体验式学习组织之一，它们一直秉承着哈恩和霍尔特的基本理念，即在自然的环境中获得挑战的深刻体验，通过这种体验个体能够建立起对自身价值的认知，整个小组也会更清楚地意识到人类之间的相互依靠，以及所有人都要关心处于困境和危险中的人们。[①]

1946 年，Outward Bound 信托基金会（Outward Bound Trust）在英国成立，目的是推广 Outward Bound 理念并且筹集资金创建新的 Outward Bound 学校。Outward Bound 信托基金会拥有 Outward Bound 的商标，掌握着该商标使用许可证的发放。1962 年，科罗拉多 Outward Bound 学校成立，并于 1963 年正式从 Outward Bound 信托基金会获得了许可证书。1964 年 1 月 9 日，组成 Outward Bound 法人组织（Outward Bound Inc.）的文件在美国起草，法人组织最初的创立者是小威廉·考芬、约翰·开普、艾伦·麦克洛伊、乔什·曼纳和小约翰·斯蒂文斯五个人。随后的数年间，Outward Bound 学校在世界各地不断成立，实践着 Outward Bound 的教育理念。美国 Outward Bound 组织也逐渐发展成为 Outward Bound 国际组织（Outward Bound International Inc，简称 OBI），目前其办公地点设在美国犹他州的德雷伯市。[②]

我们难以改变生命的长度，但我们可以改变生命的宽度，更重要的是努力体验其中的深度。

Outward Bound 国际组织下属的学校（简称 OBS）已经遍布全球五大洲，共有 40 多所分校，这些分校秉承了哈恩的教育理念，受训人员包括学生、家长、教师、企业员工和各级管理人员。在亚洲，新加坡最早建立了 Outward Bound 学校。1970 年，中国香港成立了 Outward

① Josh L Miner, Joe Boldt. USA Outward Bound[M]. Seattle: The Mountaineers Books, 2002.

② 资料来源：http//:www.Project Adventure.org.

Bound 学校，这是中国第一个加入 Outward Bound 国际组织的专业培训机构，1999 年该组织在广东肇庆建立了 Outward Bound 基地，成为该训练组织下属的内地第一个培训基地。[①] 此后，日本、马来西亚先后引进了这种体验式教育的课程模式。由于这种体验式教学模式适应了当今时代对完善人格、提高素质和回归自然的需要，成千上万的人参与其中，一同感受 Outward Bound 带来的令人震撼的学习效果，参加此类课程成为现代人生活的新时尚。

美国 Project Adventure 的开展

Outward Bound 得到认可后，慢慢地被教育系统的人士关注，他们派了很多教师和学生参加体验活动，此后普通学校和 Outward Bound 进行了多领域的合作，有一段时间 Outward Bound 在学校中也设立了一些分支机构，并被称为"学校中的学校"。Outward Bound 在许多教学研究人员的关注与研究下，理论更加丰富，课程体系日趋完善，并且将它的学习规律回归到体验式学习，在其他学科和不同领域内大胆地结合与使用，取得了良好效果。

1951—1952 年，美国人乔什·曼纳（Josh L. Miner）在戈登思陶恩任教，受到哈恩教育理念的启发和对 Outward Bound 价值的认同，意识到美国也应该建立 Outward Bound 学校，并于 1962 年将 Outward Bound 引入美国。直到 1971 年，Outward Bound 才得到学校教师的关注，这位教师就是当时的马塞诸塞州密尔顿韦恩哈姆高中的校长杰瑞·皮赫（也被译为杰瑞·佩）。他的父亲是明尼苏达外展训练学校（Minnesota Outward Bound School）的创立者。杰瑞·皮赫在父亲的影响下，一直尝试将外展训练的活动内容与活动方式应用到学校教育中[②]。但是 Outward Bound 的课程要求过于严格，而且时间跨度较长、经费较多，很难组织广大青少年参加。长期观察与分析后，皮赫决定将 Outward Bound

---

① 资料来源：http//:www.outwardboundchina.org.
② Josh L Miner, Joe Boldt. USA Outward Bound[M]. Seattle: The Mountaineers Books,2002.

与学校课程结合，将原来只在野外实施的冒险性户外运动，如攀岩、泛舟、登山、露营等进行简化与改良，将部分活动在保留原有的活动理念的基础上，使其成为可以在学校内开展的情境模拟活动。这些活动以游戏的形式开展，通过有针对性的游戏感悟活动蕴涵的主旨。

> 激发自尊、帮助他人、服务社会、放眼未来。
> ——Outward Bound 的使命宣言

Outward Bound 与学校教育的结合，目的是服务于体育课和文化课。它的课程主要以美国基础教育法第三案为主，1971 年以"Project Adventure"（简称 PA）为名，确定教育方案并上报美国联邦教育局，得到认可后成了全美中等学校的教育课程。1972 年 PA 正式进入美国学校，并被全美教育普及网络评选为"全美优秀教学大纲"。PA 在美国学校的开展给美国学生带来了许多冒险的机会，学生们也对这种活动的形式表现出了较大的热情。PA 作为学校课程的发展只在部分地区得到开展，与此同时 PA 作为一种培训活动却不断发展壮大，除了针对青少年之外也吸引了越来越多的成年人士参加。随着发展 PA 逐渐又进入了企业管理培训领域，开始提供更多元化的服务，逐渐形成了非盈利性国际教育组织——PA 组织（Project Adventure Inc.）。

Project Adventure 通常称为"历奇训练"，Project 是活动项目，Adventure 为冒险之意，Project Adventure 可解释为"不同寻常的经历"或"体验冒险性或激动人心的经历"，因此把它叫做"历奇"是比较恰当而又有意境的解释。"历奇"中所说的冒险不是单纯地指参加高危险的活动，而是包括参加陌生的、新奇的、有挑战性的活动。

经历一些新奇的、未曾尝试过的或固有习惯的"盲区"都是历奇的过程，包括从克服困难中获得成功与失败的经历，在看似受挫的行为中获得成长的经历，在思维突破后获得感悟的经历，都属于历奇的过程，这个过程其实就是一次很有意义的体验与学习。

PA 最初只强调对体能活动的影响价值，由于团队学习成为活动中的重要形式，PA 转为培养个人成长与团队动力、团队绩效的学习。PA 有些活动对人身体具有一定的危险性，而绝大多数的活动对人身体的风险不大，但对于参训者的心理却是一个巨大的挑战。历奇注重心理挑战与体能消耗的合理搭配，这个过程从形式上看接近体育游戏教学法，都是让学生积极参与并获得经验，只是"历奇"更注重学生的体验感受而不是对身体生理的影响。

PA 在鲍勃·伦兹（Bob.Rentz）和卡尔·朗基（Karl Rohnke）等人的推动与发扬下，在美国得到快速发展，并很快在全世界推广开来，他们的宗旨是"冒险的深度体验"（Bring the Adventure Home）。在此课程的基础上于 1974 年发展出另一课程机构"历奇为本的辅导"（Adventure Based Counseling），今天它已成为全世界较有影响力的教育机构。

拓展训练与培训

1995 年，随着我国企业培训的成长与需求，北京出现了第一所拓展训练学校，当时命名为"北京华融拓展训练学校"。这是最早开始在国内开展拓展课程的培训机构。时至今日，拓展在我国已日趋成熟，特点鲜明，深受企事业组织的青睐。当初的北京拓展训练学校已发展为拥有十余家分支机构和 40 多个拓展培训基地的人众人教育集团（Group）。

"拓展训练"一词是我国对这种体验式教育的本土化认知，是最早进行实践的刘力等人对它的命名，也是"人众人"培训机构的注册商标。由于拓展在培训领域所带来的潜在价值和震撼性效果得到了广泛认可，在十余年的发展历程中，正如它的名字一样在不断"拓展"，现今已由课程产品发展成为一种教育理念和学习模式，同时得到了学校教育系统的认可，并应用到相关的许多领域（如图 1-3 所示）。[1]

拓展以"挑战自我，熔炼团队"为目的，使参与者在完成一系列的活动后得到锻炼，从而获得不同寻常的体验。我国拓展从对企业的培训活动开始，尤其是对于团队精神的培训引起了前所未有的震撼，很快得到越来越多的企业认可。客户群体的增加促使越来越多的培训机构参与其中，包括各级各类的培训学校、户外运动俱乐部、管理咨询公司和旅行社都开始组织各种各样的拓展培训活动，活动课程也日益丰富起来。

---

[1] 钱永健．拓展训练 [M]．北京：企业管理出版社，2006：4．

图 1-3　拓展挑战成功后的喜悦发自内心

　　拓展在近几年的发展中，课程出现了多元化，活动项目也日益丰富，以拓展经典的活动项目为主体，结合野外运动项目、室内游戏项目，甚至在年会、旅游中穿插拓展项目。拓展在培训领域的发展，丰富了我国培训领域的内容，同时带动了和培训相关的旅游经济，也为我国传统教育增添了一份有益和必要的补充科目。

学校拓展

　　1999 年，我国拓展训练在经历了四年的发展和提高后，和学校教育在培训活动中有了第一次亲密接触。北京大学、清华大学的 EMBA 学员把拓展纳入课程体系之中，让学生到拓展培训公司参加拓展活动。几乎在同一时期中欧国际工商学院、中山大学岭南学院、浙江大学、中国工商管理学院、暨南大学等学校的 MBA/EMBA 教育中，也纷纷把拓展作为指定课程内容。这种训练模式对于他们打破坚冰，迅速熟悉并获得相互信任提供了非常大的帮助，对于其他课程的导入和学员长期工作后适应再回校园学习有很大帮助，因此备受学生推崇。

北大国际MBA入学教育就选择拓展训练的野外课程作为第一课：Full-Time学员过草地，草地需要长时间的跋涉，考验学员在两年的时间中善始善终，因为态度决定一切；Part-time学员爬高山，爬高山需要坚强的意志，需要学员在工作时间外，有足够的毅力走完艰苦的学习旅程；EMBA学员走沙漠，而穿越的沙漠，对那些平时生活优越的EMBA学员则更是一场严峻的挑战。[①]

一段时期学校参加拓展仍然沿用培训领域的拓展课程，除了参加为数不多的野外拓展课程外，大多数学校参加的拓展培训活动主要是场地拓展——学员们被接到指定地点，统一安排食宿与行程，培训结束回到学校后拓展活动结束。由于参加学员主要是高校商学院的成人学员，课程的随机性、组织的松散性和考核的随意性，使拓展培训活动很难成为学校学分体系中的正规课程。这种活动大多需要学生走出校园，到野外或郊野的拓展场地中参加活动，由提供拓展课程的培训机构组织教学，授课教师为所在机构的专职或外聘培训师完成。这时的学校拓展只是学校教育与拓展课程的"商业性"结合，并不能真正成为学校教育中的主体课程，并会受到诸如培训公司变化、培训师流动、课时不确定等多种因素的影响，很难按照学校教育的既定方式进行推广。

早期开展拓展课程的学校秉承了它的参照者"Project Adventure"的许多特点，尤其是保持了"以体育教师指导、以体育课的形式开展"的本色。我国最早开展此类课程的北京大学和北京师范大学等学校，都是在体育课上开始并且由体育教师参与授课。

在体育课上开展的该课程作为"拓展训练"的代表，有时被称为"学校拓展训练"，也有的学校叫做"素质拓展"。从概念的角度分析学校

① 北大经济研究中心网站：http://www.ccer.pku.edu.cn.

拓展是拓展训练的狭义概念，但它是未来发展中"拓展训练"的中坚内涵，因此成为本书探讨的主体，并将它简化称为"拓展"。此外有些学校在心理学科或管理学科开展拓展训练，也有军事、公安等院校在专业课程中开展拓展训练。它们和体育课中的拓展训练统合，被认为是广义的"学校拓展训练"。由于它的概念的宽泛性和各自的特点，也许诸如"学校管理拓展训练"或"学校心理拓展训练"的名词更利于表明专业特色。

我国拓展训练活动的创建，从训练内容和训练方式上分析，实质上是受国外相关教育与培训模式的影响而产生的。这些模式有些原本就是学校的课程（主要针对青少年进行的课程），拓展明显地带有 PA 的特征。从这一点来说，拓展进入学校并非"引入"而是"回归"。吸收国外相关课程的精华，结合国内学校教育的特点，对于拓展在我国的持久健康发展极具价值。

在校大学生参加的拓展课程，设定教学大纲，确定学分和上课时数，由学校的教师组织并在学校的专用基地上课，是学校拓展的真正开始。但是，不可否认的是，我国学校拓展和商业拓展培训有直接的关系，许多课程的选择、改造、创编都有商业培训活动的影子，包括管理制度和指导学生行为习惯的养成方式，甚或学校教师的最初来源都得到了拓展培训活动的支持。此外，商业经营的构架对学校拓展训练的教学大纲也有些许的影响（如表 1-1 所示）。

表 1-1　培训领域的拓展与学校拓展的差异

类　别	培训领域的拓展	学校拓展
参加人员	企业团队	学校学生
组织形式	统一参训	个体选课
学习形式	短期集训	学期课程
学习价值	组织成长	个体成长
学习目的	团队绩效	素质教育
学习课程	项目排列	项目设置

类　别	培训领域的拓展	学校拓展
费用支付	组织付费	免费课程
教学基地	郊野基地	校园场地
师资力量	随机安排	长期固定

进入 21 世纪，随着我国教学改革和新课程的不断引入，大中小学校都通过各种活动方式尝试开展过拓展训练。各级各类学校陆续将拓展项目引入课堂，尤其是将户外活动类课程和一些趣味项目与竞技性较强的游戏项目引入课中，按照拓展所采用的体验式学习方式进行活动，也有些学校只将一些简单的低风险游戏项目引入课程，从团队教育的角度开展活动，为学生提供了很好的学习机会。

第二节　拓展的发展

早期的拓展是结合中国本地特点形成的一种特殊的培训方式，运用体验式学习、冒险学习和团队学习的理念，既保留了在山野与海洋中进行体验的本源思想，也加入了风险可预知和操控的人工冒险情境设施，以此给人们接近真实的活动体验。从管理培训的角度制定课程，借用体育教学和户外教育的方式，延用团队旅游的组织方式，利用多学科的文化底蕴，给中国拓展指明了一条特殊的发展方向。

拓展在不断的普及与完善中进行细化，出现了一些新的发展趋势，也正是这些新趋势所共有的特点，成了拓展的本质特征。

1. 管理培训为主导的拓展（如图 1-4 所示）。主要目的是培训企事业团体人员，挖掘员工的潜能与激情，提高领导与主管们的管理技术水平，从而使团队更加团结、更加有凝聚力，继而创

图 1-4　拓展训练发展新趋势

建企业文化，培养团队精神和团队行为意识，最终为企业创造高绩效的工作打造氛围。这是企业在"以人为本"新的管理理念下的，对人力资源的充分投资与利用，常被称为"拓展培训"。

2. 休闲旅游为主导的拓展。主要是为了提高都市人的生活质量，在余暇时间走出城市，走进大自然去愉悦身心、享受生活。主要是到旅游景点和度假村，在专门的拓展场地和休闲活动场所中边玩边练，边练边学。带有游玩特色的拓展也是一种体验消费行为，是体验经济下的一种产物，有时也被认为是"体验旅游"。

3. 课程教育为主导的拓展。以学校课程为主要开展方式，以心理、管理学科和体育学科为载体，进行有针对性的教学。绝大多数学校以体育课为主，在当前素质教育、健康教育、人本教育和"三自主"关于"放开"和"开放"的思想指导下，社会上时尚的、新兴的、有用的新运动形式走进体育课堂，拓展以此为契机进入课堂，以弥补传统学校体育的某些不足，从而培养出更加全面的身体健康、心理健康，有较强社会适应能力，有较强创新思维的人才。这类拓展训练被称为"学校拓展训练"，也是本书所说的"拓展"的主要内容。

拓展在对企业团体的培训活动中，注重管理理念的导入和分析，将活动中出现的现象与学员的反思和管理理论逐步结合，使项目活动包含了更深的内涵，这缘于最初接受培训的学员主要是 MBA 学生和企事业组织的管理层人员有关，这种特色在现阶段仍然十分明显。随着企业员工的全员参与和逐渐普及，拓展的管理特点更多地向社会行为理念转化，许多参加者更愿意以旅游的形式为员工组织拓展活动，活动逐渐向轻松和娱乐的方向发展；企事业团体借用拓展的游戏项目组织趣味比赛，媒体或者一些机构组织娱乐挑战活动等，使拓展的形式更加多样化；户外运动俱乐部将拓展作为户外游戏进行练习，以此增加户外技能学习的有益元素；青少年素质教育引用相关活动形式开展有针对性的训练，进行班级主题班会或德育教育，丰富了拓展的实用价值；学校体育课将其列入其中供学生选修，不仅丰富了体育课的范围，也对其他体育课的教学方式有很大帮助。

拓展的形式和内容的多样性给了拓展更多的生机，运用拓展的活动形式开展各式各样的活动，提高了拓展活动本身的利用价值，但如果活动的立意是为了教育而非娱乐，那就不能抛弃拓展的训练主旨，不能流于形式而降低了对团队和个人的培养价值。[①]随着拓展在学校的深度发展，拓展课本身会更加细化，最重要的是拓展又是一种开启思维和方法的学习，它的许多学习方法和思路，以及它所具有的交叉学科特点，会使拓展成为丰富相关领域的一种"技术"，从而带动其他相关方面的新发展。

户外运动的新发展

我国学校开展的拓展课，从实质上讲属于户外体验式学习的一种，虽然大多数活动和课程只是在模拟户外情境，但是课程中不断强调的户外特点，会使学生产生更强烈的户外参与意愿。对于一些和野外工作相关的学校或院系，将拓展课作为参加野外学习的导入课程，是最好的一种方式。在我国，作为户外体验活动，拓展将成为体验教育本源的"最近发展区"，在大自然中体验能够给我们更多亲近自然、爱护环境、感悟生活、尊重生命的机会。

1. 场地带有极强的户外特色。绝大多数的学校在建设拓展场地时，都喜欢建造一块岩壁，或者在高大的攀岩场地的边上零星地建造几个拓展的高空项目设施，希望拓展与攀岩建立一个紧密的联系，这对于两者的发展都有帮助。比如，北京大学、中国地质大学、东北林业大学等学校都采用这种模式，整个场地气势宏伟、功能齐全，充分展现了拓展的户外特点。

2. 器械使用和户外运动相同。拓展的高空项目活动中用于保护的器械，基本和登山与攀岩所使用的器械相同。保护绳为常规的登山用绳，锁具、安全带、上升与下降装置，都是沿用登山运动中的器械或参照登山的器械标准制定。这些器械的使用方法也和登山与攀岩活动的使用方法类似，比如绳结的使用方法以"布林结"和"8字结"为主，保

---

① 钱俊伟. 高校拓展课程的开展研究[D]. 北京：北京体育大学，2006.

护动作为"五步收绳保护法"，攀爬与下降的要求也和攀岩相似。

3. 多数教师有户外运动经历。大部分的拓展教师都喜爱户外运动，有些教师是攀岩或登山的爱好者，有些教师曾经是定向越野教师，有些教师喜欢参加穿越、野外生存等活动，这些教师对户外运动的热爱有助于拓展的开展。另外一些教师是拓展培训公司的客座教练，他们除了在拓展场地上引导学员活动外，或多或少都要接触一些户外运动（如图1-5所示）。

图1-5　户外运动是拓展教师的基本功

拓展在学校开展一段时间后，学生会有走向野外的需求。部分学校依山傍水，景色宜人，必将引导学生在野外参加一系列活动，使学生感悟自然。户外运动与拓展的紧密结合，是拓展内容更加丰富和全面的重要一步，也是户外运动趣味化的重要一步。

体育游戏的新发展

我国学校里的拓展作为一个专项进入课堂后，主要作为体育课多元化的一种补充课程，但从本质上讲拓展和许多体育活动相似，有许多类似游戏的活动成分。拓展作为体验式学习模式，从操作层面上高于简单的游戏过程，拓展按照体验式的学习模式注重活动之后的反思和归纳整合两个阶段。拓展在开展时要把握学习的重点，避免学习过程流于形式，更不能直接从体验阶段跨越到应用实践阶段，而忽略了反思和归纳总结两个阶段。拓展不仅重视体验和实践，更注重体验后的反思和归纳总结的完整性，传统的体育项目也可以尝试借鉴这种学习模式，适当改变一下教学流程或许会产生意想不到的效果。

许多体育游戏经过改变或者组合之后，就能够成为极具价值的拓展活动项目。一个精通体育游戏的教师很容易在拓展教学中发现游戏的成分，同样一个好的拓展工作者也一定是一个游戏高手。用拓展的学习方式开展游戏教学，是体育课的一个新趋势。游戏加入拓展课的教学元素，能够更好地激发学生的兴趣，能够使游戏更加刺激并蕴涵哲理，让学生在体验中得到一种不同寻常的快乐。

> 用游戏启迪学习胜过上百次的说教。

丰富的体育游戏与拓展学习模式的结合，是一个双赢互惠的模式，它对于体育游戏课将是一个重要的改变，能够丰富游戏的内涵和游戏的外延，至少对于传统体育课的热身环节是一个大的突破。

体育教学的新发展

学校体育长期以来存在着一种现象，很多学生"喜欢体育但不喜欢体育课"。拓展课的教学形式给学生全新的感觉，学生喜欢并愿意为此付出自己的努力，究其原因是由于课程将活动项目与文化内涵紧密结合，活动形式灵活多变，活动结果的不唯一性且活动成败均有收获。在传统的教学中，教师是教学的中心，学生只是需要专心听讲，认真记笔记、认真模仿即可。[①]而拓展则以学生为教学过程的主体，强调学生的主动性、积极参与性，在特有的情境中激发所有学生积极努力地"挑

---

① 方红，顾纪鑫. 简论体验式学习[J]. 高等教育研究，2000（2）：82～84.

战"。拓展重在参与，假若没有这种参与，就没有经历，也就难以产生任何体验，更谈不上学习过程的完成。

拓展教师通过调动学生的学习兴趣，增强了学生主动参与体验的学习积极性，将被动学习变为主动学习，把"要我学"变成"我要学"。在学习中采用拓展活动项目学习，学生不是被动地和单向式接受知识、技术，也不再是娱乐活动，学生在各种"乐趣"之中挑战、感悟、反思，从做中学，在学中乐，学生乐于这种学习方式，从而实现了真正的"寓教于乐"。

以拓展的活动模式做参照，可以让现有的体育项目更加吸引学生，并且充分体现学生的主体地位。比如运用组合类项目"挑战150"的思路，将篮球的技术进行组合，将个人挑战与团队配合相结合进行设计。把"不倒森林"的木杆用篮球代替，可以加入转体或加大间隔进行传接，把"能量传输线"设计成用人体伸展双臂面对面或背对背传输，加上受指令"盲人定点投篮"，蛇形运球穿越人桩等。活动中的各项技术本身不用教师教授，让学生通过自学和互学进行解决，学生在挑战时更多的注意力放在提高团队协作的能力上，而这种能力又是由个人技术的增强作为基础，于是他们便会更加努力地练习。

教学中通过不断变化项目，而且又是普通学生力所能及且又可以提高的技术，都能引起学生的兴趣，而且也会有更全面的锻炼价值（如图1-6所示）。

图 1-6　拓展的理念在体育教学中大有用武之地（前排右一为作者）

网球课上利用拓展的团队学习模式，将学生分为2个组并简单地组建团队，通过组间竞争与比赛，组内互相帮助和不服输的信念，学生们非常积极和认真地在课上学习，在课后组织一起锻炼，不仅提高了球技还加深了同学之间的感情。一个学期的课程结束后，学生们对这门课的眷恋和喜爱不亚于在拓展课上达到的效果，这在学生对这门课程评估的极高评价中就能体现。[①]

分组教学是体育课的一大特点，但是简单随机的小组搭配很难让学生感受团队的价值，引用拓展课上的团队学习方式，将学生分成人数8～15人的小组，利用拓展的团队建设方法，对小组建设进行辅导，在课上利用小组之间的关系，对学生的竞争热情和合作意识都有帮助。

将拓展的体验式学习和团队学习方式与体育课结合，随着拓展在学校的不断开展和深化，必将成为一个热点，也将成为未来体育课程改革的一个亮点。

体育课与专业课结合的新发展

学校拓展课在专业特点明显的学校开展后，紧密结合相关专业，利用相关专业的优势资源，利用体育教学的方式和拓展的教学理念，使拓展成为极具价值的"多面手"。在美国，利用体验式学习模式，哈佛大学医学院首创了"以问题为本的学习（PBL）"模式，旨在解决医学院的教学与学生在未来工作中所面临的真实情境和复杂问题相脱节的问题。中国人民公安大学开展的"警察心理行为训练"，也是拓展作为课程在学校的新发展，至今已经在全国成立了9个训练中心，成为拓展课程新发展的典范。拓展在旅游专业的学校与院系中，也深受师生们的青睐，并成为旅游经济开拓未来市场，开创旅游新思维的重要载体。

拓展在与专业课程结合时，促使专业课程与体育教学进行了全新的合作，创新了新的合作模式，达到了取长补短互相包容的效果。有些院

---

① 钱永健. 北京大学教学总结 [Z]. 北大体育部内部资料，2004.

校在专业课前先进行拓展活动，通过提高学生的热情与认知，随后利用拓展课的方式开展专业课程的学习；有些院校先进行专业课的基础知识学习，然后将学习的理论设计到拓展活动中去，尤其是一些管理专业的院校，采用这种方法收到了很好的效果，甚至将其定名为"商战拓展"或"商战特训"等；有些院校是由体育教师组织拓展项目实施，由专业课教师进行分享回顾和理论提升，共同完成拓展课的整体学习。不论采用哪种方式，只要是将拓展的理念和课程很好地结合，就会收到很好的效果。

学校培训功能的新发展

学校在肩负对学生进行教育的同时，也担负着对社会进行培训与传授知识和文化的功能，许多院校或院系都有专门培训机构。由于参加培训的学员往往来自不同的地方，彼此之间的熟悉程度不够，加上大多数学员都是有工作经验的成年人，突然回到教室会有不适应的感觉。这些机构在开展培训工作时，将拓展课程引入学校，在培训课程开始时将拓展作为第一课，可以让学员很快地熟悉起来，并且对学习有了新的认识和突破，于是学习起来劲头更足了，方法也更得当了。

各级各类的党校和干部培训学院，学校的成教学院以及体育教研部门，对拓展在学校的培训活动充满了热情。如，北京大学体育教研部利用近几年的教学经验，从 2007 年起举办了多届全国高校拓展教师交流培训，每一届报名人数都超过预计人数。在参训的老师中就有专为学校开展培训而来的，他们通过几天的学习、训练和研讨后，成功开办了培训机构，并且很好地为学校的培训工作增添了特色，得到了所在主管单位的认可和好评。

拓展在学校培训机构的开展，是拓展对学校功能新发展中最简单、最便捷的一部分。学校在开展中可以最大限度地借鉴商业培训的模式，运用我国拓展培训所积累的经验，依据各自学校的特点和条件，选择合适的课程体系全面开展拓展活动，为学校的继续教育与培训体系服务。

修建专门的训练场地和训练设施，加入场地冒险为主题的中高空训练项目，在丰富学校拓展内容的同时，也让学生们更全面地了解拓展的自我挑战价值。因此，应尽早将拓展纳入体育选修课，制定适合学生特点的教学大纲，由学校自己的体育教师授课，接受学校与学生的课程评估。

随着拓展在学校的深入开展，其表现出了更多"休闲体育"和"实用体育"的特点。本书按照拓展与体育课结合的产物进行表述，力求将其细分并纵深发展，既不排斥拓展与其他学科相结合形成各自的特点，也不希望在体育课开展过程中对拓展进行简单化和歧义化，从而造成以偏概全的理解。

思考题

1. 什么是拓展？你怎么理解狭义的拓展概念？
2. 培训领域的拓展与学校的拓展有什么区别？
3. 拓展的深入发展能带动哪些方面获得新发展？

第二章
拓展的理论基础

18世纪大学里学生学医从解剖开始，学农从种植开始，学哲学从辩论开始，一切知识源于实践，经验来自于自身体验，有了亲身体验才会获得长久的记忆，甚至终身不忘。

内容提要

本章详细介绍了体验式学习的理论、发展与特点，重点分析了团队与团队学习作为拓展学习理论基础的运用方式，并以拓展为基础开展冒险与避险求生学习进行了探讨，以此确立体验式学习、团队学习和冒险求生学习作为拓展理论基础的依据。同时回顾了拓展所涉及的相关学科和理论体系，并阐述教育学、学校体育学、心理学、社会学、管理学等相关学科理论在拓展中的应用。

第一节　体验式学习

体验与体验式学习

"体验"一词的语义在汉语中出自《淮南子·氾论》："故圣人以身体之。"《荀子·修身》也提到"好法而行，士也；笃志而体，君子也。"[①]《现代汉语词典》中对"体验"的解释是"通过实践来认识周围的事物；亲身经历。"[②]"体验"在拉丁文中原来是"经历"的意思，是我们所谓"经验"一词的来源，而根据在古英文及法文中的由来则是表

---

① 辞海编辑委员会. 辞海[M]. 上海：上海辞书出版社，1999: 624.
② 商务印书馆编辑部. 现代汉语词典[M]. 北京：商务印书馆，2005: 1118.

达"实验"之意。现代语言的最直接表达可译作"经验、由经验获得的知识或技术",还可以译作"经历、阅历"等。

体验是一个宽泛的概念,在不同领域又有自己特有的含义,在哲学、心理学、教育学、体育学和经济学中都有各自的观点,不同学者有不同的认知(如表 2-1 所示)。

表 2-1 不同学科中的体验认知浅析

学科领域	主要观点	代表人物	其他
哲 学	体验是生命存在的一种方式,是对存在展开的领会,是直接"经历"的收获	狄尔泰、海德格尔、伽德默等	生命哲学家的认知为主
心理学	一种由诸多因素共同参与的心理活动,主要有主体内在体验、本真体验和高峰体验	马斯洛、皮亚杰等	存在主义构建主义
教育学	知情意不可分割,对体验的改造	杜威、马杰斯等	实用主义、人本主义
体育学	亲近自然,战胜障碍;增强身体与心理能力,培养健全的人格	皮赫、哈恩等	户外体育形成的交叉学科
经济学	体验经济为消费者提供一个体验的舞台	派恩等	现代企业为消费者提供的是一种体验

在体验中学习,对每个人来说都是一种最基本与自然的学习方式。作为体验式学习它的巨大力量在于:它提供了一个基础的哲学理论,穿针引线般将其他学习理论串联起来,形成统一整体。[①]从学习的角度认识"体验",是对"体验"的一种升华,而"体验"时时刻刻都在我们身边发生,那么,体验式的学习方式也就成为我们学习中必然经历的一种。

---

① 柯林·比尔德,约翰·威尔逊. 体验式学习德力量[M]. 黄荣华译. 广州:中山大学出版社,2003: 17.

体验式学习是"人们在以往的体验和知识的基础上，通过自己对事物的经历或观察，有意识或无意识的内化中获得洞察。"[1]这个定义从教育学的角度来看，是对体验式学习很好的诠释。对于体验式学习的概念，美国体验教育协会则认为："体验学习是指一个人直接通过体验而学习知识、获得技能和提升自我价值的历程。"[2]前者从宏观的角度做了概况，后者则从个体学习中进行了细致的描述。事实上作为一种学习方式，凡是以活动为开始的，先行而后知的学习方式，都可以算是体验式学习。

> "我们能体验的最美的事情就是神秘，那是一切艺术和科学的来源。"
>
> ——爱因斯坦

体验式学习从教育的角度出发被称为"体验教育"，其主要的教育哲学及理论架构是整合自以下几位学者的理论，教育家约翰·杜威（John Dewey）的"从做中学"的理论，社会心理学家库尔特·勒温（Kurt Lewin）的"体验式学习圈"理论，认知心理学家让·皮亚杰（Jean Piaget）的"认知发展理论"。他们的理论对于体验教育有非常大的影响，为此后从事体验教育的人员形成自己的理论体系奠定了基础。例如，杜威所提倡的从做中学，一直强调参与实践中反思及分享来学习。现代体验式学习的观点认为：不能将体验式学习简单看作是体验在学习过程中的代名词，体验式学习注重在体验过程中和体验之后的反思，否则体验学习就会成为流于形式的"简单过程"，浪费了许多能够获得知识的"最佳时机"。许多时候这种体验无法重复，每一次体验都会有不同的"经历与感受"，尤其是一些陌生的、新奇的"初体验"，对于学习者的价值也更大。

我国的体验学习是从拓展的商业培训即拓展培训开始的，拓展在经过十余年的探索与发展后，逐步形成一系列各具特色的商业培训活动，包括沙盘模拟、革新训练、解压课程、商战特训等，这些活动共同形成一种培训形式——体验式培训。体验式培训在进入教学与理论研究领域后，自然而然地成为体验教育，接受这种教育的学习即为体验式学习。

---

① 柯林·比尔德，约翰·威尔逊. 体验式学习德力量[M]. 黄荣华译. 广州：中山大学出版社，2003.
② AEE, JEE. 体验教育协会会员资料，1995.

体验式学习理论的发展

从理论层面上讲，成为体系的现代体验式教育的理论和实践都源于西方，而我国在这两方面的研究相对滞后。但是关于体验和体验式学习的理念，我国早在战国时期就有相关的认知，《荀子·儒效》"知之不若行之"，以及后来朱熹将"行"作为一种教育原则，王夫之"知行相资以为用"的著名说法都属于体验学习范畴。纵观现代体验式学习的理论体系，能够对拓展训练有理论发展和实践指导意义的原理和理念很多，尤其是欧美教育界的理论成果极其丰硕。在此通过三个不同时期具有代表性的理论介绍，感悟其不同时期的变化给我们一些启示，并帮助我们认知拓展训练现在和未来发展规律。

> "从做中学"是一种"科学的方法"。
>
> ——杜威

1. 戴尔的"经验金字塔"模型

"经验金字塔"模型（Cone of Experience）又称"经验锥体"，是美国教育家埃德加·戴尔在《教学中的视听方法》一书中提出的一种描述人类感知经验分类层次的锥形示意图（如图 2-1 所示）。由戴尔的经验金字塔模型可以看出，越上层的观念越抽象，教师讲解越费劲，学生也越不易理解。而越下层的观念越具体，教师讲解越省劲，学生也比较容易理解。

戴尔认为学习者如果希望能有效地运用更多的抽象学习活动，就必须先建立许多具体的经验基础，只有在现有的经验基础之上才能对抽象符号的描述赋予现实意义。戴尔通过他的经验金字塔模型，展示了从具体到抽象的划分，表明应该了解学习的难易程度，应该从"具体的—图像的—抽象的"这一过程进行学习，并细分为"实物—模型—影片—幻灯片—平面图—图解—文字"。鉴于此，我们在开展拓展活动时，不仅仅创立一些游戏供学生体验，也需要运用幻灯、影片以及各种道具甚至是儿童玩具。例如，在分享回顾中运用影片《海底总动员》中尼莫和它的朋友们被渔网网住后，尼莫从网眼游出来后指挥大家一起向下游，直至合力将渔网杆拉断的片段，引导学生进行关于"齐心协力、团结共进、领导力产生、团队成功"等方面的回顾，可以给学生更大的震撼，

抽象	人们通常会记得		人们能够(学习结果)	
	10%读过的东西	读	定义 描述	思考
	20%听过的东西	听	罗列 解释	
	30%看过的东西	视觉图像	展示	观察
		录像	应用	
	50%听且看过的东西	观看展览/场地	实践	
		观看示范		
	70%说和写过的东西	参与可以动手操作的研讨会	分析 设计	做
		设计协作课程	创新	
	90%做过的东西	模仿、模型或体验一次课程	评估	
具体		设计/进行课堂报告——做出"真正"的东西		

图 2-1　戴尔的经验金字塔模型

注：本图参考埃德加·戴尔博士的"经验金字塔"模型（1946）和 Wiman 与 Meirhenry 发表在《教育媒体》（1960）的 LLC 版权模型改编而成。此处的"经验"与"体验"所指的意义基本相同，按照已有的翻译译作"经验"。

图 2-2　源于内心的体验——盲人方阵中的学生在思考

尤其是在完成求生墙或电网等活动之后效果明显（如图 2-2 所示）。

　　任何一种学习本身就是一种体验，因为体验无处不在，同样在各种形式的学习中都有体验。长期以来，由于缺乏系统的流程和对体验获得经历的忽略，体验在教育中又容易被认为是一种简单的过程，因此它的价值往往不被认同。但事实上，体验式学习是将身体运动、智力形态、心理变化、感觉情绪、价值取向等整个人的身心行为都包括进去，并且直接感受其中的变化，因而对学习者产生的记忆痕迹也是最大的。戴尔的经验金字塔模型中介绍了学习方式不同时学习效果也会不同，尤其是从具体到抽象的变化中，我们学习后能够留下深刻记忆的知识有很大差别。

我国古代哲人就曾提出"我听，我忘记；我看，我记得；我做，我学到；我教，我掌握。"可见，学生从亲身参与中获取知识，可以牢记所学内容，学习效果明显。戴尔认为我们读过的能记住10％，我们听过的能记住20％，我们看过的能记住30％，我们听说且看过的能记住50％，我们说和写过的能记住70％，我们做过的能记住90％。在很多教育家的理论中都能发现类似理论的痕迹，而且深受现代教育学者的认可。不同于传统学习中学生只需专心听讲，认真做笔记，认真模仿。[①]拓展课以学生为教学过程的主体，强调学生的主动性、积极参与性，在特有的情境中激发所有学生积极努力的"挑战"。

戴尔中肯地认为体验式学习虽然给学生深刻的记忆，但是必须要在具体的学习体验和有限的实践两者之间做出平衡。"经验金字塔"中向上移动，抽象的"媒体"能将更多的信息浓缩在更短的时间里呈现。学生参加的以体验为主的活动和学习中都需要花费更多的时间，同样的信息量利用录像、电影、语言、文字等方式变现出来花费的时间就会减少许多。他举例说，一次户外教学可提供具体程度相当高的学习体验，但需要运用大量的学习时间，而将一个描述相同户外旅行的录像放给学生看，只需很短的时间和花费很少的精力就能完成。

心理学家布鲁纳（Jerome Bruner）认为，教学时最好由直接经验（具体的）到图像描述的经验（图画和电影），最后再到象征性描述（文字）的顺序来进行，因此，教学第一步是辨别学习者的经验层次现状。现代教育技术中如"电脑虚拟空间"及图像描述的教学媒体等可以帮助学生整合经验，可以促进学生抽象概念的形成。

布鲁纳认为有些体验由直接方式得来，有些由间接方式得来。各种不同的体验可以依照它的抽象程度分为10个层次：① 有目的的直接体验；② 设计的体验；③ 参与演戏；④ 观摩示范；⑤ 野外旅游；⑥ 参

---

① 方红，顾纪鑫. 简论体验式学习 [J]. 高等教育研究. 2000（2）：82～84.

观展览；⑦ 电影与电视；⑧ 广播、录音、录像、照片、幻灯；⑨ 视觉符号；⑩ 语言符号。这 10 个层次可以分为三大类：① 做的体验；② 观察的体验；③ 抽象的体验。

戴尔经验金字塔的理论核心是：

（1）经验金字塔越底层的体验越具体，越向上越抽象。

（2）教育应从具体的体验入手，逐步向抽象过渡。有价值的学习必须包含具体的体验。

（3）教育不能仅仅停留在体验的层次上，要向抽象的学习发展并形成概念；

（4）学校要增加教具的使用，提高学生的体验，从而为形成更好的抽象概念学习奠定基础。

（5）金字塔中间的视听教具能够比抽象的语言与文字符号给学生更具体的体验，也能弥补受时空限制的不能实现的直接体验。

戴尔是较早将经验学习进行系统研究的人士之一，从某种意义上讲也是成为体验式学习理论体系的先验者。最重要的是戴尔不仅分析了体验式学习的价值，也中肯地评价了它的优缺点和适用性，并将它与其他学习之间的转化进行了有机的联系。

2. 大卫·科尔博的体验式学习圈模型（如图 2-3 所示）

美国西储大学教授大卫·科尔博（David Kolb）于 1984 年提出了一个著名的、广为人们接受的体验式学习圈模式——"四阶段体验式学习圈"，高度强调一切学习以体验、注意为起点，而后进行反思、内省，同时进行观察与分享，然后在此基础上深入处理和转化、有效地归纳整合，成为对个人成长有用的信息，最后经过实践应用验证它的可行性，并利用经验又进入另一次学习循环。

（1）体验阶段是以活动促进参与者利用自身的身体能力以及团队内的分工协作、沟通、领导与被领导等综合能力，面对挑战或压力获得一些特殊的经历，有逻辑性且循序渐进达到活动的设定目标，并学习到有价值的经验。

学生在拓展课上的体验从教师进行项目的情境模拟开始直到活动项

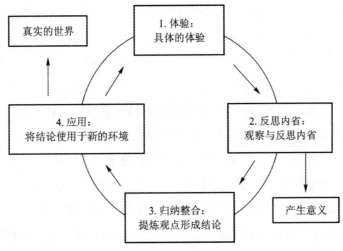

图 2-3　Kolb 四阶段体验式学习圈（1984）[①]

目结束，学生的体验不仅仅是对拓展项目的体验，也包括团队成员之间不断变化的行为方式，这种方式也是影响活动进程和学生心理变化体验的主要因素。

（2）反思阶段参与者通过比较过去的活动和经验，并与团队讨论达成共同目标的基础上，确认团队成员的分工细节，活动时间的分配方式，活动中计划、执行、检查的进展等，从中提高学生突破规则的限制与创新的想法，并从中获得各自不同的内心感悟。

反思阶段对于不同的学生来说会产生不同的反思结果，这些结果源于学生的价值观、个性特征、活动能力等方面的不同影响，拓展活动中鼓励学生个性化的参与和展示，这其实是对学生不同反思结果的认同。

（3）归纳阶段是一个归纳整合的过程，不同的学生会有不同的反思结果，即使同一个人在活动情境变化时反思的过程也会有所变化。将不同的反思作为经验进行有效的连接，形成概念以作为解决问题的最佳应用，是归纳整合阶段的重点。即面对新的环境，归纳吸收个人或他人的经验，有助于个人或团队迅速地对新的情境与挑战建立适应及做出反应。

拓展将分享回顾作为一个重要的环节安排在项目挑战之后，是为反

---

① 　谢智谋．另类学习方式——体验学习 [J]．http://www.aee.org.tw/ex1ea1.doc.

思开辟的一个展示空间，将不同学生的反思进行共享，是对活动中得到的学习理念进行再次的体验，从中可以得到一个具有一定趋向的团队反思结果，这种结果也是对不同反思进行归纳的展示。

（4）应用阶段是体验学习的成效运用于生活的阶段，是个人能够应用参与活动的经验，把所学习到的知识推理到生活的情境之中，然后将这些经验应用到对应的生活情境中的阶段。将活动中导致项目失败的原因进行总结，生活中出现同样的情境时避免出现同样错误，减少不应出现的损失而获得经验积累。将活动中取得的成功进行总结，为实际生活奠定理论与实践经验，帮助我们获得更多更好的行动原动力。

拓展课上教师的总结提升，主要是为了将课上的经验进行强化，梳理出能够为日后可运用的有价值的经验，同时为学生树立一些实际的可接受的愿景，将拓展活动的学习与实际生活紧密结合。

这四个阶段是连续的，且其中的任意一个环节都在随时发生，也就是任何一个经验的产生不但是连续的，也会和未来产生的经验互相影响。每个阶段在学习圈中并不只有单一的方向，因为学习环境、学生之间、教师或引导者、设施及装备等彼此之间不停地互动，将会产生连续性的交互作用。因此，如何在多变的学习环境中，使用合适的活动设计，运用恰当的反思及分享方式，成为体验教学成效的重要因素。①

在大卫·科尔博的学习周期基础上，哈尼和莫姆福特（1992 年）根据人们在学习周期中对各个阶段的偏好，形成了四种不同的学习风格（如图 2-4 所示）：积极型、反思型、理论型和务实型。②

不同类型的人在拓展活动中，对同一个项目的活动体验重点会有所不同，此外活动中也会有不同判断，这些判断自然会在学习周期不同的阶段上有所表现，也会产生不同的判断结果。正是这几种类型的人的存在，团队体验活动时才会表现出个体的多样性，丰富了学习的内容，也增加了学习"乐趣"，还给个体之间创造了互相补充和互相学习的机会。

3. 柯林·比尔德的学习密码锁（如图 2-5 所示）

体验式学习在对那些明显的未知领域进行探索时，不断获取和发

---

① 谢智谋.另类学习方式——体验学习 [J]. http://www.aee.org.tw/exlea1.doc.
② David A. Kolb. Experiential Learning[M]. New Jersey: Prentice Hall Inc, 1984.

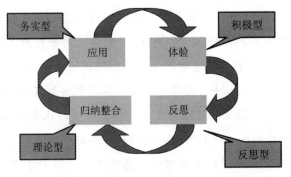

图 2-4 哈尼和莫姆福特体验式学习周期和学习类型

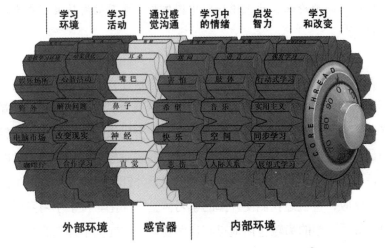

图 2-5 一个简单的诊断工具——学习密码锁[①]

明新的学习元素，这些元素之间组合可以多达 1 500 万种，甚至可以无穷尽地组合。英国著名体验式学习工作者柯林·比尔德博士设计了"学习密码锁"模型，以此形式阐述他的观点。学习密码锁上包含了一系列齿轮，每一个齿轮组合都代表了几乎无限的学习元素，改变其中的任何一个元素，学习的体验就发生了改变，也就创造了更多的体验学习机会。

---

① Colin Beard, John Wilson. Experiential Learning[M]. London: Kogan Page Limited, 2006: 4.

2008 年 5 月 13 日，北京大学"中国体验教育和谐发展"高峰论坛的召开，国际知名户外培训专家柯林·比尔德博士作为主报告人，应北京大学拓展研究中心的邀请参会。比尔德博士和来自全国各地的 70 多位体验式培训专业人士，分享了关于"体验式培训在欧美的教育培训领域的运用"、"体验式学习理论"和"体验教育技术与游戏"等知识，比尔德博士渊博的知识受到参会人员的认可和好评。

　　此外，高峰论坛得到了教育部、共青团中央等相关部门领导的支持，杜葵、马欣祥、王纯新、钱永健等多位专家学者与参会同仁共同分享了国内体验式学习的专题报告。这是我国体验式教育培训领域的一次非常成功的高峰论坛，此次论坛对中国体验式学习的发展具有极大的推动作用。①

　　就其基本意义而言，学习密码锁的概念是建立在人是通过感官与外部环境互相影响的观点之上的。以六组齿轮来表现学习密码锁，视觉化地展现了它具有众多可能选择的复杂性。在密码锁的右边第一组齿轮表现的是一个人的学习方法，即理论与智力形式。与感官和情绪有关的一组齿轮位于密码锁的中央，我们从这里觉察外部环境的刺激并产生强烈的情感反应，也就是我们使外部的学习体验内部化。位于学习密码锁的左边的最后一组的齿轮包括地点和自然要素，它提供了外部刺激和活动环境。②

　　拓展活动中我们对项目进行分析评价时，会发现一些新的元素，在不同学校开展拓展时，学校条件和学生特点促使活动的变化也会出现一些不同于传统拓展的活动元素，我们可以通过加入一些新的元素并把它替换到某个齿轮中，或者添加一个全新的齿轮，这样就可以创造一个符合自己的拓展学习密码锁，来处理自己的学习与挑战。

　　学习环境齿轮主要是参与者在学习时所处的环境状态，这个环境包含户内和户外的各种基本元素，它有可能是地理空间、想象空间、时间

---

①　北京大学体育教研部网站等多家媒体．
②　柯林·比尔德，约翰·威尔逊．体验式学习德力量 [M]．黄荣华译．广州：中山大学出版社，2003：6．

空间或者一个组织的生命周期等。在拓展中主要是让参与者克服一些真实的、模拟的或者想象的障碍，来达到锻炼时所需要的环境要素。

学习活动齿轮通过多种可以提供学习的条件来改变学习者的体验，参加不同的活动会对体验者产生不同的影响。在拓展中参加高空活动会对心理产生较大的冲击，紧张的感觉自然产生，同时影响身体的运动能力，而参加心智类活动对课程理念的记忆会更加深刻，会对学生的思维习惯产生冲击，并对学生反思过程产生深刻的影响。

感官齿轮包含了人体的多种复杂的感觉器官和系统，在一项活动中运用的感官越多，体验式学习的记忆越深刻，从而更加容易回忆起同种情境下的内容。感官齿轮的内容与脑科学之间有密切联系，在拓展中运用尽可能多的感官，将有助于延长学习的效果，并可以提高个人、团队和组织的效能。在拓展中设置"盲人"与"哑人"等活动中运用"切断感觉训练"，不能仅仅认为是减弱了某种感官的能力，事实上应该是加强了其他感官的体验强度，有时被"切断"的感觉在"被迫"停止工作时，感官的功能在体验上并没有停止，而是用替代方式更加积极地参与其中。

学习中的情绪表达了人们凭感觉行动的倾向，在体验式学习活动中，我们需要关注体验者的情绪障碍以及他们的情绪变化，这些情绪的变化在合理的项目刺激和引导下，会产生不同的反应，这些反应在一个人的真实表现上被认为是个人的情商，需要说明的是团队也有不同的"情商"，这些情商对于个人和团队的成功与绩效都有影响。

智力研究的学者们对于智力的多因素认知让我们发现，影响和启发智力的形式多种多样，不同的元素对智力活动的影响来自于对这些元素的体验。拓展对于智力的影响不作为精深方向发展，而是进行全面的和广泛的影响。

密码锁中的最后一个齿轮是学习方法，不同的学习方法对于个体来说有不同的偏好，对于学习小组来说也会受到学习方法的影响。了解学习理论将会帮助我们在已有的经验之上挑选正确的学习方法。无论是个体学习还是群体学习，相对应的学习理论或多或少都和体验式学习相关，包括反思式体验和行动式学习等。

体验学习的特点

1. 体验学习需要让学生真正成为教学的主体

解决学生成为主体的问题首先需要淡化教师的角色，因为在体验学习中，没有人能够真正地教别人什么，在不同时间与不同地点所发生的一切给了体验者各自感悟的机会，学来的"东西"也是各有差别，体验式学习中活动本身才是最好的老师。教师在教学的过程中，扮演的是"助产士"的角色，教师的引导，促使学生反思内省及批判，学会新的知识及概念并内化。

学生在活动中从接受任务起开始挑战直到完成挑战，所有的困难都需要通过现有的资源来解决，这些资源包括可用的场地、器材和道具，也包括学生的身体、智慧和团队协作能力，这些资源的运用能充分发挥学生的主观能动性，除了安全监控之外，这一过程几乎不受教师的任何干扰，从而真实地体现了学生成为教学的主体这一特点。

2. 体验学习的过程是一个完整的系统过程

体验学习的过程从活动的开始就有特殊的计划性和针对性，不能仅仅着眼于"项目体验"这一环节，从而确保团队发展特定时期项目难度对团队行为的调节，也保证了学生个体始终对活动充满惊奇、迷惑、向往和竞争的心理，于是便将个体发展与团队发展很好地结合在一起。卡夫和萨克夫认为体验学习包括以下几个要素：

（1）学生在学习过程中是参与者而非旁观者。

（2）学习活动中个人动机需要给予激发，以表现主动学习、参与和责任感。

（3）学习活动的结果顺其自然，教师不对结果过多干预，更加真实有意义。

（4）学生的反思内省是学习过程的关键要素。

（5）情绪变化关系着学生与所在团队的现状和未来发展。[①]

体验学习的过程大多包括"参与、反思、分享、运用"等环节，这

---

① 谢智谋.另类学习方式——体验学习[D]. http://www.aee.org.tw/exlea1.doc.

些环节互相依存，形成一个完整的系统。此外，协调团队与个人的关系、团队成长与活动项目的配置、教学技巧与学习效果互动等也都是完整系统中的要素。组成一个完整的学习系统需要诸多的要素，不能只片面地关注个别要素而降低了学习的完整性。

3. 体验式学习与传统学习在多个元素上有一定差别

体验式学习与传统学习相比，既有优点也有缺点，在我国作为长期接受灌输式教育的学生，适当接受体验式学习的教育方式，可以达到一个很好的互补和补充，这对于学生的成长是有帮助的，在一些特定的学习元素中，体验式学习的优缺点通过对比可以呈现出来（如表2-2所示）。

表2-2　体验式学习与传统学习对比表

| 基本元素 | 体验式学习 | | 传统学习 | |
	优点	缺点	优点	缺点
学习重点	自己的亲身体验，针对性强理解深刻	缺乏整体性，个体性强不利于系统整合	前人总结的经验、知识和技能，较系统	重点多，学习量较大
学习形式	团队与个人共同学习	人数不能太多，开展规模受限	个人自主学习	略显生涩、单一
学生角色	活动的参与者，易于感悟真谛	随机性大，不利于掌握规律	角色相近，易于教学进程开展	知识的接收者，缺乏主动性
学习方式	主动探索，师生共同主导	教学尺度难以规范	利于统一安排	教师主导，学生被动接纳
学习主体	以学生为主的师生双主体，利于沟通	局限性大，沟通范围受限	由教师主导的学生主体	不利于师生交流
学习特点	个性化、现实化	灵活，但知识量较小	标准化、理论化	教条，结合实践的能力差

续表

基本元素	体验式学习		传统学习	
	优点	缺点	优点	缺点
学习环境	未知新奇，灵活多变，不重身份	投入大，利用率低，危险系数增加	限制性、固定化、强调身份	缺乏新鲜感，容易产生厌倦
学习过程	探索式	多向沟通、六大感官刺激，容易混乱	接纳式	单向沟通、刺激单一
学习效果	素质能力全面提升、学以致用	周期长，知识总量不足	知识面宽，知识量大	高分低能、学用脱节
学习评价	过程与结果相结合、自评互评与教师评价相结合	评价困难，评价意义降低	尺度易于掌握	结果评价为主、单一评价、教师评价

由于体验式学习受条件设施和开展规模、学习效果与学习时间、个体差异与发展思路的影响，它只能是传统教育的一种有益和必要补充。体验式学习只有在传统教育所学知识的基础上，才能够帮助我们在活动后得到更深刻的反思，才能够更快捷、更准确地找到相关知识和实践的结合点，才能够将体验之后的价值和生活紧密相连。

第二节 团队与团队学习

团队概述

提起团队，我们最先想起的是棒球队或足球队，"团队"一词来源于英文 Team 这个单词，Team 在英文里的最初的含义是家庭及其子孙后代。人们还用 Team 这个词来表示套在一起耕地的牛，因为这种方式效果比较好，由此引申出 Team 的另一个含义——协同工作的团队，即大家相互配合取得更好的成绩（Together Everybody Achieves More）。

团队有几个重要的构成要素——5P 要素[①]

1. Purpose——目标

团队应该有一个既定的目标，为团队成员导航，没有目标，这个团队就没有存在的价值。

2. People——人

人是构成团队核心的力量。3 个或 3 个以上的人才可以构成团队。目标是通过人员具体实现的，人员的选择是团队中非常重要的一部分，不同的人通过分工来共同完成团队的目标。

3. Place——团队的定位

需要明确团队的定位与个体的定位。团队在组织中处于什么位置？由谁选择和决定团队的成员？团队最终应对谁负责？团队采取什么方式激励团队成员？个体在团队中扮演什么角色？是制订计划还是具体实施或评估？

4. Power——权限

团队在组织中的权限和组织大小与组织授权有关。团队当中领导人的权利大小跟团队的发展阶段相关，团队越成熟领导者所拥有的权利相应越小，在团队发展的初期领导权相对比较集中。

5. Plan——计划

目标最终的实现，需要一系列具体的行动方案，可以把计划理解成目标的具体工作程序。只有在计划的操作下团队才会贴近目标，从而最终实现目标。

团队的定义是由具有多种综合技能、怀着共同的信念、为完成共同的工作任务而一起工作的一群人组成的工作单位。[②]理解团队的概念首先要了解团队和群体的差异，群体是两个以上相互作用又相互依赖的个

[①] 章义伍.如何打造高绩效团队 [M].北京：北京大学出版社，2004：2.

[②] 斯蒂芬.P.罗宾斯.组织行为学 [M].孙健敏，李原译.北京：中国人民大学出版社，2005.

体，为了实现某些特定目标结合在一起。[①]群体成员共享信息，做出决策，帮助每个成员更好地担负起自己的责任。团队和群体经常被混为一谈，事实上它们之间有很大的区别（如表 2-3 所示）。

表 2-3　团队和群体的区别[②]

类别	团队	群体
领导	领导勇于授权，团队成员共享决策权	应该有明确的领导人
目标	既和组织保持一致，也可以产生自己的目标	目标必须和组织保持一致
协作	积极，齐心协力，和群体有根本性差别	中等程度，有时成员还有些消极，有些对立
责任	领导者负责和团队成员负责相结合。相互作用，共同负责	领导者要负很大责任，基本属于个人负责制
技能	成员的技能是互补，有机组合，形成角色互补	成员技能随机性强，有可能相同也可能不同
结果	1+1 > 2，结果或绩效是由大家共同合作完成的产品	1+1 = 2，绩效是每个个体的绩效相加之和

　　团队应该表现出一些基本特征，这些特征在拓展的团队培养中会有渐进性的表现，有时会比较明显，有时会比较模糊，这和团队本身有关，也和拓展项目对团队表现的要求有关联性。一个典型的团队具有以下几项基本特征：

　　（1）目标明确。

　　（2）沟通便捷。

　　（3）具有共同的价值观和协调一致、相辅相成的思维模式与工作方法。

　　（4）成员在个性、技能、背景、年龄、性别等方面的合理搭配。

---

① 斯蒂芬．P.罗宾斯.组织行为学 [M]. 孙健敏，李原译.北京：中国人民大学出版社，2005.

② 章义伍.如何打造高绩效团队 [M].北京：北京大学出版社，2004：6.

（5）规模适度。

组织行为学研究表明，团队大小与团队的工作及准备有着密切的关系，3人至5人的小规模团队较易得到一致的意见，5人至11人组成的中等规模的团队最为有效，能得到较正确的决策意见；团队成员的极限为25人，超过50人的团队将无法真正按照团队的机制运转。

拓展的班级人数最好为14个人左右的2～3倍，可以将一个班分成2～3个队伍，按照一个教师加每队1个助教的原则上课。拓展课每队14个人左右比较利于课程的开展，人数太多在个人挑战项目上很难在一节课完成，也不利于分享回顾时的多样性认知；人数太少很难应对团队项目的开展，如果有学生请假或缺勤更难完整地开展。

为了完成任务和提高绩效，群体可以在经过学习和锻炼后向团队过渡。拓展课上的学生分班后，最初随机结合在一起进行团队建设，但是仍然不能被称为团队，事实上仍然是一个小群体，这个群体如果不经过特殊的学习和锻炼很难成为有挑战能力的团队，很难在一个周期的学习中有所提升。群体发展到团队需要一个过程，成为高绩效的团队更需要一定的时间磨炼，这也是学生们在最初的几次课上看似很团结，但遇到简单的团队活动后仍然难以高绩效完成任务，甚至会越来越不如初建阶段，是因为大家从陌生时部分人员的"顺从"变得"积极主动"，从而表现出冲突越来越多、决策越来越不容易产生、活动争议越来越大并且项目失败的可能也随之增加。在不断的"打击与挫折"中慢慢学会了团队沟通与协作，慢慢形成团队意识和团队行为，或多或少能够感到团队绩效的提升和团队文化的形成。从拓展项目完成的绩效影响和团队凝聚能力的角度来看，拓展课上的群体向团队发展符合以下几个阶段的发展特点（如图2-6所示）：

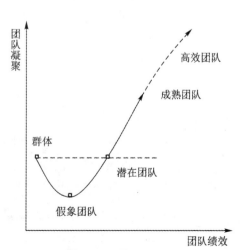

图2-6　团队行为曲线

第一阶段，由群体发展到所谓的"伪团队"，也就是我们所说的假象团队。这个阶段从破冰课后的团队建设开始，在各队组建后看似形成了一个士气高涨、目标一致、进取心强的团队，但这是一个假象，此时团队面对困难和完成任务的能力很低，团队在冲突面前的解决能力很差。

　　第二阶段，由假团队发展到潜在的团队，这时已经具备了团队的雏形。通过 1～2 个项目的训练，尤其是通过个人挑战与团队结合的项目或以个人挑战为主的项目挑战后，团队成员对团队的价值有一定认可，对团队的要素有了一定的理解，假象团队开始向下一阶段推进。

　　第三阶段，由潜在的团队发展成为一个真正的团队，它具备了团队的一些基本特征。通过一个周期或一个学期的学习，通过 2～3 次的团队振荡，团队在接受任务时有了一定的行动准则，团队成员间的互相融合与互补加强，项目挑战能力加强，成功完成任务的几率加大。

　　即使通过一个学期的训练，由于时间有限，项目类别多样，项目的模拟性造成任务的艰巨性较低，团队面对真正困难的能力还有待加强，此时的团队距离高绩效的团队还有较大的距离。但是作为一种学习，学生能够通过拓展感受团队的价值，能够自觉形成团队意识，养成良好的团队行为，为未来适应在团队中工作和生活获得了经验储备。

　　团队的发展具有周期性，拓展活动的安排需要符合团队发展阶段特点。塔克曼在 1965 年提出"四阶段说"，即形成期、振荡期、规范期和表现期。1977 年，塔克曼等人又提出团队发展五阶段，即形成阶段、磨合阶段、正常化阶段、运行阶段和延续阶段。[1]有些时候将其分为五个周期理论进行探讨，即构造期、振荡期、规范期、表现期、休整期五个阶段，拓展教学中习惯按照四个阶段进行分析，即形成期、动荡期、规范期和运行期（如图 2-7 所示）。

　　拓展在一个学习周期中，很难到达团队"运行期"，更多的时间内团队的表现是在动荡期和规范期之间运行。冲突加大而团队状态不佳时，团队偶尔还会重新回到初步形成阶段，任务难度较小加上团队状态较好时，团队也会表现出运行期的状态，但我们不能被假象所迷惑，此时的

① 黑尔里格尔·斯洛克姆·伍德曼.组织行为学[M].北京：中国社会科学出版社，2001：362～365.

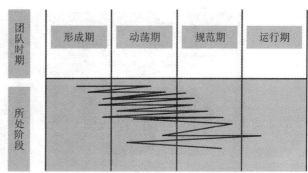

图2-7 拓展课学生团队的团队时期变化图

团队主要面对的还是情境化的任务，一旦回到现实生活中团队的挑战能力就会受到冲击，团队将会出现危机并且需要通过内部协调来完善。

团队学习的概念

团队学习是为发展团队成员整体搭配与实现共同目标的能力，由团队成员一起了解彼此的感觉和想法，凭着完善的协调一体的感觉以能发挥综合效率的新方式，来提升团队思考和行动的能力。[1]

在学校拓展活动中，团队学习就是在团队合作基础上，为达到一致目标完成项目任务，而持续进行的全方位课程学习。团队是所有组成者的团队，团队需要相互合作完成共同的使命，因此，团队成员需要进行合作，这意味着要"发挥整体作用"建立合作关系，需要在团队成员彼此了解对方想法的基础上，通过一种完善的协调机制和团队精神，提高新的协作方式进行思考和行动的能力，这个能力可以通过学习来获得和提高（如图2-8所示）。

将团队学习引入课堂的目的是为了培养团队意识和团队行为，在两者的基础上形成一种叫"团队精神"的无形素质，这对于当代学生进入社会，适应工作环境和融入企业文化有重要帮助。学生在团队学习的过程中，能够培养一种习惯和意识：有些问题需要我们在团队中完成，有些问题的解决需要所有成员共同完成；个人的成就能够提升团队的成

---

① 杨若兰，傅宗科. 第四项修炼：团队学习 [EB/OL]. http://www.stlib.net/2003xcz/disp_theory.asp?sendid=189.

图 2-8　团队学习中的互相鼓励与支持极为重要

就，团队的成功能帮助个人获得更大的成功；团队需要有领导来协调成员间的分工，团队需要不同角色的成员，这有利于培养成员的自我认知和自我管理意识；团队是不断寻求发展的，没有完美的个人，但可以造就完美的团队。

团队的优势在于，一旦制订了统一的标准，每个成员都能够理解，并依此执行，有利于完成一些复杂、松散和艰难的任务。拓展中的团队学习是一种学习的方法，在学生面对人性的弱点时，用积极的方法克服它，使团队的决策和管理在不断的学习中达到卓越。美国著名的组织行为学者阿吉瑞斯曾提出：卓越与平庸的组织之间的差异在于他们面对冲突与习惯性防卫的不同态度，平庸的组织以大部分人所具有的习性来处理冲突与习惯性防卫，亦即以一个防卫来抵抗另一个防卫，再以另一个防卫来抵抗上一个防卫，习惯性地、不自觉地执行下去，而卓越的组织则勇于面对这种人性弱点，指出来并克服它。一个卓越的团队必定存在意见上的冲突，意见上的冲突是一个团队持续学习的最好指标。但是如何使意见上的冲突成为团队学习的催化剂而不是阻碍学习的病毒，则必须有良好的管理方式。[①]

大卫·包姆认为，人的思想是一种集合物，它不但受个人经验的影响，也受环境中人、事、物的影响。思考本身是松散、不严谨或不一致的。因此，必须学习如何与人、事、物作交流。"真诚交谈"的目的在于使团队智慧超过个人智慧的总和，让三个"臭皮匠"胜过一个"诸葛亮"。参与交谈的团队成员并不介意自己的意见或看法是否得到胜利，在此过程中，团队一起思索复杂的问题，各自表达其观点或经验，并自由地对这些观点或经验提出验证。彼得·圣吉对著名的量子物理学家包姆研究出的"真诚交谈"和麻省理工学院系统动力学专家研究出的"管理学习实验室"的理论和方法进行分析，对如何建立优秀团队和团队学习的修炼作了充分的阐释。这两种团队学习的技巧也是拓展中常用的方法。

团队学习的基本规则

拓展按照团队学习的基本原理，帮助学生在团队中学习，按照团队绩效评价学习效果，按照团队的成长更新学习进展，按照团队内部的文化形成帮助团队中的个体学生进行有针对性地发展。从学生选定拓展课开始，他们就需要和其他同学一起，组成一个模拟的团队，一步一步地融入团队在破冰活动中制订的团队文化，有步骤地接受每一节课所面临的任务，包括个人在团队支持下的自我突破和团队之间的合作。为了确保所在团队具有的活力、竞争力和战斗力，团队成员需要达成默契，依据团队学习的规则进行团队发展，这个规则受团队内部与团队外部的各种因素影响，符合规则将会有利于团队发展，产生冲突将会使团队面临巨大的挑战。按照拓展课程要求，拓展团队学习的具体规则包括：

1. 认真制订符合拓展课要求的团队学习教学大纲

具体为学习规划、学习方式和实施方法。

---

① 杨若兰，傅宗科.第四项修炼：团队学习[EB/OL]．http://www.stlib.net/2003xcz/disp_theory.asp?sendid=189.

2. 制订合适的学习目标，并按照团队进展适时修正

为了保证学习目标和学习范围的准确性，一般按照每学期为一个大周期进行，将活动项目的活动层次和难度设置进行合理统筹，制订项目替换的原则和方法，保证学习的规律性和连续性。

3. 确立基本的沟通规则

这些规则可以包括平等的发表自己的感悟，不做针锋相对的辩论，鼓励勇于讲话、限制讲话时间和接受讲话停止命令等，并让团队内每一个成员都了解。各团队可以形成各自团队的沟通原则，这些原则需要通过沟通理论课和教师辅导进行修正和提高。

4. 建设共同的学习平台，积累共享团队学习的资源和成果

学校的拓展课创建的只是一个模拟的团队，团队需要在"课内外一体化"的基础上进行更多的交流和学习，这个学习平台往往以网络交流、课外活动、学习交流、团队友谊共享等形式进行，从而延续团队学习形成的团队意识和团队行为。

5. 适时检验团队学习的效率和效果

活动项目的成败可以直观地反映团队学习的效果，但是不合时宜的项目难度设置将会使团队学习的效果产生假象，这将会挫伤团队士气或使团队妄自尊大，这时候需要及时调节项目的难度或者进行合理的引导，团队处于"动荡期"时的及时调整尤为重要。

6. 尊重团队内个体的快速成长

对团队学习有突出贡献的个人成果进行表彰，允许团队内存在成员间的良性竞争，激发团队的学习热情。

7. 确保一定的学习时间

团队学习符合团队发展的规律，需要经历不同的发展时期才能够使团队走向成熟，进入合理的规范化运作阶段。由于团队在短时间很难成为有较强挑战能力的队伍，领导者领导能力和领导风格不确定，成员角色认定和沟通方式不畅，很难使团队成员感受到存在的价值。

团队的组成和团队的类型不同，对团队学习的原则会有一定的影响，甚至会有一定的变化。拓展课上的学生团队在快速组建和融合中，很容易受到拓展教师的风格和学校本身的文化影响，但是需要把握团队

学习的基本原则，促使团队学习得到持续的提升和进展。

团队学习的意义

拓展课给学生搭建一个认识团队的平台，在这个平台上大家可以了解团队的概念，理解团队与个人的关系。通过团队学习感受团队文化给我

每个英雄都需要一支团队。
——迈克尔·乔丹

们带来的价值，如，团队激励对个人自信心的帮助，团队对个人的支持对完成任务的帮助。理解"没有完美的个人，可以有完美的团队"的内涵，团队可以通过协作的互补性做到最好。

拓展课上的学生团队组建后，在不断的发展与完善中，原本陌生的学生们在面对每一节课的不同任务时，个体学生很难快速进入团队所要求的成员角色，需要一段时间的沟通和融合，逐渐感受团队成长带给自己的体验。建立团队成员之间的开放心态和互相信任，是拓展训练希望通过团队学习感受团队价值的重要基础，只有感受到团队的价值才会在未来有意寻找或者打造一个适合自己的团队，才会努力通过团队成长促成个人的成功。

当团队进入动荡期，接受不同类型的团队挑战活动时，往往活动过程会比较混乱，沟通会明显受阻，活动的结果往往不尽如人意，通过观察会发现有两种团队表现，一种是"武断结论型"，另一种是"难做决策型"（如表 2-4 所示）。

表 2-4　不同类型的拓展课团队在动荡期的表现

类别	武断结论型		难做决策型	
	实施前	实施后	实施前	实施后
决策者	权威个体过早提出方案，一般是队长	运气太差	两个或多个方案，且提出者都具权威	推诿，不认错

续表

类别	武断结论型		难做决策型	
	实施前	实施后	实施前	实施后
附议者	一部分怀疑自己，一部分老好人	方案是大家一起决定	左右为难或"墙头草"	和稀泥
反对者	只能声音微弱	我早就知道这个方案是行不通的	互不相让	责怪对方
气氛	表面和谐	假象和谐，不良行为仍然固执地存在	争执不下越来越僵	不欢而散
结果	鲁莽行动	失败后找理由	达不成结论	失败后互相怪罪

　　这两种类型的团队在活动结束后，总结分享时即使表面上有些感悟，往往内心中仍然认为没有什么可以学习、改进之处，有时候甚至会成为我们常说的"臭皮匠团队"，不良的团队行为和习惯仍旧固执地存在于组织中。这样的团队虽然有优秀的成员，却没有优秀的团队管理方式。在不断失败的"冲突"面前，学生会有不同的表现，例如，2005年北京大学拓展课上曾经出现过队长习惯性"武断决策"，并且总是选择错误的决策结果要求队友执行，在第五节课后全队同学躲到场地的角落，召开会议"弹劾"队长，后经协调和教师辅导队长继续留任并实施授权，一个学期后团队管理方式有明显进步，队长的领导风格略有好转。

　　拓展课上的团队学习是为了团队获得稳定的成长，同时每一个个体都能够与团队一起成长。拓展课上的团队学习能够帮助学生了解团队成长中的要素，深刻地感知个体和团队之间的关系，充分理解团队中的每一个细节对团队成长的影响，最终了解团队学习的努力方向。合理地利用团队成长的要素，能够帮助我们更好更快地组建团队、融入团队和凝聚团队，从而获得团队工作和团队生活的理论经验，为获得适应不同风格的团队和实现自己与团队的共同成长积累经验（如图2-9所示）。

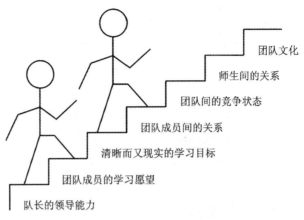

图 2-9　拓展团队稳定成长的要素

拓展活动的小组领导即队长的领导能力和领导风格，对于团队的发展起着至关重要的作用，这也是破冰课在选择队长时教师对队长人选刻意提出多方面要求的原因所在。团队的学习愿望是拓展课中比较积极的要素，学生一般来说自始至终会对每一节课充满热情并为之努力。清晰而又现实的学习目标是由团队成员在学习中制订，并通过不断的努力来实现，目标的制订受教学目标和教师风格的影响。团队成员间的关系对于感受团队的价值，推动团队的发展是最明显的表现因素。团队间的竞争状态在一定的程度上可以推动团队的稳定成长，但是只有竞争而没有合作并不是拓展课的理念，不计后果的恶性竞争在拓展训练中必须及时制止。师生间的关系极其微妙，对学生团队的一味"包容"是溺爱，但是过于严厉的"制裁"也会伤害团队。团队的最高层次元素是团队文化对于团队成长的帮助，能够感受到团队文化对于团队的影响是学生认可团队学习和向往团队生活的最终目标。

正是由于拓展学习中组建的团队和许多的企业团队一样，存在着各种各样的问题，学生能够通过学习了解团队管理方式和如何面对冲突和解决冲突，学会如何倡导和树立团队文化，自觉形成团队行为和团队意识，通过学习获得经历为未来的工作生活提供可供借鉴的经验。

第三节　冒险学习与避险求生学习

如果选择冒险的经历是主动体验，那么避险求生的经历则是被动体验，两者的经历都会是充满刺激和惊心动魄的过程，都会给历险者以极其深刻的记忆，甚至会对自己的人生观和价值观产生改变。作为在校园里开展的一种学习课程，不论是冒险学习和避险求生学习大多都会是在模拟真实情境下进行体验，它能够确保体验对人的冲击在可控范围之内，不会像真实情境下的记忆那么深刻，也不会给人脱离现实的虚无感觉。这些体验带给我们的经验能够在未来遇到类似的真实困境中运用，尽可能多地减少遇险者身体与心理方面所造成的损失，避免不应该出现的痛苦后果。

冒险学习

图 2-10   在冒险中学习可以发现机遇

在冒险中寻找刺激其实就是在冒险中寻找成功。将冒险作为学习方式从古到今一直都没有停止过，因为喜欢冒险是人类的天性。当代大学生受到太多关于不要冒险的家庭教育，于是很少有机会独自或者和伙伴们一同在大自然中探险，但是关于冒险的内心冲动在这代年轻人的心中时隐时现，于是冒险还是循规蹈矩成为一个问题，但最后的结果往往还是选择冒险（如图 2-10 所示）。

《冒险小虎队》一书在人本的意义上赋予了"冒险"以文化内涵，指出"冒险"并不就是寻求刺激，"冒险"是人与生俱来的"心理特质"，人一出生就面临着一个未知世界，恐惧和好奇是天生的，"冒险"是我们面对未知世界寻求探索的一种信心和勇气，适当的冒险学习有益于心智的健康成长。同样冒险学习也能够帮助我们正确认识冒险，将冒险控制在能够学习和可控危害的范围之内，并从中获得快乐与有价值的经验。将冒险设置在课程中是体验式学习的一个分支，体验冒险教育（Adventure Education）是一套在美国推行了 30 年之久的训练课程，此训练和我国开展的拓展培训活动中许多带有挑战与风险因素的内容极其相似。

参加冒险学习首先是一种心态的调整学习，面对将要参加的冒险活动，有些人选择积极面对并勇敢地接受挑战，有些人选择观察后谨慎地试探，有些人选择回避或者放弃，无论哪种选择实际上是心态的调整和内心的特质合而为一的结果。对于团队来说，冒险同样时时刻刻存在，尤其是在未知的领域学习，每一次决策都带有冒险的成分。正是因为团队冒险行为的存在，冒险学习适用于开发与团队效率有关的技能学习，如自我意识、问题解决、冲突管理和风险承担。

> 其实内心中我永远是一个创业者，天性喜欢冒险。
> ——李彦宏

拓展训练活动和拓展课上的冒险学习主要有以下特点：

（1）冒险学习允许参加者在特殊要求的准则下进行自由选择，这种选择对于个体来说是一种保护，但是自己选择冒险与否并不代表不关注同伴的冒险活动，必要时还需要给予同伴鼓励之外的身体活动支持。

（2）冒险学习的参加者和同伴共享一段具有感情色彩的传奇经历，这种经历让每一个人都有获得分享的权力，从而能够对所有人员的心智产生影响。

（3）冒险学习必须建立在个体冒险总结的经验之后，毫无根据的冒险只属于特殊爱好和有一定技能的人，因此，实践科学性是冒险学习的基本要求。

（4）冒险学习必须在有经验的教师引导下进行，指导者有权解释冒险学习中活动的规则，并要求参与者遵守。

（5）冒险学习的每一个参与者都会获得比较类似的经历，冒险学习的结果在对人的影响上应该有向好的方向发展的趋向性。

（6）冒险学习需要在"成功趋向"理论指导下进行，冒险学习成功后带给参与者的"高峰体验"是他们收获的最大财富。

（7）冒险学习难免会有失败，对于失败可能造成的伤害性后果要有预案，包括保险和救治体系，并且要确保不会发生次生伤害。

（8）冒险学习是一个连续的过程，要循序渐进地进行，对于冒险学习的心理影响要在冒险活动之后的一段时间内进行后续的心理辅导。

对于学校内拓展活动中的冒险成分，要在学生选课前进行告知，在课程开展时需要再次就冒险学习的要求进行教育，并可以和安全教育同步进行。破冰课是学生冒险学习概念产生初体验阶段，此后的冒险活动是真正体验冒险学习价值的最佳时期，此时必须再次加强冒险与化解危机的强化教育。

避险求生学习

当我们再一次回到避险求生的话题时，拓展起源于海员求生的故事立刻跃入我们脑海之中，于是拓展本源的认知自然成为我们不得不说的问题，因为有太多关于生存的话题需要我们认真地去分析，需要我们深刻地去认识，更需要我们立刻行动起来去学习。我们不去探讨过于遥远的灾难，我们也不必引用灾难影视的虚构场面，仅仅是 2005 年到 2008 年之间的泥石流、洪水、雪灾、地震，还有车祸、踩踏、爆炸等灾难给我们太多的震撼和警醒。可以肯定，当我们不得不面对各种灾难的时候，学习避险求生将会在未来的几年或者几十年成为我们生活的一部分（如图 2-11 所示）。

图 2-11　求生墙模拟求生训练

避险求生学习可以从理论教育给人以帮助，从中掌握关于它的诸多理论知识，但是如果没有相对真实的情境体验，又无异于水中捞月，就像我们在陆地上想学会游泳，稍有经验的人都会知道入水之后的后果。对于避险求生的许多经验来自于曾经历过的真实事件，但是这种事件的发生并不是我们想要学习的主要途径，而我们更希望将平时所学运用其中。因此寻找一条可行的学习方式至关重要，而体验式学习理念在拓展项目中的体现，将各种灾难和危机中的片段进行可控模拟并运用到学习之中，成为我们学习避险求生的最佳方式，也是我们获得经验、掌握避险求生技能的最有保障的手段。

事实上接受人造情境下的模拟训练，获得真实的经验完全可以帮助我们脱离险境，更重要的是所经历的情境会成为学习技能之外的精神支持，这将是我们避险求生学习更深层的价值。对于此种情境下的学习，我们可以看看下面这个实验：

动物学家做过这样一个试验，将两只小白鼠丢入一个装了水的器皿中，它们会拼命地挣扎求生，一般维持的时间是 8 分钟左右。然后，在同样的器皿中放入另外两只小白鼠，在它们挣扎了 5 分钟左右的时候，放入一个可以让它们爬出器皿的跳板，这两只小白鼠得以活下来。

若干天后，再将这对大难不死的小白鼠放入同样的器皿，令人吃惊的结果出现了，两只小白鼠竟然可以坚持 24 分钟，3 倍于一般情况下能够坚持的时间！

求生获得成功的经验对于求生者的价值，不仅仅是体能的训练，不仅仅是技能的获得，更重要的是一种精神的突破，对于自我生存"极点"的克服，从而获得超出常人想象的生存能力。

美国著名心理学家、哲学家威廉·詹姆士（William James）认为："如果我们被一种不寻常的需要推动时奇迹将会发生。疲惫达到极限点时，或许是逐渐地，或许是突然间，我们突破了这个极限点，找到了全新的自我！此时，我们的力量显然到达了一个新的层次，这是经验的不断积累，不断丰富的过程。直到有一天，我们突然发现自己竟然拥有了不可思议的力量，并感觉到难以言表的轻松。"

灾害生存学习

我国是世界上自然灾害最为严重的国家之一，灾害种类多、分布地域广、发生频率高、造成的损失严重。近些年来，灾难给社会带来的影响程度逐渐扩大化，呈现出多灾并发、点多面广、城市受灾严重等特点。利用灾后给我们的警醒，面对损失惨重的劫后余生，接受求救、避险求生教育，不仅可以在灾难到来时降低损失，也能够从心理上培养一种正视灾难的平常心态。

我国学校教育对于应急生存的安全生活技能教育环节比较薄弱，根本的原因在于我们对自身的"危机求生意识"、"灾难避险意识"等生命教育问题的认识不够清楚，认识避险生存教育的观念还不太理性。这种认识往往需要建立在惨痛的灾难代价之上，从而形成对于避险求生的危机感。

震惊世界的"5·12"汶川大地震给中国带来了巨大的灾难，更给灾区广大的学校带来了难以计量的损失。尽管解放军战士、武警官兵、消防队员等救援队伍夜以继日地奋力抢救，仍然有许多师生被坍塌的楼体掩埋，将永远长眠于地下。但是仍有值得我们铭记和学习的例子：安县桑枣中学叶志平校长强调对学生开展生命教育的必要性，长年坚持组织学生紧急疏散演习。地震发生后，全校2 000多名学生、上百名老师，按照平时演习的路线撤退，无一伤亡，创造了一大奇迹。

通信恢复后，这所学校的老师们在接到家长急切的询问电话时，都会骄傲地告诉家长：我们学校，学生无一伤亡，老师无一伤亡。安县桑枣中学的情况被媒体报道后，在社会上引起强烈反响。人们在感动的同时，也更加深刻地认识到了学校开展生存教育的意义。这些平时不被重视的教育内容，在地震发生的那一刻，却比任何教育内容都有价值，正是基于这样的教育内容，全校师生才能从容、有序地应对生死考验，最终躲过这场浩劫。①

---

① 周润健，蔡玉高. 汶川地震敲响警钟："生命教育"应纳入素质教育 [J/OL]. 新华网，2008-6-4.

学校有意识、有计划地对全体学生开展防灾避险、危机求生的实用教育，利用拓展活动中的教学方法，开展一些伤害模拟训练、逃生方法与生存训练，增强学生在灾难来临时的防范意识和自我保护意识，提高自救自护和互救互助的生活能力和生存技巧，对于提高生存能力获得生命安全有极大作用。

生活中许多情境下的身体运用能力是可以得到模拟演练的，这和军事体育有许多相似之处，尤其关于求生类的活动更是如此。2005年《中国体育报》记者曲晓阳在观摩了笔者的拓展训练课后，就此采访学校体育研究专家曲宗湖教授，他认为在学校里开展拓展课很有现实意义，并特别提到："在日前发生的黑龙江洪灾中，出现了多名学生遇难的情况，这与学生缺乏一定的各种伤害模拟训练、逃生方法与生存训练有关。这类知识作为生活体育的一部分，学校应该有意识、有计划地在学生中开展，提高自救自护和互救互助的能力。"[①]

2008年南方冰雪灾害后，中国灾害预防协会副秘书长金磊接受采访时，他谈到了学校应该树立"大安全观"。对于学生来说，不仅需要有安全知识，还应该具备生存、自救、自护的意识和技能。学校除了要保证学生了解相关安全知识，有时间、有组织地接受相应的安全训练，还要帮助学生树立"安全责任心"。这些，不是一次两次的安全演练、一门两门的安全课程可以解决的问题。

对学生的生命安全教育需要整个学校课程体系及家庭、社会各方面工作的配合。在具体工作层面，学校要充分利用学科课程、选修课、综合实践活动课程、地方课程、校本课程等各种课程形式中显性或隐性的安全教育内容，在教学中对学生进行渗透，还要充分利用班会、队会、参观、演练等多种方式，全方位、多角度地开展安全教育。对于一些需要获得经验的学习，不注重寓教于乐不行，只说不练更不行。

北京大学在2006年重新修建拓展高空场地时，在其中修建了一个

---

① 曲晓阳. 高校体育课"小改革"练拓展 生活体育求实用[N]. 中国体育报，2005-6-15.

"摆荡桥"，就是模拟在地动山摇的地震、波浪起伏的海上等特殊情境中必须通过某段路途，完成任务获得生存的一个练习项目。这种具有特殊针对性的生存练习项目，可以提高学生的应对能力，可以在未来遭遇此情此景时增强自信，可以在生死存亡的关头勇于尝试，从而获得更多的生存机会。这种教育不仅在大学需要开展，在中小学也需要进行相关的教育。

第四节　多学科的理论应用

拓展的教学中，需要运用多种学科的知识，包括课程的组织与实施，也包括课程项目的理念表达。教育学、管理学、心理学、组织行为学、学校体育学等相关学科是开展拓展活动必备的知识。此外还会用到更多学科的交叉知识，比如，高空项目的保护操作需要物理、生理、心理等学科的知识，项目结束后的分享回顾和总结提升需要运用管理学、心理学等相关理论和知识。这些学科的知识从课程设计、项目选择、活动实践、心理辅导和团队管理中都会得到运用。同时，相关学科也以拓展为学习载体，将其理论变得更加丰富、直观、易懂、有趣，使学习者有更多的机会在暗含其理论的活动项目中体验与感悟，在活动后巩固那些终身难忘的知识（如图2-12所示）。[①]

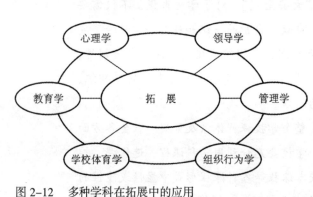

图 2-12　多种学科在拓展中的应用

教育学是开展拓展课的理论依据

拓展活动本身是一个教育过程，对于学生的影响必须符合教育的规

---

① 钱永健.拓展训练[M].北京：企业管理出版社，2006：30.

律，因此，教育学的许多原理仍然是开展拓展的指导原则，教育学自然成为拓展教育价值体现的依据。赫尔巴特指出："教育学作为一门科学，是以伦理学和心理学为基础的。前者指明目的，后者指出途径、手段和障碍。"教育学的许多观点与心理学有直接联系，教育学中认为个体的主观能动性是其身心发展的动力，从个体发展的各种可能变为现实这一意义上来说，个体的活动是个体发展的决定性因素。人的能动性是客观环境不断变化产生的新的要求，新的客观要求为人所接受就引起人们的需求。[1]需求包括生物方面与精神方面两种，这也符合马斯洛的需要层次论。拓展训练能让学生真正成为主体，学生从选课、上课和对课程知识的汲取都具有强烈的愿望。拓展将生活中的许多可能发生的事件，在时间与空间上进行合理的控制，给学生一个新奇、有趣、觉得有能力完成，但又需付出努力的体验，而且这种努力需要个体与团队主动接受挑战，活动的成功与失败完全取自于活动进展的状况，这就引起了学生心理上的需求，促成了学生心理的矛盾运动，成为学生心理发展的动力，推动学生的心理发展。这种状态能最大限度地调动学生的主观能动性，会使学生朝着积极的方向发展。

现代教育理论中关于体验式学习与行动参与式研究等理论对于开展拓展必不可少，此外，我国的拓展在培训领域最早主要针对成人进行培训，拓展仍然保有成人教育中的一些特点，符合成人教育学的基本规律。关于体验式学习在此不再赘述，这里主要介绍行动参与式研究和成人教育学，因为这两方面的理论也为拓展课上的辅导应用提供了丰富的理论依据和实践指导。

教育学中关于行动参与式研究兴起于20世纪60年代，主要发起人是巴西的保罗·弗莱德（Paulo Freire），他在其名著《被压迫者教育学》中提出了"对话式教育"和"行动参与式研究"的主张，批判了以讲解为主要特征的教育形式，认为讲解引导学生机械记忆所讲解的内容，学生成了外来知识的"容器"；教师对学生进行灌输，教育变成了

---

① 王道俊，王汉澜．教育学 [M]．北京：人民教育出版社，1994：2.

一种存储知识的行为。弗莱德认为，教育必须从解决教师与学生这一对矛盾入手，通过调解矛盾，让双方同时互为师生。对话是对话式教育的核心，对人的信任是对话的先决条件。在对话式教育中，教师可以从学生的反思中不断更新自己的思想，学生在与教师的对话中成长。正是在这样的原则指导下，弗莱德又提出了"行动参与式研究"，一种以行动为基础的、旨在调动参加者积极参与的教育方法。此方法的教育思想和流程与拓展的部分程序有极其相似之处。[1]

成人教育学是我国拓展的另一重要理论来源。由于拓展最初广泛运用于成人培训和学校 MBA 学生的训练，大学生在学习中的许多特点也符合成人接受教育的规律。在高校开展拓展可以参考成人教育的部分实践要则，这对于包括本科生与研究生在学习中拓宽学习思路有很大帮助。

（1）成人教育背景和生活经历对于学习有很大的影响。

（2）主动地而非消极地参加学习可以提高学习效果。

（3）激励比批评更为有效。

（4）提倡在"做中学"，在做中体验和反思能使学习效果最优化。

（5）营造一个轻松、愉快的环境，有助于学习者之间的合作。

（6）师生互动能促进教学相长。

（7）学习内容的可选择性要求所学知识能与现实生活相结合。

现代教育理论中关于教学中的互动成为教育探讨的热点，拓展能够在学习中实现教与学的互动性，成为教育研究中值得关注的教学模式。拓展的许多项目是在拓展教师与学生的共同交流与互动中进行的，由于情境的设置，这种互动包括学生与当时情境的互动、学生与学生的互动、学生与拓展教师的互动。

学生自我观察与评价是教育内化过程中的重要组成部分。拓展使学生能够通过互相观察、自我观察反思自己存在的问题，哪些是需要继续保持的？哪些需要改正？这种"行动—观察—反思"的学习模式，能够使自己得到一个"螺旋式"的提高，而不会"波浪式"地起伏，更加有

---

[1] 郝光安，钱永健，钱俊伟，等. 户外体验式学习在高校开展的实践研究 [Z]. 学校体育国家社科基金课题，2006.

助于学习动力的保持，也有助于自我的检查与提高。

拓展从教学目标上是为了学以致用，在课程中学会求生、冒险、团队合作和相关的知识，更好地利用自己身体和心理的控制能力完成任务，更好地学会与他人进行交流、沟通和协作的能力，完成自己和团队的任务，并将这些有益于自己和社会的知识活学活用。

学校体育学为拓展提供了开展平台

我国将体验式学习模式的拓展训练引回学校教育时，有些学校将拓展课安排在不同学科课上。从商业培训领域来看，大家对拓展与体育结缘，尤其是作为体育课开展颇有微词，认为拓展在体育课中的开展降低了其管理培训的价值。但是，一些参加过拓展的教育工作者在体验后认为，拓展作为体育课引入学校比较符合其教学特点，从拓展发展的全过程来看，拓展在体育课上开展有其特定优势。

体育课一般是通过一定的身体练习和体育游戏，促进学生身体的生长和发育，增强并保持较好的体质，发展实用的身体技能，发展有益的娱乐活动技能，发展良好的社会生活习惯，发展学生的创造力和创造才能，培养学生的自信心和协作能力，培养学生吃苦耐劳的精神。拓展的教学目的虽然侧重于心理承受力与社会适应能力的培养，但在学生体适能方面仍具有较大的价值，尤其是应对特殊危机情景下使用身体的能力，以及此情此景下的心理变化与体育活动的竞技过程有相似之处。

体育课与拓展在目的和手段上有许多相似部分，都是通过一定的身体活动，获得一些社会精神等。[1]拓展课程开展与教学方法上符合体育教学的基本规律，教学过程符合体育教学论的要求。拓展中许多项目能够发展学生的身体素质，尤其需要学生固有的、平时积累的、具有生活化的、普通的身体素质，这种素质需在特定时间与空间下，在特有的非常态心理的情境下，合理地运用自己的身体完成一些平时力所能及的事情。这些活动虽然受心态影响大于身体素质本身，但是它可以提高每一

---

① 于振峰，等. 关于拓展训练融入体育教学的理论[J]. 首都体育学院学报，2004（9）15～18.

个人在危机与困难出现时对自己身体控制的能力。身体素质相对较好会提高自己的自信心，能够在项目难度增加时提高自己的应对能力，同样这也能增加学生对提高自己身体素质的锻炼意识，这对于拓展能够进入体育课成为其中一员有重要意义。

美国开展 Project Adventure 时的第一代教练员大多是体育老师，他们身形矫健，吃苦耐劳，能迅速掌握户外活动技术，在组织学员活动方面经验丰富，他们为这个行业的创立做出了贡献。[①]我国学校里开展拓展，最早由一些培训公司的培训师介入，但真正成为课程体系中的一员，体育教师就在其中起到了关键性的作用。学校的体育教师和体育院系的学生在许多拓展培训公司兼职，成为客座培训师后结合自己的专业知识，不断提高拓展的项目操作和监控能力，不仅在培训中受到认可，也为学校拓展的开展积蓄了师资力量。这些教师在学校开展拓展训练依据体育教学的基本规律，结合体验学习的课程理念，为学校拓展的开展奠定了基础。

拓展课的结构与教学方法和体育教学基本相同。体育课将一节课分为准备活动部分、基本练习部分、放松练习部分，拓展将一节课分为热身游戏、活动挑战、活动总结，具体对应起来有很多属于相同或同类性质，这在开展教学时可以得到更好的借鉴和学习。此外，在学生练习时的保护，错误动作的纠正，技术动作的学习和使用等具体细节上，两者也有异曲同工之处。

素质教育对体育课的要求，学校体育课程改革的不断深化，为拓展成为学校课程奠定了良好的基础。拓展在广义体育概念的支持下，成为与体育结合的项目是对体育的必要补充，符合现阶段的体育教学改革趋势和更好地推进素质教育的需要。

心理学是拓展对个体发展影响研究的基础

在心理学领域，与拓展有关的理论很多，主要包括人本主义理论、

---

① 贺恒德，等. 体育院校开设体验式培训课程的可行性分析 [J]. 滨洲职业学院学报，2005（11）39～41.

行为主义理论、认知发展理论和多元智能理论。

1. 人本主义理论

人本主义心理学认为，心理学应该探讨的是完整的人，而不是把人的各个从属方面，如行为表现、认知过程等割裂开来加以分析。学习是为了每一位学习者个人的发展，满足其健康成长、个性整合和素质提升的需要。人的自我认知不是靠外部的灌输或行为的塑造来完成的，必须依靠自己的体验或经验来完成。学习者是主动的、负责任的，有独立解决问题的能力。因此，教育培训应该建立在学习者内在动机的基础上，让他们有权力选择自己的学习内容，对学习感兴趣。这是拓展注重热身破冰环节，制造最佳受教时刻，适时地解说整理引发成长的重要的理论依据。

人本主义心理学的重要代表罗斯杰认为学习可以分为两类。一类相当于心理学中无意义音节的学习，学习者要记住这些无意义的音节非常困难。正如部分院校的讲座，毫无生气、枯燥乏味、无关紧要，那么学员对学习的内容是不感兴趣的。只涉及心智，不涉及个人的情感和体验，这样的学习是不深刻的、无意义的。另一类学习是有意义的学习，这是一种使个体的行为、态度、个性发生重大变化的学习。如果学习者使用一种对自己有意义、有兴趣的方式学习，就会全情地投入学习，学习速度快，而且不易忘记。有意义的学习强调学员的参与性、主动性、渗透性和有效性。

人本主义理论是拓展训练的最重要的理论依据。它提倡以人为本，让学习者全身投入学习，强调老师、学生双主体，老师不仅要教学生知识或教学生怎么学，而且要为学生提供学习环境和资源，营造一种促进学习的良好气氛，由学生自主学习、自主评估，促进其成长发展。

2. 行为主义理论

行为主义认为学习就是学生行为改变的过程，这种行为的改变是学生在不断的实践行为中总结经验。正如生活中很多技能与知识的获得并非先从书本上得到，而是在现实生活中体验总结得来一样，人的经历带来的体验可以促使人的行为改变。拓展虽然以模拟情境让学生感受，但在特意设计的情景下足以让学生获得较强刺激的体验，并在理论提升下使自己的行为得到改变。

行为主义认为，学习者常常会努力完成那些能够达到奖赏的学习任务，而对那些不能带来奖励或带来惩罚的任务则不努力。学习者的内在动机固然重要，但是，通过激励手段可以使他们更努力地学习。在拓展活动中，注重运用对个体和小组的激励，让他们自觉地感受到荣辱感并能促进其齐心协力地学习。运用"成功导向"和"关系导向"的引导方式，适时加以鼓励并引导其以成功为目标，提高个体参与活动的积极性。

3. 认知发展理论

从认知心理学的角度去看，外界对人的心理会产生影响，人是为了对应现实中发生的事情而整理、统合自身的存在，在拓展中规则的制订与活动计划都是事先制订好的，活动中主要是为了解决项目中的各种问题，由于在各个问题的解决过程中，我们会得到各自的认知，在体验后与大家分享，换位思考别人的认知与自己的差异，得到再次的学习。[①]参与拓展时人们针对现实中的问题和事件提出各种各样的看法，这也是拓展的优点所在，这样能够适应多种实用性问题，也是参与者认为拓展是能够更接近生活需要的学习方式的原因。

根据瑞士心理学家皮亚杰的观点，在活动中，个体经历着一个不断同化，适应环境并将外部活动内化为内在的心理活动的过程，这就是从认知发展的理论去看问题的角度。个体要把外部活动内化，前提是要个体参与活动。合作就是不同的个体在为了一个共同的目标而努力时，将自己与其他人的感受和视角有意识地融合起来。合作学习的目的就是促进学会接纳与其他对学习任务持不同观点的组员达成共识，加速其认识上的发展。认知发展理论为拓展的户外教育和小组合作提供了有力的理论依据。

4. 多元智能理论

美国哈佛大学教授加德纳提出了多元智能理论。加德纳认为，智能是解决实际问题，创造出有效的、具有社会价值的服务和产品的能力。人的智能是多元的，至少包括九项内容：语言能力、数学逻辑、视角空

---

① 钱永健.拓展训练[M].北京：企业管理出版社，2006：31.

间、音乐旋律、身体运动、人际沟通、个人内省、自我观察、存在思考。

加德纳教授提出的多元智能理论认为人的智能是多元的，而每种智能都同样重要和有价值，各种智能之间的不同组合，造成每个人在智能上有个别的差异及独特的潜能和专长。每种智能都是可以培养、学习和加强的，利用较强的智能可以加强和发展较弱的智能。

多元智能理论不仅对教师发现学生的智能倾向有帮助，而且对教师发现自己的教学优势、改进自己的教学方法有启发。多元智能理论不仅为学校教育提供了新思路，为素质教育提供了理论指导，也为拓展在教育中的运用提供了有力的理论支持。在拓展活动时，学生不仅脑要想，而且眼要看，耳要听，嘴要说，手要动，脚要动。拓展能够促进学习者更加集中注意力，通过身体神经—肌肉编码增加记忆。在开展拓展的活动中，常常应用音乐、舞蹈等方法和技巧，就是让学生不仅用脑思考，而且调动其身体和所有知觉的参与。

我们注重在参与拓展时的心理感受，同时关注参与者真实的心理反应。拓展的项目作为学习的一个载体，学生在学习时会对学习的过程和结果有不同的认知，会有不同的心理反应，从而得到不同的对心理适应能力的训练。因此，在活动开展之外必须针对不同学生的心理，将某些可能出现的心理学问题提前设计其中，让学生参与活动时自然地得到体验。

社会学帮助我们认识拓展

社会学的理论对于我们认识拓展活动中的现象和规律具有重要作用，许多时候我们在进行拓展教学活动时，一直在使用或者尝试使用一些教学手段或"教练技术"，只是觉得其中具有值得肯定的道理，但并不明白这些道理所蕴涵的规律和已被前人进行总结成为经典的理论。例如，社会学领域中的社会互相依赖理论、群体动力学和符号互动理论都是拓展进行团队学习的理论依据。

拓展的团队学习在操作层面上以小组学习为基础开展，小组中的每一个成员之间在组成小组前是相对独立的个体，小组组建完成后他们之间即刻产生相互之间的联系，这种相互联系在面对拓展的项目时，为了小组的发展和各自价值的实现，组员之间的联系促使他们之间有相互依赖的需要，他们之间所形成的相互依赖促使小组成为一个具有群体动力的整体，这种现象符合社会学中的"社会相互依赖理论"。正面的相互依赖可以达到促进式互动的效果，个人在学习时会相互鼓励、相互协作，从而帮助个体和团队能够更好地完成具有挑战性的拓展项目；而负的相互依赖则会导致对抗性互动，组员在学习时相互贬低，相互干扰从而很难成功完成活动项目，也难以形成有团队精神的小组。拓展在开展时，教师和学生为了完成拓展的学习目的，都需要学习和了解社会相互依赖的理论知识，同时有意识地利用正面相互依赖关系，这和"成功导向"理论有异曲同工之处。

在心理学中我们经常关注"从众现象"，管理学中我们将团队的价值进行不断提升，这些问题在社会学中同样重要，它符合"群体动力学"理论中的"场论"。"场论"是库尔特·勒温的观点，他认为要改变个体，首先应该使其所属"群体"发生变化，这比直接改变个体来得容易。群体行为与个人行为一样，都以所发生影响的、相互依存的事实为基础，这些事实的相互依存构成了团队的本质。拓展强调团队学习的氛围，强调个体的成长与团队的成长同为学习的目标并要协调一致，拓展中要求团队成员加强信任与沟通，形成积极的团队行为和团队精神，这些要求都是为了让学生感觉到团队存在的价值，让学生体验团队成长带给自己的成长动力，并将这些体验与大家分享获得不同的和更加深刻的再次体验，从而形成一个以团队为单位的"场"，让学生在这个"场"中体验，并在体验中获得个体的成长。

符号互动理论的重要代表米德认为，人不仅和他人、环境发生互动，而且还和自己的内心交往，和自己发生互动。拓展注重学生之间、师生之间的互动，并将互动作为"挑战体验"与"反思环节"促进交流的重要部分。互动是日常生活中的普遍社会行为，互动对于学生认识自我和成长具有重要的意义，当学生在一起学习时，每个人的想法都会对其他人产生影响，这种影响如果能够很好地互动，形成良好的积极的氛围，可以为学生学习带来帮助。

管理学是拓展内涵的重要体现

　　管理学是一门永远年轻、充满挑战和变化、而且能够让人激动而又回味无穷的一门课程。在拓展的课程里，会有诸如管理的层级问题，管理者的角色问题，比如"孤岛求生"就将"盲人岛"的角色与任务定义为基层管理者或基层人员，"哑人岛"的角色与任务定义为中层管理者，"珍珠岛"的角色与任务定义为高级管理者或领导层。学生可以通过活动项目了解不同的工作重点，各自也将担负不同职责，高级管理者负责全局的发展与制订长期决策，中级管理者负责执行与实施决策，同时需要起到很好的桥梁与纽带的作用，做好上传下达的工作，基层员工则需要积极主动、努力而有成效地完成具体的工作。同样在这个项目中，层级管理也是我们所要带给学生的项目理念，我们不仅仅要能够"向下管理"，同时加强同级之间的沟通、协调与决策也很重要，除此之外，在项目的支持下，根据学生当时的感悟，我们会强调"向上管理"，这也是管理学中的一部分。学生从中会有所感悟，在一次领导力的拓展培训课上，我的一个学生就开诚布公地说："我原以为对上级领导就是服从，此外的行为都离不开阿谀奉承或献媚，原来获得上级领导的支持也是一种管理。"看着他若有所思地点着头，自言自语地说着"有点意思"并结束发言，我们好像"看到了"一些他的想法。

　　此外，关于管理环境，关于计划的制订，关于组织、领导、控制等理论也会在拓展中时时提起。在管理学中"沟通"是其中的一个重要环节，在拓展活动中，沟通是许多项目中都需要的，此外还有专门针对沟通设计的项目，用以解决沟通对完成任务的重要性的了解。比如，数字传递、信任之旅等是非语言沟通的典型项目，背对背、盲人方阵、堆砌砖墙等是以语言沟通为主的项目，生日排序、摆造型等则以肢体语言沟通为主，在这些项目中，作为观察员或旁观者觉得是一件极其简单的事情，为什么在项目中他们会完成得如此艰难，有时会让人觉得十分好笑，甚至看似荒唐，但当我们结束项目，将出现的问题到生活中对应搜寻，我们会立刻沉寂下来，每一个人都在极其深刻地反思，并希望自己在生活中尽量避免沟通不畅造成的损失。为了能够更好地提高沟通能力，在设计项目时就参照管理学中有关沟通的知识，在分享回顾时会再次就沟通的环节、方法、障碍等进行细致的学习。[1]

其他学科对拓展提供了帮助

拓展作为一门交叉学科，除了教育学、管理学、心理学、社会学等学科的理论运用，组织行为学、领导学等学科的相关理论知识在拓展中处处可见，这些学科是我们开展好拓展课程必须了解和学习的内容，除了与此相关的专业院系学生，普通学生也需要在课内外加强此类课程的学习，从而让拓展的课程更有价值。

图 2-13 拓展中的团队文化由多种学科为基础

组织行为学在我国也经常叫做管理心理学，它是拓展理论体系的一个重要支柱。尤其在分享回顾与心智提升环节上，对于个人挑战项目中关于个性分析、关于知觉与个体决策的联系、关于最优化决策模型，以及价值观的分析、个体的激励等都是经常运用的理论知识点。

对于群体、团队的概念，群体与团队的差异，组织、组织文化，以及其中的经典理论都在拓展中常常提及，当然沟通问题也是组织行为学的一部分，特别是在群体与团队发展的动荡期，拓展教师经常会提醒学生：一个小的抱怨就会让我们的团队建设前功尽弃，一定要多做积极的沟通（如图 2-13 所示）。

---

[1] 钱永健. 拓展训练 [M]. 北京：企业管理出版社，2006：34.

领导力训练是拓展十分重要的一部分，在商业拓展培训中有专门针对领导力的系列课程，拓展能够提高领导能力，这是毋庸置疑的，但它并不是只为领导层的人设置。同样，领导学是为了提高每一个人的领导能力的一门学科，即便我们不是领导，我们也需要领导学的知识，因为只有领导与追随者在不同的情境下互动共同完成任务，才使领导力的效果表现得明显，才会有良好的结果。

"领导"既是科学又是艺术，"领导"既是理性的又是感性的，在拓展的项目中，"领导"行为由于在未知的结果与后果面前，他们无拘无束地将其发挥得淋漓尽致。曾经有学生认为："拓展的项目活动毕竟不是真实的实践生活，我这样做并不能代表我真实的领导行为。"的确，在更加真实的工作生活中，我们可能会考虑得更认真，行动显得更加谨慎，事实上模拟情景下的领导风格与其在生活中的表现具有一致性，[①]在拓展中认识自我的领导潜质对于未来有一定的帮助。

在拓展的实际学习中，只有将活动中的感悟与相关理论体系很好地结合，才能更好地从中学习。

相关学习理念的拓展的支持

1. "从做中学"的思想是拓展的理论本源

19 世纪末 20 世纪初，杜威（1859—1952）从实用主义出发，反对传统的教育以学科教材为中心和脱离实际生活，主张学生在实际生活中学习，提出"教育即生活"、"教育即生长"、"学校即社会"和"从做中学"。杜威主张"从经验中学习"。杜威坚决反对那种把"学习知识从生活中孤立出来作为直接追求的事体"，主张教学不应该直截了当地注入知识，应该诱导儿童在活动中得到经验和知识，这就是"从做中学"。"从做中学"实际上就是"从活动中学"，"从经验中学"。在他看来，没有真正有意义的经验，也就没有学习。

这种学说是以"经验"为基础，以行动为中心，带有经验主义的色

① 钱永健.拓展训练[M].北京：企业管理出版社，2006：37.

彩。[①]虽然这种思想不能成为现代教育的主流，但"从做中学"的思想对后来的教育始终有着较大的影响意义。即使在今天看来，它也能成为现代教育的有益和必要的补充，尤其是在体育、舞蹈、表演等以身体体验为主的学科中，更是必不可少。

2. 情境学习的理论思想对拓展有一定的帮助

阿尔伯特·爱因斯坦曾经说过："我从未教过我的学生，我只是创造了一个让他们学习的环境"。学习的实质是什么？这是任何学习理论都不可回避的根本性问题。认知理论认为，学习的实质就是获得符号性的表征或结构、并应用这些表征或结构的过程。学习更多的是发生在学习者个人内部的一种活动。情境理论则认为，学习的实质是个体参与实践，与他人、环境等相互作用的过程，是形成参与实践活动的能力、提高社会化水平的过程。学习更多的是发生在社会环境中的一种活动。[②]

情境学习是根据杜威和教育学家布朗（J.S.Pown）提出的理论，利用仿真的情境，让学生在体验中学习与应用以提高学习效果。在情境学习的这个理论观点中，分析单位是学习者情境化的活动——是学习者、采取的行动、学习者采取特定行动的原因、所使用的资源、手头特定任务的约束等要素之间的互动。从教学观点看，目标从概念的教授，转变为使学习者进入可能需要使用这些概念和技能的真实任务。正如布朗等1989年所提出的，概念是只有通过使用才能被理解的工具。

巴拉（Barab）认为，设计一个学习环境首先必须明确需要学习什么，和行为发生的真实世界情境是什么。雷斯尼克（Resnick）则认为这些活动必须是真实的，他们必须涵盖学习者在真实世界中将遇到的大多数认知需求。拓展在活动开展时，依据活动设计在布课时进行情境模拟，并按照情境的模拟进行活动引导。活动模拟的情境主要是灾难与风险、战争危机、职场压力等。解决这些游戏活动中的问题是按照当时现实情境中的应对可能性进行的。

3. 建构主义学习理论

建构主义学习理论是行为主义发展到认知主义以后的进一步发展。

---

① 王道俊，王汉澜.教育学 [M].北京：人民教育出版社，1994：8.
② 姚梅林.从认知到情境，学习范式的变革 [J].北京：教育研究，2003（2）.

苏联教育心理学家维果茨基的思想介绍到美国以后，对当今的建构主义有很大影响，维果茨基在心理发展上强调社会文化历史的作用，特别是强调活动和社会交往在人的高级心理机能发展中的突出作用。他认为，高级的心理机能来源于外部动作的内化，这种内化不仅通过教学，也通过日常生活、游戏和劳动等来实现。

建构主义学习关注如何用原有的认知结构与信念来建构新知识，强调学习的主动性、社会性与情感性。建构主义学习理论在学习过程的建构方面对拓展有着最直接的帮助，他认为学习过程包括两方面的建构：一是对新信息的意义的建构，外部信息本身没有意义，意义是学习者通过新旧知识经验间的反复的、双向的相互作用过程而建构的。二是对经验结构的改造与重组。每个学习者都在以自己原有的经验系统为基础对新的信息进行编码，建构自己的理解，而且原有的知识又因为新经验的进入而发生调整和改变，所以学习并不是简单的信息积累，它同时包含由于新、旧经验的冲突而引发的观念转变和结构重组。学习过程并不是简单的信息输入、存储和提取，而是新旧经验之间双向相互作用的过程。这种过程被认为更为重要，因为合理而完善的经验结构有利于日后的实际应用。[①]

学习过程的建构符合拓展的体验式学习基础，与科尔博的体验式学习圈的理论十分相像，对于新旧经验的周而复始的影响与改变十分认同。学习过程的建构也和拓展的"三线教学流程"相吻合，认同对学习过程是学生对新旧经验的反思过程，学习最终的目的都是为生活中的运用做准备。

建构理论认为，学生在日常生活和以往的学习中，他们已经积累了很多经验。当新问题一旦呈现在他们面前时，他们往往可以基于相关的经验，依靠他们的认知能力，形成对问题的某种解释。所以学生是把现有的知识经验作为新知识的生长点，引导学生从原有的知识经验中"生长"出新的知识经验。体验式学习的知识来源和学习结果正是通过这种"生长"获得，拓展的教与学都需要遵循这个理论进行，使学生在既有

---

① 朱文彬，赵淑文．高等教育心理学 [M].北京：首都师范大学出版社，2007：56.

经验的基础上获得更多新的经验。

不同学生基于原有的经验，可能以不同的方式建构对事物的理解，产生不同的建构结果。在学生的共同体中，这种差异本身便构成了一种宝贵的学习资源。教学就是要增进学生间的合作，使他们看到那些与自己不同的观点，从而促进学习的进行。通过合作学习，可以使理解更丰富、更全面。①建构主义学习的这些观点为拓展挑战活动结束后的分享回顾提供了理论基础，为我们确认分享回顾环节的价值提供了依据，也为分享回顾的开展指明了方向。

除此外，后现代主义教育观、合作学习、探究学习、实验室学习等理论对于拓展的开展和发展都有积极的帮助。我们可以从中汲取适合拓展学习的元素，也可以用拓展的学习方式渗透到相关学习理念中，更加直观地验证拓展相关理论的价值。拓展属于一个交叉学科，它既可以在发展中成为独立学科，也可以融入各种学习与日常生活中。

思考题

1. 什么是体验式学习？体验式学习的特点是什么？
2. 团队的概念是什么？如何理解团队与群体的区别？
3. 结合实践分析团队学习的规则是什么。
4. 举例说明避险求生学习的意义。
5. 你怎么理解拓展应用多学科的理论知识？举例说明。

① 朱文彬，赵淑文.高等教育心理学[M].北京：首都师范大学出版社，2007：59.

第三章
拓展的锻炼价值

你本不是天生的王子和公主，但你却一下子就习惯了，并喜欢上坐在明亮、恒温的办公室里……如果你没有只属于自己的干净脸盆就不会洗脸，如果你和三人以上同居一室就不能睡觉，如果没有空调你就不知道该穿几件衣服。对不起，那你真的需要去"拓展"一下自己了，因为你作茧自缚却浑然不知。

——杜葵

内容提要

本章对拓展的"全适能"价值进行概括，并将其在身体、心理和群体三方面的适应能力进行细分。通过"体适能"的概念分析拓展的身体锻炼价值，延伸"心适能"的概念分析拓展的心理锻炼价值，大胆提出了"群适能"的概念分析拓展对学生群体生活适应能力的锻炼价值。

第一节 拓展的全适能价值

传统意义上的拓展主要为企业团队培训服务，为参训团体在团队精神、文化渗透、解决困惑、提高效率和休闲娱乐方面提供帮助。由于参加者大多受所在机构的支持或为授权参训，学习锻炼注重团队学习价值对组织的帮助，参训个体获得自身提高的价值主要表现在未来对组织的帮助上，和所在组织之间有明显的利益关系。

学校学生参加拓展课主要为了满足学校的教学目标，学生通过拓展课的学习增长经历和知识，提高个体的全面适应能力，尤其是按照体育课进行选课并参加学习，学习的动机和目的自然紧扣体育教学的目标——获得全面身心的健康发展，这是拓展价值的最基本体现。此外，拓展对学生能力的全面提升和帮助，在其走出校园进入工作岗位之后能够得到更具体的体现。

在拓展中，不在乎想什么，而在乎怎么想；不在乎说什么，而在乎怎么说；不在乎做什么，而在乎怎么做。

如果说学校教育中的专业课程是为了让学生学有所长，就像"木桶原理"中认为的那样，专业知识的不断深入学习与研究可以不断帮助学生增长"长板"，拓展课恰恰就是帮助学生补"短板"，正如有位学生在网上向其他同学推荐拓展课时说的那样："拓展课到底教给我们什么，好像并不明显，但有一点可以肯定，那就是拓展能够让我们缺啥补啥，而这些所缺的是任何专业课或者常规课堂上所学不到的，同时也是和普通体育课完全不同的，超出你的想象，因此，拓展课绝对是你上大学必须要选的一门另类体育课。"

体育课上的拓展以体育教学手段为载体，结合"运动参与、运动技术、身体健康、心理健康、社会适应"五大教学目标作为新的体育与健康课程标准，能够更加充分地体现拓展多元化的价值、功能和文化内涵。作为学习的过程，拓展让学生"在活动中体验，在体验中学习，在学习中成长"，始终不变的是以全面的健康作为学习的最终结果，这也是"全面健康"概念的最好体现，它不仅仅在身体健康上能够给学生以帮助，而且在心理健康、情绪健康、社交健康、精神健康和职业健康方面给学生以全面的帮助。拓展活动给学生全面健康的帮助主要体现在"全面健康"的适应能力上（如图3-1所示）。

图3-1　垂直天梯是全适能锻炼价值的最好体现

世界卫生组织（WHO）认为，健康是指生理、心理及社会适应三个方面全部良好的一种状况，而不仅仅是指没有生病或者没有缺陷。[①]这是世界卫生组织1986年在"改善健康渥太华宪章"中对于健康的最新定义，健康是日常生活的必需，而不是生活的目标，健康是推崇社会和个体资源，以及良好的身体能力。[②]

1. 身体健康（Physical Health）——身体各系统、内脏及各器官能作正常运作。

2. 心理健康（Mental & Intellectual Health）——有清晰及有条理的思维。

3. 情绪健康（Emotional Health）——在个人情感认知及感情表达方面得体，而又可以面对压力、紧张及焦虑。

4. 社交健康（Social Health）——能有制造及维持人与人之间良好关系的能力。

5. 精神健康（Spiritual Health）——有个人的信念或信仰，安静的心境。

6. 职业健康（Vocational Health）——有敬业乐业精神，发挥专长，服务社会。

拓展课按照体育与健康教学大纲要求，在学校教育的周期里主要以围绕"身体健康、心理健康和社会适应"三个方面对学生锻炼进行深度发展，并将这些方面的锻炼价值定义为全面适应能力，从而引入"全适能"（Wellness）概念和理念，并将"全适能"划分为"体适能、心适能、群适能"进行三维评述，以期展现拓展的魅力和锻炼价值。使用现阶段常用的"体适能"进行身体健康锻炼价值评述，借鉴"心适能"进行心理健康锻炼价值评述，创建"群适能"进行社会适应锻炼价值评述。

> 人是物质的人又是精神的人，在关键时候，"精神的人"比"物质的人"更重要。

① World Health Organization. Constitution of the World Health Organization. 2006.
② World Health Organization. The Ottawa Charter for Health Promotion. Ottawa,1986.

拓展作为一种"全适能"学习，能够更好地满足学生全面发展的要求。拓展课上学生积极主动参与各项活动，能满足学生的"运动参与"意识的培养；全面、自然、创造性的运动形式可以锻炼学生更多的生活化"运动技术"动作；除了常规跑跳投技术外，拓展活动特殊情境下的"跳跃、攀爬、下降、通过"动作更加生活化，更真实地传递着"从做中学"和"学以致用"的实用生活体育的学习理念；冒险与求生训练对于学生抵御灾难事件和增强自我保护能力有较大帮助，这种学习能够为学生遇到危险时获得安全避免伤害提供经验支持，是生命教育的重要手段；所有的这些学习都能够提高学生的社会适应能力，获得适应自然与社会的"经验"，从而真正实现提高适应能力的学习目的。

全适能作为一个评价健康指数的常用理念，它包括了多方面的健康标准，构成全适能有 7 个主要要素：

1. 身体上的健康适应能力
2. 精神上的健康适应能力
3. 情绪上的健康适应能力
4. 社会适应的健康适应能力
5. 环境适应的健康适应能力
6. 职能上的健康适应能力
7. 思维上的健康适应能力[①]

拓展除了在体育健康适应能力上能够得到体现，将"全适能"的概念扩展之后，也包括更为广泛的组成要素，这些要素可以通过拓展在不同领域的运用表现出不同的价值。比如，在管理培训中更多的是提高管理技能的体验与学习，拓展课上管理理论是学习的重要部分，在课堂上能够得到充分的体验，这些体验对于学生在未来的工作生活，不论作为管理者还是被管理者，都能够获得更好的适应性，这种适应能力的展现就是一种健康的"群适能"。拓展在管理理念的学习中，主要针对管理

---

① 曾明朗. 中华大学学生全适能与自我健康评估之研究[M]. 台北：高立图书有限公司，2005.

中的具体问题设计项目，因此在活动中能够展现出管理中的一些问题，通过这些问题能够看出真实情境的问题所在，以此加强我们对待此类问题的认识。

拓展除了在适应能力上能够对学生帮助，在学习中还能够给学生更加具体的锻炼。通过一段时间的学习，在以下几个方面给学生很好的锻炼：动手操作能力、身心的控制能力、受挫力与抗挫力、自我的再认识、自我激励的能力、自我超越的能力、领导力和服从能力、沟通能力、承担责任的能力、诚信、团队合作、包容心与爱心。①

获得身体、心理和群体三维的适应能力是拓展活动的主要锻炼价值，但它并不能涵盖拓展的所有价值。拓展是一门对学生进行全面素质教育的课程，除了对身体、心理和社会适应等方面的帮助，通过系统的学习能够让我们了解"服务式学习"的内涵，能够为思想品德教育提供新的思路和切实可行的帮助，也能够为我们真正开展与生命教育有关的课程提供帮助。拓展虽然在体能消耗上并不太大，对身体的力量、耐力、灵敏、柔韧等基本素质的锻炼上没有太大的提高，但是对于身体的运用，尤其是在紧张、有压力、未知情境中的身体运用是最好的检测与锻炼，这种锻炼是现在流行的"健商"、"智商"、"情商"与"逆商"等的完美结合。

20世纪末发生在我国北海海域的一次船舶遇险事件，当直升机来到遇险船的上方，放下绳梯陆续救起几名人员并转运到安全救援船上，其中一名女士一直抓住船舷上的护栏，当绳梯近在咫尺但她始终没有伸手去抓，在其他人员的帮助下，掰开了她紧握护栏的双手将她带到绳梯上。事后进行体检时发现她的多根手指受伤，甚至有几根手指发生关节受损，原来是她紧握护栏时被其他人掰坏了。

平静下来后她说："风浪太大，船摇晃得太厉害，把我吓坏了。我看到绳梯时一心想去抓，但是我就是松不开手。后来我仔细想了想，我太紧张了，经过这一次我知道了，在生命遇到危险的时候，要努力让自

① 钱永健. 拓展训练 [M]. 北京：企业管理出版社，2006：128.

己平静下来，只有这样才能做到自己想做的事。"紧张的时候，我们如何保持平静，也许只有获得类似的经历，才能够自我说服并自我控制。

拓展活动对我们的锻炼价值，就像是一颗颗晶莹的珍珠，按照"体能消耗适中、心理挑战较大、团队培养为主"进行学习的课程体系，就像串起这些"珍珠"的那根线，保持它特有的"从做中学"的体验本质是提高"线的坚韧性"基础，通过各种体验并认真反思和分享，让每一次体验都获得不同寻常的收获。

第二节　拓展的体适能价值

拓展在进入我国课堂时主要是从体育课开始的，如何按照体育课的要求进行授课，同时又保持拓展训练"原汁原味"的魅力，其中最大的问题就是如何解决项目和学生体能锻炼之间的关系的问题。很多人将拓展等同于"极限挑战"或"魔鬼训练"时，误认为拓展是对学生体能的极限挑战，这是一种极端的想法，至少是对拓展的了解不够全面。当然将拓展仅仅认为是管理游戏与心理测试，忽视体能在活动中的价值，甚至认为和体育毫不相干同样有失偏颇，至少在其本源 Outward Bound 中，身体的技能与体能训练是其中重要的一部分（如图 3-2 所示）。

图 3-2　拓展项目活动后快乐的放松练习

拓展的活动不以考查学生体能为目的，往往是进行一些学生力所能及的活动，只是由于情境的改变造成心态发生变化，将体能的锻炼转向心理与体能完美结合上，做到"体能消耗适中"且又能够在心理训练和社会适应性中展现体能的价值。以熔炼团队为主的"低要素"活动，本身并不需要消耗"生活体能"之外的能量，这类活动身体体能的锻炼低于活动中的技能锻炼。对于在非常态情境下进行的中高空项目，控制和运用身体能力成为锻炼的重点，而这些项目在冒险理念、危机环境与求生情境中，和平常完成同等类别动作相比，身体体能的消耗相对加大，而且能够为未来遇到同样情境时获得宝贵的经验。更重要的是中高空活动能够提高参与者的自信心，激发学生创造性地运用身体的潜在能力，作为实用生活体育的范畴，虽然体能消耗不高，但是体适能的锻炼价值较大。

学生在拓展活动中的体能消耗与许多种体育课进行比较，以常规体育课的体能消耗"3"为基准，发现拓展课中一半以上的项目体能消耗达到该值，平均体能消耗略接近常规体育课的均值水平。和部分休闲体育项目，如攀岩、台球、太极拳等做比较后发现，拓展课的体能消耗不低于以技能学习为主的体育项目。但是和绝大多数传统的体育课相比较，尤其是体能消耗较多的活动如游泳、健美操、球类项目相比，拓展在体能消耗上有较大差距。

拓展由于其课程模式中"分享回顾"与"总结提升"等环节的存在，减少了学生的身体活动时间，但是对体能消耗过低的认知也是误解，在课上学生积极的个人挑战活动体能消耗很大，在队友挑战时的保护和配合同样需要付出体力，这类活动在高空、中空和低空活动项目上体能消耗不亚于传统体育课。

拓展课上的项目通常是陌生的、新鲜的、具有挑战性的活动，活动内容与平常生活方式的经历与体验不同。拓展的动作比较接近生活化，完成活动的方式和方法也不尽相同，具有较强的个性特征，这对于提高身体适应能力有一定帮助。拓展很少有技术性动作的重复练习来达到掌握某个动作的练习，因此，体适能的增加在拓展中并不和体能真正相关，是真正为生活中的适应能力而锻炼。

拓展的体适能锻炼价值

在人类社会的进展中，体适能从满足狩猎生存、农耕劳作、工业生产、战斗与竞技的需求，逐渐向健康健美和幸福长寿发展，并成为人们越来越关注和深入了解的必备知识。人们最初认为体适能是过于专业的理念，只有运动选手为适应健康与比赛才需要关注，但近几年"体适能"的概念在我国不断普及，人们逐渐意识到普通人即使不对比赛感兴趣，但却不能不对健康体适能感兴趣，普通人拥有适应健康的体适能已经成为必需。

体适能从英文 Physical Fitness 而来，它是机体有效与高效执行自身机能，适应环境（自然环境和心理环境）的能力。可视为身体适应生活、活动与环境（例如，温度、气候变化或病毒等因素）的综合能力。简单地说，体适能就是身体的适应能力，好的体适能就是心脏、血管、肺及肌肉组织等都能发挥相当有效的机能。从常规意义上讲，体适能是个人能力足以胜任日常工作以外，还能有余力享受休闲，及能够应付突如其来的变化及压力的身体适应能力。也可以说是身体适应外界环境能力的简称。常规体适能的意义是能胜任日常所需，拓展中体适能的意义在于胜任日常所需之外，还能够胜任各种压力与危机之下的身体适应能力。

体适能较好的人在日常生活或工作中，从事体力劳动或运动会有比较好的活力和适应能力，不会轻易产生疲劳或力不从心的感觉，反之机体则会产生"疲劳保护"机制，让自己从内心深处产生放弃或厌倦各种活动。库尔特·哈恩说过："在现代文明中，年轻人在童年时就被五种社会疾病困扰着：以车代步身体素质下降……"[1]现代人身体活动的机会越来越少，营养摄取越来越高，工作与生活压力相对增加，体适能下

---

[1] Josh L. Miner, Joe Boldt. USA Outward Bound[M]. Seattle: The Mountaineers Books, 2002.

降已经成为一个不容忽视的问题。大学生在学校同样面临这些问题，缺乏身体、心理和社会适应能力的"全适能"锻炼，尤其是身体锻炼的减少，实际上是在"透支"未来的健康体适能。

拓展项目对体适能的锻炼价值，主要是指健康体适能（Health Related Physical Fitness）的锻炼价值。健康体适能是为了健康所必要保有的身体适应能力，它是相对于竞技体适能而言的概念，也就是普通人想要促进健康，预防疾病并增进日常生活工作效率所需的体能。

竞技体适能（Skill-Related Physical Fitness）又称为运动体能，是期望在竞技比赛中，能有巅峰表现所需要的体能，它往往是指体能状况优异者或运动员所追求的体能。

竞技体适能的要素：敏捷性、速度、反应时间、爆发力、平衡感、协调性。

拓展的体适能锻炼是指在课堂内外通过项目挑战和课外任务，对学生身体适应活动要求的能力进行锻炼，达到能够完成拓展的课程任务和学校规定的体能测试要求，完成体育课的教学目标，最终获得"身体健康"所进行的身体适应能力的锻炼。按照衡量健康体适能状况的要素，拓展对提高体适能的锻炼价值有以下 5 点：

1. 心肺耐力

心肺耐力是指心、肺及循环系统能够有效地为肌肉提供足够的氧气及养分。拓展按照体育课的教学常规，通过充足的准备活动，完成体能需求较高的项目，如天梯、求生墙项目，需要进行 10 ～ 15 分钟的准备活动，活动结束后心率必须达到 120 ～ 150 次 / 分钟，这同时也是获得安全的重要环节。有些活动比如挑战 150 的项目组合练习，两队需要相向慢跑的组织融合类项目红黑牌，经过改造需要不断来回跑动的雷阵等，都是持续运动在 30 分钟以上的运动，这些运动对学生锻炼心肺功能都有较好的帮助。

2. 肌力与肌耐力

肌力与肌耐力是指肌肉系统能够有效地工作。拓展活动中经常出现托举、提拉队友的项目，比如天梯、电网、求生墙项目，学生在活动后汗流浃背，主要角色队员有时会出现肌肉用力较多而抖动甚至痉挛。在袋鼠跳、水果蹲等项目中，由于是重复动作，学生会在课上和课后有肌肉酸痛的感觉。特殊情境下紧张的攀爬、下降等连续动作，对肌肉也有很好的锻炼价值。

3. 身体成分

身体成分是指身体净重与身体脂肪相对比例。拓展项目的活动不足以达到增减脂肪的明显效果，但相对于因肥胖导致体重较大的学生，在完成个人技术动作或和他人互相支撑、托举、提拉动作时，给自己和同伴造成极大的不便甚至导致无法达到项目要求时，由于活动特定的反思环节，可以促使学生下定决心在课外锻炼，确保自己在同样情境中不再"作茧自缚"。这种情形下对学生的体育健康意识的培养，是推广"课内外一体化"学习的最佳时机。

4. 柔软度

柔软度是指身体各关节有效地活动到最大范围（R.O.M）的能力。拓展项目中很少需要超过肢体正常活动范围的动作，但是正常的柔韧性仍然是必须练习的。学生在攀爬活动中会有一些夸张的动作，柔韧性有时是完成动作成败的关键。只要进行各种肢体活动，只要想展现活动动作的优美，都需要一定的动作幅度，使身体各关节有效活动范围得到增加，都会对身体的柔韧性进行事实上的锻炼。

5. 神经肌肉放松

神经肌肉放松指身体能够有效放松或减轻不必要的紧张。拓展对于肌肉的紧张与放松的训练，是许多体育项目所达不到的。如，信任背摔、空中断桥等活动，都能够给学生带来较大的心理冲击，这种冲击的最直接表现就是造成学生的身体紧张，包括挑战前神态、语调、举止等，在生理层面最主要的表现是心率提高，身体协调性降低，反应能力下降，动作准确性降低，完成动作的质量降低，完成动作的能力下降等。除了心态因素外这些问题的产生主要是神经控制肌肉收缩，机体紧张造成的动作僵硬和能量大量消耗造成机体完成动作的能力下降，正是这个过程的生理反应促使神经肌肉得到锻炼，结合特殊情境的外界刺激给学生以特殊的锻炼经历，这种经历能够使学生再次面对同样难度的活动和外界压力时，使身体能够有效放松或减轻不必要的紧张。

拓展的体适能锻炼方法

拓展能够成为体育课的一个专项，部分活动体能消耗不大是其中亟待解决的一个因素。拓展在保持完整的学习流程的基础上，运用不同的场地与项目来增加体能活动，这也符合学生们希望在拓展课上适当增加身体锻炼的要求。由于多数活动都是以初次体验为终结的形式进行，虽然身体练习与传统项目相比重复次数较少，但许多项目都需要艰辛的付出才能完成，学生在学习结束后通过自己的体验，对拓展在体能锻炼方面有新的认知。拓展每周只有一节课，在课上适当增加一些身体锻炼的机会，需要对项目本身和课程设置上进行一些改造和调整，安排一些体能消耗量较大的活动，以此增加学生的体适能。

1. 坚持课上进行身体素质练习

为了能够更好地达到体育课对学生身体锻炼的要求，增强学生的健康体适能，必须对学生进行身体素质训练，因此，应坚持课上进行身体素质练习。身体素质练习可以通过体能类游戏和专门性的身体素质练习进行，在项目挑战前增加适当的体能类游戏，可以是传统体育课追逐跑、贴人、跳绳等活动，也可以是拓展常用的水果蹲、袋鼠跳、滚铁环等热身活动，还可以使用拓展的小项目，如"牵手结"锻炼柔韧性，"女皇圈"锻炼下肢，"平地相依为命"锻炼腰腹力量，"五毛一块"锻炼反应能力等，这些活动对于体适能的增强都有作用。

按照体育课的教学大纲要求，每节课对学生进行一定时间的专门性素质练习，这是提高学生体适能的根本性保障。留有一定的时间进行慢跑或力量练习，达到一定的运动强度和时间，确保有一定的运动量。也可以针对下一节课的身体适能形式进行有针对性的练习，比如针对下次课进行的"信任背摔"可以练习"三角静力背靠背"，针对"空中单杠"练习蛙跳、纵跳和两人空中击掌。

2. 提高学生的参与程度和参与时间

体育课上的时间分配问题是当前体育教学中一直探讨的问题，更多的时间用于"教"还是用于"学"，是在课上进行更多的身体练习还是学会知识和技术后在课外练习，是一个很难量化的争论。常规体育课上课堂管理和等待的时间较长，练习的时间较少，这和以学生为主体的教育思想有一定偏差。台湾学者陈景星认为："在体育课上将时间分成五部分，管理时间 6%，等待时间 4%，指导时间 22%，练习时间 66%，其他时间 2% 是比较理想的时间分配。"拓展课主要靠学生"从做中学"，除了有关安全和项目规则外，活动指导时间相对较少。由于活动后的分享回顾环节的存在，其他时间相对增加，大约占 26%。分享回顾是学生积极参与的过程，主要属于理论学习，身体活动相对减少（如图 3-3 所示）。

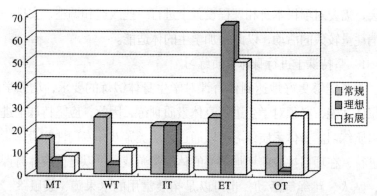

MT：管理时间　WT：等待时间　IT：指导时间　ET：练习时间　OT：其他时间

图 3-3　拓展训练与体育课教学过程的时间管理比较图

由于每节课 90 分钟的时间对于拓展的"大项目"显得十分紧张，如何确保活动流程没有缺失，尤其是分享回顾环节的存在是拓展课的质量所在。既能保证项目的本色又要有体育课的特色，项目的选择十分重要，完成项目的方法更加重要，通过合适的方法可以让学生得到更多的参与和锻炼。有些项目略加调整就能提高学生的参与程度，同时又能增加体适能的锻炼机会。在挑战 150 等综合类项目中，增加完成项目的人数即可以提高学生的参与度，比如加入"十人十次"跳绳，或者安排同步仰卧起坐，锻炼价值和活动主旨都能体现；对于高空项目类，地面保护人员需要付出较大的体力同时也是一种技能锻炼，协调准确的保护动作可以让被保护者获得安全感，同时参与保护者也会获得成就感，并促使自己不断努力提高技术动作质量，这些技术的提高需要付出体能才能获得。安排多组学生一同参与保护既可以提高学生的责任感，也会得到较好的体适能锻炼。

参与时间主要是项目的布置与"项目挑战与分享回顾"之间的比例，这个比例因项目的不同会有变化，但是作为体育课的拓展，练习时间在拓展课中占 50％左右，练习时间相对增加，充分体现了"从做中学"的理念。拓展课能够充分地体现学生在课程中的主体地位，整个教学过程的时间管理模式相对来说比较理想。

3. 对低体能消耗的项目进行适当的"体育化"改造

拓展的游戏项目中，暗含理念较多的团队项目往往体适能的锻炼程度降低，在确保活动内容和形式不变的情况下，增加一些身体运动的成分，提高活动的可竞技性和身体活动程度，是对拓展进入体育课堂的适应性改变。比如"红黑博弈"在管理学中属于理论课，在体验式的培训活动中增加了道具以提高参与性，经过改造后的活动形式还是以心智模式为主。如何将它进行改造成为地面活动，如何让学生运动起来？教学中两组学生在了解规则后，每一轮出牌前分别绕拓展场和岩壁相向慢跑 2～3 圈，每圈大约 40 米，在这个过程中各自队伍边慢跑边交流，当两队相遇时有些队伍会有意回避，有些队伍会提出共赢建议，有些队伍会在岩壁后教师看不到的地方进行沟通，事实上最后的结果不会和其他形式有太大差别，经过 6 轮"出牌"学生能够体验关于博弈中"共赢"的理念，加上慢跑能够对体适能锻炼提供一次很好的机会，同样不会降低活动设计时想要的结果。

在"雷阵图"项目中，原来的雷阵图只是 6 米见方的场地，如果按照常规方法完成项目，很难对体能进行锻炼。在我们引导学生突破定式思维的同时，为了满足体育课的教学，我们自己必须先突破定式思维，可以安排学生在雷阵图中采用单腿跳，可以安排背离雷区救护，也可以将有形的雷阵图变为无形的雷场。将雷阵图印在纸上发给学生，师生相距20米（这段距离可以在活动开始时伸缩），学生以轮流快速跑的形式前来告诉老师他们试探的雷区号，教师将任务书上"地雷"与路径的号码告诉学生，按照规则进行活动。只要不是盲目的、没有依据的胡乱更改，不要改变了活动的理念和设计目的，就可以进行尝试。

拓展中的竞技因素是近些年来争论较多的问题，竞技性的引入的确会冲淡活动的意图，但是完全排斥竞技性并不可取。学生在拓展课上的不断接触，彼此之间会形成一些默契，尤其是对活动规则的揣测和防范，促使活动中设定的"冲突"降低，以假象的合作掩盖团队建设的进展。适当地增加一些竞技类项目，可以促使团队之间的竞争意识，在需要团队间合作与协作的活动中，能够重现一些本该出现的冲突，但为了完成任务彼此沟通后诚信合作，从而体验到合作的价值和快乐，更加有利于团队的发展。比如在挑战150活动后进行七巧板或红黑牌等项目，能够更加明显地体现设计者的初衷，学生的反思也会深刻很多。

4. 巩固"课内外一体化"教学方式

> 语言在树丛中，书籍在流溪中。
>
> ——莎士比亚

拓展课在锻炼体适能，采用"课内外一体化"教学，学生在课后会组织参加各种游戏活动，也会以各自团队为基础组织诸如远足、爬山、探险等活动。北京大学拓展课的学生在课外组织过游植物园、爬凤凰岭、翡翠岛野炊等活动。为了能够获得好的体质测试成绩，有些队每周都会组织一次以慢跑为主的活动，这些形式的活动可以很好地弥补拓展课上相对体适能要求不够高的缺憾，同时对于学生自觉参加体育锻炼、培养终身锻炼的意识和掌握休闲体育活动技能都有很大的帮助。

5. 加强体质测试考核作用

体育教学中最重要的目标就是增进学生的体质健康，提高学生的体适能。如何评价学生的体适能，仅仅靠专项技术与技能的测试并不准确，我们需要对学生进行更全面的测试与评价，现阶段进行的"体质健康测试"相对比较理想。

拓展课教师需要督促或协助完成"体质健康测试"，积极教授与辅导学生各种锻炼方法，认真布置课外锻炼要求。不能将拓展课认为是纯粹的体育理论课，大谈管理与心理而忽视了体适能锻炼的价值。把体适能的增长作为课程中的重要部分，不仅能够很好地完成学习目标，也能够让我们全身心地投入到拓展活动中去，更能够提高我们的自信心和应对风险挑战的能力。

第三节　拓展的心适能价值

美国著名心理学家特尔曼曾对 800 名男性成人进行测评，研究表明，成就最大的 20％ 与成就最小的 20％ 之间，最明显的差别不在智力水平，而在于是否具有良好的心理素质。所谓心理素质是指人在感知、思维、想象、观念、情感、意志、兴趣等心理品质上的修养和能力。个体在各项心理素质上的适应与发展的能力就是拓展中认为的心适能（Mental Fitness）。心适能是个体心理能够积极主动地调解和调整，适应外界刺激并能够正确应对的能力。可视为心理适应刺激、情感、危机的综合能力。简单地说，心适能就是心理的适应能力，良好的心适能就是合理控制自己心理状态变化的能力，被认为是健康的心适能，它可以通过训练进行培养和提高。

> 不关注学生的内心，只关注内分泌，那不是拓展，是寻热闹。

在面对陌生的情境和从未经历过的活动时，每个人都会产生相应的心理压力和生活中很少碰到的危机感。由此而产生的心理体验，必将带来"历奇过程"与反思之后的经验，从而提升自我认知和自我发现，促使个人的成长。从传统体育的身体健康、增强体质的教学目标拓展为更全面的素质发展，能够很好地满足体育"五维观"关于心理健康的要求，能够使课程将更多的焦点和重点转移到心理挑战方面，能够很好地提高学生们的心理适应能力，也就是提高学生的心适能。这些转变可以弥补传统体育教育关于心理健康的教育不足的问题，从而更好地实现体育教育目标的全面性和多元化。

世界卫生组织提出健康心理有以下 4 个标准：

（1）身体、智力、情绪十分协调。

（2）适应环境，人际关系中能彼此谦让。

（3）有幸福感。

（4）对待工作和职业，能充分发挥自己的能力，过着有效率的生活。[①]

拓展的心适能锻炼价值

我们知道运动员在运动场上，不是每位运动员都可以发挥水平并取得胜利，就像"克拉克现象"让许多平时训练成绩优异的运动员抱憾终身，而许多运动员却能正常或超水平发挥笑傲赛场。实力相当的选手谁能成为竞技场上的顶尖高手？其间的差距不在体能和技术，而在于一个人的心理适应能力，也就是一种应对环境挑战和变化的能力。因为好的体能和技能是优秀运动员的必备条件，但真正在关键时刻发生影响的是心理素质，对于运动员来说就是竞技心适能。体适能可以通过训练获得，同样心适能也可以通过磨炼获得。运动员需要优秀的心适能，常人同样也需要良好的心适能，运动场上有胜负，生活中同样有成败，关乎成败的因素中心理的适应能力是不能被忽视的因素。

拓展的心适能是指通过拓展中的特殊训练，学会运用正确的心理变化应对项目本身和生活中相似情境的能力。拓展的心适能可以激发学生的冒险精神和挑战愿望，勇于面对困难和失败、积极挖掘潜能并表现出强烈的进取精神，同时表现出乐于交往通力合作的心态。拓展中的心适能主要包括以下几种能力：

（1）适应力：即个体主动适应环境的能力。

（2）应激力：即个体应付压力和调节紧张情绪的能力。

（3）承受力：即个体承受压力的能力，包括承受喜怒哀乐的能力。

（4）控制力：是意志的集中体现，同时也渗透着认知智慧和情感智力。

[①] World Health Organization. Constitution of the World Health Organization, 2006.

（5）适应感悟力：指个体解读自我及他人心理的能力。

（6）表现力：是个体展示自我、发展自我的能力。其中信心和希望是表现力发展的最强劲动力。

（7）自愈力：指弥合精神创伤，抚慰心理不适的一种自愈能力。[1]

拓展能给学生一些具体的心适能帮助，学生们可以清楚地观察到他人的变化，同时也可以感知自己的变化。这些变化具有一定的普遍性，绝大多数参与者都会有相似的感受。通过六年的学校拓展教学发现，拓展能够很好地提高学生的心适能，增进心理健康，关于拓展对于学生具体心理适能的影响进行问卷调查，学生们认为其心适能锻炼价值的体现依次是：

（1）认识自身潜能、增强自信。

（2）心理调节能力。

（3）积极的心态。

（4）克服惰性、磨炼毅力。

（5）情绪调节能力。

（6）其他[2]。

许多时候个别学生的心适能会出现一些暂时性的"症结"，这种"症结"需要拓展教师帮助化解，有经验的教师都可以很好地处理这些问题，但最重要的是教师心中要有一缕阳光，千万不要将自己当作一名"医生"去处理这些"症结"，因为这些"症结"只是学生们"开了一个小差"，还没有达到需要医生医治的程度，也就是说绝对不是学生有心理疾病。这些问题都可以通过拓展的项目活动本身去解决，只要学生们参与其中，慢慢地就会得到感悟，就会发生意想不到的"奇迹"。

拓展课上曾经有行为自闭、不易沟通、语言苛刻、对人挑剔的学生，也有个别比较自我的学生，但他们在一个学期后都有明显的改变。拓展对部分特殊学生的影响，通过几年的教学发现，按照心理辅导要求

[1]　胡江华.心理素质的内容结构分析 [J].北京成人教育.2000（3）.

[2]　郝光安，钱永健，钱俊伟，等.户外体验式学习在高校开展的实践研究 [Z].学校体育国家社科基金课题.2006.

正确引导疏通，通过拓展的活动氛围感染，能潜移默化地改变学生的固有心理。通过拓展教学可以认为，对于轻微的心理问题不要将其归入心理疾病对待，不用刻意地以心理治疗的形式来改变学生，只要施以合理的活动和辅导，同样可以收到很好的效果。

有一名计算机专业的男生，在参加了两次拓展课后对我说："老师，我既不愿与人竞争，也不愿与人合作，我只愿我自己玩，我这一生就愿意自己独处，我能不能不参加活动或者选择退课？"而后又说了一些"怀疑主义者"的言论，但是通过他的言谈或多或少还是发现他对这门课有点好奇。和他沟通后答应他上课时跟在我身边，以"观察员"的角色上几次课后再说。几节课后，看到同学们活动成功的兴奋与彼此愉悦的分享后，我发现这种氛围对他是有触动的，于是不失时机地对他说可以让他一起试试。一个学期后，他也和其他队友有了愿意相处的改变，偶尔也参加他们的课外活动，并在放假前找我说这是他第一次发现自己也可以和其他同学在一起玩，并表示如果我需要计算机方面的帮助尽管找他。

通过科学的、系统的、积极的锻炼，我们可以从许多项目中得到心理的锻炼，感悟出心适能锻炼的价值所在。

1. 积极的态度

当你看到窗外邻家晾衣架上的衣服总是洗不干净时，也许是自家的玻璃脏了。

人们常说："态度决定一切！"也有人说："积极的态度带来成功！"学生参加体育课的学习，并不是每一节课都能保持积极的态度。拓展活动作为体育课的一个专项，在看似一种游戏的学习面前，在选课之初端正态度并不容易。但是通过一段时间的体验之后，学生们可以从中得出经验：做任何事情只有正确的态度才能起到事半功倍的效果。

在高空类的项目面前，我们需要积极勇敢的心态，要有勇于战胜困难的精神。在头脑中想象其实比较简单，认为自己只要鼓足勇气咬紧牙关就可以了，但真正站在十余米高的项目设施下面，心中立刻会产生一种莫名的紧张，这种紧张会让自己联想出很多问题，关于安全、关于能力、关于表现等想法立刻闪现在脑海之中，自然会产生恐惧之感并出现退缩的心态。经过团队的鼓励和支持，通过自我说服和判断，经过气氛的感染和不留遗憾的愿望，下定决心勇于尝试，从而创造一种积极的心态，一步一步地朝向目标并在惊险的刹那完成了任务。此时的感悟会让自己信心倍增，并树立遇到困难敢于尝试的良好心态。

在经过艰辛的努力取得一点成功之后，一旦出现看似简单的游戏类团队项目，往往会产生轻视活动的心态，比如在"雷阵图"或"盲人方阵"等项目中，由于心态没有调整到一个适当的状态，就会出现不认真倾听规则的表述，就会在活动挑战中盲目地开始行动，就会在看似简单的项目面前举棋不定，最终贻误时机不能很好地完成项目。活动中的反思和活动后的分享，可以让我们在懊恼与失落中积累经验，重新调整心态，学会用一种正确的态度面对自己的任务。懂得"态度决定一切"的真正意义，就不会在看似简单的机会面前丧失机会（如图3-4所示）。

图3-4　优秀运动员也通过拓展锻炼心理

2. 自信心的培养

拓展中所指的自信心是指在对自己正确评价的基础上，通过活动前后的体验对自己某方面的能力充满信心。自信心是一种积极的心理暗示，是对自身能力与自我发展的一种肯定。因此在拓展中我们应当树立一种积极的、愿意接受挑战、愿意发现自己的能力的决心和态度，只有这样我们才能发现那些我们平时未曾发现的能力，也就是那些潜在的能力。自信的作用不仅限于维持人的心理健康水平，

> 你认为自己行，你就行；
> 你认为自己不行，你就不行。
> ——亨利·福特

它能促进人获得成功，增强人的意志力，激发人体的潜能。正如库尔特·哈恩最喜欢的那句话"There is more in you than you think"，也就是"你比你认识的自己更棒"，我们经常用它来鼓励每一位参加者以此树立信心。

自信心是人们成长与成才不可缺少的一种重要心理品质，自信的人相信自己能够把某件事情做得出色，并相信自己能够获得成功。自信心来源于实践中的成功经历，通过类似的成功经验能够增强自信心，当然一个人如果缺乏信心，看不到自己的力量，总认为自己不行，久而久之就会形成一种自卑心理，给学习、工作、生活带来消极影响。当一个人什么也做不好的时候，他就会越来越自卑，若想摆脱自卑就必须建立自信心。

自信是我们获得成功的重要品质。自信是成功人士具有的一个共同特点。自信是建立在正确认识自己的基础上的，它促使人们从情感、意识、行为方面正确评价自己，帮助我们发现自己的长处，从而能够扬长避短找到自身具备成功的条件，产生一种积极进取的成就动机，激励自己去发挥特长，以达到自我实现的目标。

自信能够在面对挫折时选择坚持，不会在困难面前畏缩不前，相信在与困难斗争的过程中能够通过时间化解精神的痛苦，能够在不断自我的说服中鼓足勇气，能够在不断的探索中找到方法，最终战胜困难获得成功。

3. 耐挫力的培养，即挫折容忍度的培养

传统的教育在大谈特谈"挫折训练"，褒奖"逆商"对成功的价值之时，一直没有寻找到一种合适的方式来实现这种训练。理论层面的讲解可以让学习者了解受挫和失败的价值，也很容易理解"失败是成功之母"的内涵。但真正在失败面前、在挫折面前、在委屈面前，理论层面的认知往往会显得苍白无力，消融这种"灰暗的阴影"需要很长的时间与过程，无法忍受这个过程的人甚至会选择一种极端来"解脱"，所有这些往往是由于我们缺乏受挫的经历，没有从挫折中再次重振自我的经历。拓展中许多项目能够给学生挫败感，但最重要的是能够感受到在别人的支持与鼓励下，随着时间的推移每一个人都可以战胜困难，将挫败的感觉抛却并从中获得成功。

北京大学教育学院的钟启阳博士长期从事拓展训练的挫折容忍度研究，他认为在人的成长过程中，由于身心的急遽变化，导致部分适应不良的人必须面对许多挫折的情境，失败的经验可能带来追求成功的动力，但是更可能导致严重的挫折感，并且丧失自信心等后果。然而多数的父母、学校的教育形态以及社会文化却常常强化非输即赢的观念，让个人处于不断竞争的环境中，使得失败者容易落入自我怀疑和自我否定的情境中，甚至造成个人严重的挫折感与自卑感，而导致自我放弃和自我伤害的行为出现。而拓展训练的重要功能之一，就是透过活动的进行，去真实呈现出团队及个人的问题，这些问题可能存在于他们的日常生活中，但他们可能不曾察觉，或是不知道如何处理。因此，研究者想探究拓展训练是否能有效地提升个人的挫折容忍度，期望能解决目前新时代青年的"草莓族"现象，使其不仅有光鲜亮丽的外表，也可展现出能够面对挫折、勇于解决问题的一面。[①]

4. 挑战与创新的精神

挑战自己不熟悉的事务，尤其是敢于挑战压力，是锻炼心适能的价值之一。有人通过对伴有危险的活动的研究发现，参加骑马、滑冰、驾驶飞机等危险活动的人，在活动后都能体验到强烈的幸福感。这种感觉是在进行一般性的运动时很难体验到的。"忧郁状态"困扰现代青少年的原因之一在于：现代青少年很少有机会去体验那些伴有风险的活动。这种忧郁状态是由大脑接受体内缺乏去甲状腺素引起的。伴随危险活动人体分泌出这种去甲状腺素可以使人从忧郁的状态中摆脱出来。[②]在参加拓展的高风险活动时，许多学生的第一反应是："我恐怕不能完成这个项目了"，但是在团队的支持和老师的辅导下顺利完成之后，他们在惊讶于自己表现的同时，会期待着再次挑战更具压力的项目。

勇于接受挑战的同时往往伴随着创新精神的迸发，许多学生在体验

① 钟启阳. 拓展训练对大学生挫折容忍度的影响研究 [R]. 研究报告. 2006：7.
② 毛振明，王长权. 学校心理拓展训练 [M]. 北京：北京体育大学出版社. 2005，15.

一些鲜为人知的活动，面对一些思维的"盲区"时，突破定式思维并采用一些非常规的活动方式，联系生活中的一些困境，开拓出一些创新的意识和创新的行为。

英格尔在《走向现代化》一书中强调，未来人才要准备和乐于接受自己从未经历过的新的生活经验、新的思想观念、新的行为方式，准备接受社会的改革和变化。他们懂得"逆着环境是蠢人，适应环境是能人，创造环境是伟人"的哲理，能积极地运用各种环境条件的变化和各种信息的反馈，机动灵活地进行自我行为调控，从而能在不同的环境中做出贡献。

除此之外，拓展还能够为参加者提供获得"高峰体验"的机会，反思、自省以及愿意与人交往和获得交往的机会，培养好奇和冒险精神等，这些方面的锻炼通过拓展活动都能够得以展现，这对于心理适应能力的锻炼具有重要价值。

拓展的心适能锻炼方法

拓展活动中"挑战自我，熔炼团队"的价值取向中，"挑战自我"体现着对心理锻炼的最重要内涵，挑战什么与怎样挑战才能够历练心理适应能力，也就是我们面对什么样的情境，如何完成此情此景下的活动并获得成功，是拓展心适能获得历练的关键。

1. 历险训练是对学生心适能的最好锻炼

正如拓展学习理论基础中提出的"求生与冒险学习"是该项目教育基础的展现，求生是在危难时走出困境的技能和方法，历险训练是面对各种风险并通过努力获得安全的技能与方法。这些活动只要找到人类对现实世界和内心深处的恐惧事物，并将这些事物通过特殊的手段创造一种安全保障，就能够成为很好的项目活动，使其对学习者进行心理适应能力的锻炼。

专家列出的恐惧清单，其中前十项是：在公众面前讲话、金钱困难、黑暗、登高、蛇和虫子、疾病、人身安全、死亡、孤独、狗。

采用攀高、独处、黑暗等活动，都可以锻炼心理适应能力。比如高空断桥、空中单杠就是让学生爬上高台，体验在看似不安全的环境中完成一些特殊任务的锻炼；"信任盲行"时让学生戴

上眼罩体验黑夜情境下活动，以此锻炼对他人的信任等。在野外独处训练是学生练习胆量，提高面对孤独与恐惧，获得一次全新的认识自己的很好的训练方法。当然所有的这些训练都有一套严密的确保安全的方法，但是对于学生而言并不会因为安全保护就能够摆脱恐惧的干扰，甚至有时并不能轻易地发现保护或者借助保护，更多的是靠自我的挑战和努力，战胜风险获得安全，并获得一次人生中特殊的高峰体验。

2. 挫折训练培养百折不挠的斗志

《七律·劝学》："自古雄才多磨难，从来纨绔少伟男"的说法，表明有成就的人大多经历挫折与磨难。《孟子·告子下》："天将降大任于斯人也，必先苦其心志，劳其筋骨，饿其体肤，空乏其身，行拂乱其所为，所以动心忍性，增益其所不能。"现代青少年大多数是独生子女，他们思维敏捷、个性鲜明、信息充足、知识量大。但由于成长的环境相对优裕，缺乏生活的磨炼与挫折经历，易于形成任性，意志薄弱，经不起挫折和失败，不会应对困难和挫折的情况。事实上人生总会有不如意出现，如何正确认识困难与挫折，如何处理这些问题是促进学生个性健全发展的重要组成部分，是提高学生心理适应能力的重要内容。拓展课上进行挫折训练主要采用以下方法。

（1）设置挫折情境，让学生去体验。拓展的项目设计中对于个体训练，主要是抓住学生心理认知上的挫折情境，在看似不可能完成的项目中安排一些实际上是力所能及的活动。通过适度和适量的挫折使学生自我调整心态，正确地选择外部行为，克服困难追求目标，建立起日后克服困难的信心。对于团队训练，只要在团队协作要素中提高某一类要素，即可以增加团队协作难度，如果将这个要素在活动中加上障碍，或者造成一些认知"盲区"，学生团队就可能出现失误导致活动失败，这种失败往往是一种极其遗憾而又无可奈何的成长要素，只要把握其中的程度，能够达到很好的训练价值。但是，过度的挫折则会损伤学生的自

信心和积极性，使学生产生严重的挫折感、恐惧感，最后丧失兴趣和信心，只能起到相反的作用了。

（2）挫折面前多鼓励，形成积极的态度。遇到困难或挫折的时候，应该鼓励他们用积极的态度去面对，寻找解决和克服困难的方法，转变学生害怕困难，不愿面对困难和独立解决问题的想法。在学生付出努力之后，应及时予以表扬和肯定，让学生感受到自己是有能力的，自己的行为是受人肯定的，使学生对于自己克服困难建立起自信心，从而有更多的自信心来面对今后更多的新的困难和挑战。

（3）培养自信心，学会抗挫方法。建立起良好的心理素质，拥有解决问题的自信心，才能激发克服困难的斗志，从而面对困难，解决困难。在挫折面前不低头，才能去面对挫折，抵御挫折。

当然要想提高抗挫能力，就必须寻找到走出挫折，战胜挫折的能力。在拓展活动中，我们要按照个人挑战要领和团队协作技巧，认真分析造成挫折或失败的原因，并找到引起"挫折感"的原因。我们面对此类问题一般分为以下几步。

第一步，如果能够理性面对挫折，就可以在下一次活动中进行有针对性的改正，如果改正后获得成功战胜类似挫折，就可以获得面对挫折的勇气。

第二步，如果实在找不到有效的方法，就让参与者宣泄挫败之后的情感，鼓励他们试着改变自己的态度，因为仅仅靠生气、愤怒、苦闷并不能解决面对的挫折。

第三步，心理辅导并分析挫折后的心理防御机制，找出消极与积极因素，结合成功人士的抗挫经历，进行励志辅导。

3. 能提高避险与求生心理的承载能力

拓展能够提高学生抵御灾难事故的能力，能够在危机情境下提高获取生存的意识和挖掘潜能、通力合作和永不放弃的信心，有时会把它和"挫折训练"结合在一起使用，这些锻炼在日本、德国等许多国家有专门的课程。国内也有许多学者对此有所呼吁，相关机构也在采取一些类似的锻炼方式，比如，北京就有专门为应对危机的演练科学馆，也有模拟

一次痛苦的经验抵得上千百次的告诫。
　　——英国诗人洛威尔J.R

地震时的情境建造的"地震车"。类似的活动在拓展课上也能得到锻炼，比如，"求生墙"就是模拟海难或洪水到来时的情境，通过大家通力合作获得安全的训练。"高空荡桥"就是模拟地震或在颠簸的车船上前行的训练。这些危机情境下的活动设置困难让学生面对甚至是感受挫折，通过训练不仅能够获得生存的技巧，更重要的是锻炼一种心态，一种在危急时刻尽量保持镇定永不放弃的心态，这种心态的培养对于适应社会生活有很大的帮助，因为我们在学习、工作中有时遇到的困难不亚于这些危机，它同样需要我们努力地调整自己的心态，要相信通过自己的努力与他人的帮助总可以获得渡过难关的办法，这对于遇到困难容易放弃或者采取极端手段解决问题者会有一定帮助。

第四节　拓展的群适能价值

拓展的课程主要是在组织和团队学习理论的指导下进行学习，学习过程中会不断强调掌握与他人如何交流、如何沟通、如何协作等问题，尤其是在走出校园进入工作岗位时，如何理解所在组织的制度，如何认知所在团队的文化，如何快速融入团队，如何适应领导风格，如何适应群体生活等问题。

拓展的群适能主要是指学生在拓展课上所体验的适应群体关系的能力，通过训练将其转化为适应团队文化和适应社会的能力，最终形成适应大的群体生活的能力。

拓展的群适能锻炼价值

1. 建立人们之间信赖关系

人们之间如果没有信赖的关系，就不能维持人际关系，就不能形成自我同一性。在马斯洛的"需求层次理论"中，最重要的基本需求之一就是"信赖感"。马斯洛认为：基本需求如果得不到满足，人们就不可能有健全的生产和生活。人在进入复杂的心理性、社会性的信赖关系前，建立其身体性的信赖是很重要的。拓展课上会出现可能在众人面前出丑或失败的风险问题，而建立起人与人的信赖关系就成为了解决这一问题的基础。①

拓展在经过破冰课的相互熟悉之后，学生们有了交往与了解的需求，问题在于他们用什么样的心态交流。事实上，这种心态必须建立在彼此信任的基础之上，因此其后的活动往往是从信任开始，比如做信任背摔、信任传递、高空合力过桥等，通过身体性的活动，将安全作为衡量活动的杠杆，彼此交付给所在团队，在正确的安全确保技术下，达成最初的同伴间的信赖关系，为此后的活动奠定基础。

> 有时候合作不是 $1 + 1 = 2$，而是 $0.5 + 0.5 = 1$。

在不断的挑战学习与团队熔炼之中，通过同伴之间的援助和保护关系建立起来的信赖关系，会提高小组团队的共同成长意识。信赖关系会从简单的同伴之间的信任转化为个体对所在团队的信任和同时上课的班级之间的团队之间的信任。同伴之间信赖感的建立，对于团队学习中的冲突设置和冲突解决有直接帮助，对于团队度过"动荡期"走向规范也有直接帮助。

2. 培养团队角色认知能力

团队角色的认知对于自我定位和自我发展有重要作用，对于团队协作和团队绩效有明显作用，以此为基础的锻炼能够帮助学生发现自我，真实地分析自我的个性特征和潜在能力，对于未来的职业生涯规划也有帮助。拓展课上学生主要是在团队中学习，通过课程中的团队游戏和教师辅导，学生可以对自己在团队中的角色有一定的认知，这对于未来融入工作中的团队有很大的帮助。贝尔宾在《团队管理：他们为什么成功或失败》中认为，没有完美的个人，只有完美的团队。人无完人，但团队却可以是完美的团队，只要适当地拥有适应地团队角色。

拓展中的"团队"按照团队学习要求，可以和我们身边的许多现实团队进行比较，从而增加学生对团队角色的认知。比如企业管理方面比较关心的团队，也可以是工作小组、专案小组、球队、社会组织团体、俱乐部等比较正式的团队。

---

① 毛振明，王长权. 学校心理拓展训练 [M]. 北京：北京体育大学出版社，2005：13.

在团队中每个成员都扮演着不同的角色，有的人是团队的领导，有的是追随者；有的人善于团队内部资源整合，有的人擅长专门与团队以外的有关方面进行有效的协调与沟通。作为一个拓展活动时组建的团队，我们需要什么样的角色，或者是团队中的人怎样演绎这些角色，成为拓展课中重要的一部分（如图3-5所示）。

图3-5　这是一支在课后长期保持联系的拓展团队

（1）队长：能够负责任，对团队发展充满信心，有激情并能够带领大家一起完成活动。当然这个队长最好擅长听取别人的意见，有足够的勇气和坚决的态度反驳队友的意见，能很好地授权与用人，能够很好地判断拓展活动中自己的角色转变。

（2）团队工作者：善于内部社交，能够协助队长。相信别人，对别人感兴趣。推崇团队合作精神，有其在场时团队士气会更加高昂，合作性会更好。

（3）组织者：对于组织课程内外的团队活动有很高的积极性，即使不太感兴趣的活动也会负责地完成；做事情有条理、系统化，会做一些团队成员认为很难或不愿意做的工作，并很努力地做好。

（4）监督者：喜欢对一件事反复推敲，考虑事情比较全面，经常会考虑活动错误后会导致的后果。做事比较冷静和挑剔，有时觉得过于现实。思维逻辑性很强，决策慢但很少出错。

（5）完成者：做事先计划，注意细节，是完美主义者。每次活动都会在合适的时间介入，有较强的操作能力。

（6）智多星：知识面广，思维活跃并且发散，能够突破思维或者寻找到规则的"漏洞"，敢想敢做并有一定的说服能力。

（7）挑剔者：对活动进度与完成能力特别紧张，因而能督促小组以正确的方法工作。常说刺激性的言语，性急、易怒，没有耐性，有时会造成团队成员的不安。

（8）联络员：喜欢与人交流，从进入课堂开始，就会和不同的人谈话。在活动中会找不同的人问一些和活动相关的问题，了解不同队员的想法，能够在合适的时间将别人的想法传达给团队领导。

这种小组往往需要一名"专家"来促使团队成长，这名专家指的是了解团队目标并能进行技术与专业知识方面的指导。当然此角色在团队学习初期由拓展教师担任最好，随课程的进展教师要有意培养"接班人"，在团队中寻找参加过该类活动或者成长较快的队员，经过辅导后让其担任"专家"角色。

一个人角色的定位，通常由其本身的性格、处事方式以及所要完成的不同项目决定，倾向于"扮演"以上八种角色中的一种或几种。一个团队的"梦幻组合"并不是说要具备8个人，而是团队所有成员组合在一起时，总体上看必须齐备上述的八种角色倾向。因此，在进行团队学习时可以有目的地做针对性训练，从而提高团队角色认知能力。

3. 拓展可以培养领导能力

通过拓展课的学习和教师的指导，对于团队中的部分有领导愿望的学生，可以很好地激发他们的领导潜质，尤其是通过一些团队协作和团队合作的活动考验，可以很好地激发他们在领导愿望、领导品格、自信心、执行力和影响力方面的特质，这些特质在活动中具体表现在以下几个方面：

    （1）克服恐惧，敢于担任领导。

    （2）敢于决策，并带领大家一起完成。

    （3）能说服别人认同自己的想法。

    （4）主动承担开创性任务。

    （5）有较强的好奇心和兴趣。

    （6）关照他人并愿意召集他人一同活动。

    （7）与人交往真诚。

    （8）有团队观念并认同团队的价值。

    （9）能够自省。

许多人认为在拓展课上学习领导能力只是一部分人的任务，事实上每一个人不一定必须做领导，但是需要有一些领导力，至少应该了解一些"领导"的能力。对于希望培养自己领导能力的同学来说，拓展课是一个极好的平台，在模拟现实的"组织中扮演领导角色，就得展开一段不同寻常的旅程"。

拓展对提高学生的领导力与适应不同的领导风格有积极作用。拓展课上，各队队长是象征性的领导，他们所具有的领导风格各不相同，领导力相对较差，但经过一个学期的锻炼，或多或少都有提高。

史蒂芬·鲍姆在《器量》一书中说，并不是每个人都适合做领导，说老实话，大多数人都不具备领导的能力。许多人渴望当家作主，但只有极少数人能够如愿，至于能够称得上表现优异的，更是凤毛麟角。有些人虽然登上了"高原"，却为先前没有经历过足够的历练，或者是出于个人的因素，以致无法应付得了当老板的压力，还有更多的人是因为担心自己的能力有限而很快从高处退下。这世上有很多了不起的人，以单打独斗和担任主要幕僚的方式，对世人做出伟大的贡献，这种人不当领导反而有更好的表现。

领导力是拓展课上的重要一部分，无论是团队队长还是团队成员，每一个人都需要领导力的锻炼。在"孤岛求生"活动中，学生们得出："我们习惯性地喜欢领导下属；同级之间也需要互相领导，而且最难达成统一和内耗最多；向上领导也是必须掌握的领导方式。"对于项目任务的情境随时都在改变，领导者对领导力的认知也在随时改变，对于作为追随者的学生们来说，会感受到诸如武断、民主等不同的团队领导风格，这些风格如果在短时间内为了完成任务需要而无法改变，就需要团队成员去适应，适应能力的提高对于学生来说也是非常重要的素养之一。

4. 拓展可以培养团队精神

团队精神需要有一个良好的形式作载体，需要有制度体系来维护和巩固。拓展依据团队理论的模式要求，在对选课学生的情况进行分析之后，首先进行模拟团队建设，这种建设按照固有的模式，在开学第一周进行。在课上首先进行关于拓展的介绍与团队基础知识讲解，而后按照管理学中"控制幅度理论"和户外活动应对挑战难度的分析，将每个班 28 名学生随机分队，一般分为两队，每队 14 人左右，选定队长、队名、队歌，制订出队徽、队训，并将其写在其队旗上，一个形式上的"团队"已经建成。此后，他们将面临各种各样的考验团队的任务，在完成任务的同时，解决团队内部建设中出现的各种问题。

在调查团队建模对于团队培养的价值的肯定作用时，92%的学生认为这种方式对于团队建设模式的培养有价值。北大信科系的陈霄同学在总结中写道："我们都是一群有追求的人，对于将来所从事的事业，光靠个人工作勤奋、天资聪明、知识渊博是不够的，一定要增强团队合作意识。与他人如何有效沟通和合作，提升自己的心理素质，培养自己的崇高人格，自始至终贯穿在我们的项目中。通过众多实践性项目的操练，我们形成了优良的团队风格，团队成员渐入佳境，项目绩效明显提升，取得了良好的效果。团队意识也是素质拓展的重要成果之一。"

团队建模之初，由于团队各学生成员的个体特征差异，团队中部分队员的相似特征会形成某种强势，使团队在不断的发展中形成自己的风格特征，团队成员的介入能力会得到一次很好的锻炼，从中发现现实团队与构想中的不同。理解不同风格的团队文化存在的可能性，并从主观上愿意接受并适应现有的团队文化，对于许多个性很强的学生来说，这是一个很艰难的过程，尤其在团队建设的动荡期，冲突表现得异常明显，经过两次以上的冲突解决经历，学生们适应能力明显得到提高。

快速融入团队并成为团队欢迎的成员，这是团队精神的一种深层次体现。不论何种风格的团队，能够快速融入并投身其中，是一种能力的体现。能够成为一名受欢迎的团队成员，除了具有团队需要的能力外，这也是团队意识和团队精神的最直接考验。每一名成员都有这个层次的需求，这也符合马斯洛的层次需求理论，他们愿意在拓展课上为此努力，内省与再认识自己，寻找与改正不足之处，能够取长补短发挥能力、乐于合作、勤于奉献、敢于承担责任、真心地鼓励与帮助他人等习惯的养成，自然会受到别人的欢迎与尊重。

5. 社会适应能力的提高是群适能的体现

学校在开展拓展课时，将提高学生的社会适应能力作为教学大纲中的重要部分。大学生对于社会所需的多种素质虽有了解，但是缺乏亲身体验总会有种"水中观月"之感，一旦需要展现此类能力时，总有种似懂非懂、若有若无之嫌。尤其是关于沟通、激励、信任以及团队和团队管理方面的理念比较欠缺，在应对职场问题时会表现出很大的不适应。拓展对学生社会适应能力的调查显示：97%的学生认为拓展能够很好地培养学生的社会适应能力。传统的学校教育课程中在此方面对学生的训练较少，拓展会给学生一些感受集体与个人、共同目标与个人目标、如何面对竞争和失败，公平竞争与面对荣誉等方面的训练。尤其是以团队挑战为主的活动，在课程开展前的设计是模拟现实情境，因此在针对领导力与管理理念的训练项目中，会给学生带来更为真实的体验和感悟。

在"盲人方阵"中学生不仅会对如何授权、分工、监测等常规问题有真实的体验，也会对特殊情境下"民主的讨论与武断的决策"有所认同；"孤岛求生"作为多家商学院最喜爱的经典项目，能带来对分工合作、层级管理、换位思考等问题的真实体验。"求生电网"对于资源的配置、时间管理等问题做出了最好的诠释。学生在学习结束后，对这类活动带给自己的冲击记忆深刻，并且能够对照现实生活去改变自己，努力将自己学习的书本知识和社会实践结合，对适应社会作些准备。

拓展的社会适应性表现在应对职场的选择时有帮助。学生毕业面对职场选择已经成为一个严峻的话题。学生在经过努力学习后，专业知识素养毋庸置疑。但是职场需要拥有综合能力强、职业素养高的员工，如何经过层层选拔，尤其是在一些特殊考核时，表现出我们善于合作的一面，拓展为学生们提供了一个很好的帮助。他们会在竞争的同时很好地表现出特有的团队意识，在角色定位、与人沟通、积极合作等方面表现出训练后的素养，由于课上的情境模拟，在应聘活动中出现的场景有时会似曾相识，可以避免课上出现过的错误，尽量多地弥补缺乏工作经验带来的损失。

在国外，类似拓展的各种体验学习都将为社区服务作为其中重要的一部分，我国在这些环节开展得较少。我国拓展的学习对学生应聘工作会有一定的帮助，许多用人单位在招聘时关于工作能力适应性、职位角色认定、沟通协作能力、市场开拓能力等测试中经常会运用到拓展的理念，甚至许多题目都是拓展教师或企业教练设定的，学生通过拓展的学习所形成的好的习惯和思维方式，能够对学生求职有所帮助，同时也对用人单位寻找到易于适应工作的毕业生提供帮助。

思考题

1. 什么是全适能？如何理解拓展对全适能的锻炼价值？

2. 什么是体适能？如何理解拓展对体适能的锻炼价值？

3. 什么是心适能？如何理解拓展对心适能的锻炼价值？

4. 什么是群适能？如何理解拓展对群适能的锻炼价值？

第四章
拓展的项目分析

拓展活动中的精神是与我们迎难而上的不屈和积极乐观的勇气合而为一的，也许这些称之为精神的东西总有些挥之不去的轻忧，但却没有使拓展精神沦为自叹自怜的绝望。团队之中的自我奋斗使困苦成为记忆，振奋之外的团队合作使散漫成为金石，于是"挑战自我，熔炼团队"成为永恒。

——《拓展精神》

内容提要

本章对拓展活动项目的五个应用层次、七种性质、八种形式进行了细分，并通过九项指标对拓展活动项目进行了难度分析，从而提供了一种更加清晰的拓展活动项目的认知方法，方便我们掌握每一个活动项目的应用方式，为我们全面直观地了解拓展的活动内容和有针对性地设计课程提供依据。

第一节　拓展活动项目的层次

素质教育在学校教育中的全面性促使学校在开展拓展时，只有在不同的层次项目活动上得到体验，才能让大家在体验中获得更全面的认知经历。

活动项目的层次划分能够让我们在自我认知、心理调整、活动技巧、团队激励等方面有所准备，同时也可以进行多方面的素质培养。从理论学习对课程特点的了解到实践活动中的勇于尝试，从锻炼自我积极与果敢的心态到学会沟通融入团队，不同层次的活动能够给我们不同的学习效果。对于活动项目层次的正确判断对于我们认知活动的风险，在活动中化解风险可能转化的危机，获得身体与心理上的安全至关重要。

按照传统的户外教育与冒险教育的活动层次划分惯例，借鉴户外游戏专家盖瑞·凯朗特的分类方式，结合学校拓展训练在校园内模拟野外情境开展的特点，对活动项目进行评估并从应用的角度将其划分为五个层次。虽然将这些活动划分为五个层次，并不是表明一个层次优于另一个层次，[①]也不是哪个层次更适合于进入课程里，将不同层次的活动合理安排在学习中有利于全面地了解拓展，同时对于培养学习者的全面素质和系统学习有所帮助。

层次一：拓展的理论学习

开学第一周或第一次拓展课，一般会将学员集中在训练场、教室或会议室中，讲解拓展训练的基本知识。拓展训练的起源、现状、学习方式、安全要求是拓展课所必须了解的内容，课堂常规、学习目的、考核要求也会在课上提出。团队理论与团队建设需要老师和学生共同完成，有时会将团队建设安排在课后或第二次课进行。依据课时数量与项目安排可以适当增加理论课的次数。

1. 讲解拓展的基本历史知识。
2. 讲解拓展完成任务所应具备的基本技能。
3. 讲解拓展活动中所应注意的行为规范与安全要求。
4. 讲解拓展活动学习方式与要求。
5. 讲解拓展课堂常规和考核要求。
6. 讲解拓展团队理论与团队建设要求。

在一个周期的学习中，适当的理论学习能够让我们在项目活动前后有更多的反思与认知，这对于完成活动项目与分享回顾更具有针对性以此达到事半功倍的效果。活动中穿插一些管理技巧、个人沟通与职业素养、专题影视欣赏或讲座等也能帮助我们更好地了解拓展的学习目的。

---

① 盖瑞·凯朗特. 户外游戏大全 [M]. 陈平，等译. 北京：企业管理出版社，2003:4.

项目范例：破冰课、户外技能讲座、避险求生理论与体验等。

层次二：在团队的支持下，以个人挑战为主的低风险项目

这是我们鼓起勇气接受挑战的开始，调整心态、打破含蓄与张扬个性的重要过程，通过自己的挑战接受队友的支持是获得力量的源泉，积极快速参与融入团队也是由此时开始。此类活动中"态度决定一切"是成功的要素。

1. 强调自我用积极的心态与行动参与活动。
2. 融入团队接受支持。
3. 摒弃胆怯展现自我。
4. 加强自信与互信的培养。

此类活动不宜过多，由于此类活动大多需要轮流进行，有些项目其他队员参与程度低，容易造成时间的浪费，低风险的活动容易让队员精神上麻痹大意，造成不必要的轻伤，这将会使队员间的信任度降低。

项目范例：高台演讲、信任不倒翁。

层次三：较低风险的户外活动项目，以团队挑战为主

在学校开展拓展训练的初期，这些活动是拓展训练中的主要组成部分。此类活动对于融入团队能力和增强沟通能力有很大帮助；理解讨论与决策，包括在危机情境下的"民主讨论"与"武断决策"的意义；学习领导力在团队活动中的作用等。

1. 树立团队共同面对困难与战胜困难的信心。
2. 加强组织内的有效沟通。
3. 加强所有学员之间的合作意识与合作技巧。
4. 明确分工与领导产生在团队中的作用。
5. 了解个体决策、专家意见与群策结果的差异。

6. 关于层级管理、领导授权、监督机制、时间统筹的学习等。①

此类活动中对于规则的理解是极其重要的环节，学生与教师之间，学生之间都会因为对规则的理解产生分歧或冲突，正确地化解此类冲突是团队走出"动荡期"所必须经历的过程。此类活动在监控时需要具有较强的灵活性，确保学生能够充分地体验，并能自发地领悟游戏活动中的主要内涵，而不是活动后通过教师和观察员的分析才能明白活动本身的内容。

项目范例：盲人方阵、求生电网、数字传递。

层次四：较高风险的户外活动项目，在团队支持下以个人挑战为主

此类活动是在团队的共同参与下，以激发个人潜能，挑战与战胜困难的项目，尤其是对个体心理冲击力较大的项目。此类活动是学生们期待和盼望参加的内容，学生们对于高风险的挑战总会津津乐道，在挑战获得成功的体验后会带来极其美妙的感觉和记忆。高风险挑战活动除了能给挑战者本人带来心理上的极大冲击，对于团队的凝聚力也有很大的帮助，这对于参加拓展训练的学生来说是最主要的收获。作为心理辅导为主的拓展，注意把握辅导的时机和风险难度的设置，对于以体育活动为主的体育课应当尽量避免学生的竞赛状态，努力做到让体验者获得充分的内心体验。

1. 帮助个体了解自己在团队中的作用。

2. 理解自己与他人之间的关系，个体逃避困难将使团队受挫。

3. 从一个新的角度认识自己的能力与潜力。

4. 培养自立自强、勇敢面对困难与战胜困难的决心。

5. 培养在挫折面前的自我说服能力。

6. 增强自我激励与对他人的激励能力。

7. 合理地树立榜样以及效仿榜样。

8. 体验成功并能快乐地与他人分享。

---

① 钱永健．拓展训练[M]．北京：企业管理出版社，2006：44．

9. 认同在同一现实面前有不同认知，并能求同存异地看待问题。

10. 合理的保护帮助与信任队友帮助。[1]

风险活动的开展 "安全"是命脉所在，活动的场地、器械、天气以及学生的衣着和状态都是必须考虑的因素，但其中最重要的仍然是教师的课程布置和监控。活动中一定要遵守"挑战基于选择"的原则，避免强迫事件的发生。

项目范例：信任背摔、高空断桥、空中单杠等。

层次五：较高风险的户外活动项目，团队接受挑战

此类活动需要在团队具有一定的挑战能力时进行。由于属于风险共担，活动本身的风险性在学生的认知中并不高，但活动中的个体风险在同时发生对于活动监控来说，累计的风险将会使活动的进行难度加大，易于出现不可控因素，因此，此类活动在拓展课上的分量相对不多，并且需要加强安全与风险意识教育。

1. 培养团队意识与团队合作精神。

2. 提高团队工作效率，营造和谐环境。

3. 培养良好的人际关系。

4. 培养团队内部学习与互助的能力。

5. 强调信任在团队中的作用。

6. 对团队良性发展的及时肯定与认知等。[2]

避免活动中部分学生游离于团队之外，不能达到团队成员共赢的效果。由于活动中必须依靠团队的能力才能挑战成功，因此需要对个人冒险行为给予关注。对于活动细节和活动规则的讲解与理解需要同步，以此获得活动成功的基础。

项目范例：求生墙、野外生存。

活动层次的分析与设置的运用属于对整体课程的宏观认知，对于在学校开展的拓展训练，由于不同学校的人文环境和设施条件不同。在对

---

① 钱永健. 拓展训练 [M]. 北京：企业管理出版社，2006：44.
② 钱永健. 拓展训练 [M]. 北京：企业管理出版社，2006：45.

活动项目的分析与确认后合理分配教学时间，适当地设置不同层次的项目内容，有利于学生素质教育的全面发展。

教师安排课程时的要求差异，活动规则的执行力度的掌控尺度，团队发展所处时期的不同特点等因素，会使学生完成挑战任务时产生不同的结果，甚至会产生相悖的可能，这就要求我们要及时了解个人或团队在当时的挑战能力，对活动项目进行及时合理的改变与调配，这样至少可以使安全隐患降低，也有利于最终的培养目标。

第二节　拓展活动项目的性质

拓展的项目性质是由学生完成课程时的目的任务决定的，项目的性质可以直接表明活动本身的针对性，也可以让学生更加清楚活动的锻炼价值和所要投入的重点精力，这对于学生调整心态、理解规则有积极作用。项目性质还可以帮助拓展教师在设置项目和课程监控时更有依据，通过项目性质的分析可以很好地组织安排项目与项目之间的顺序，按照团队发展理论使项目有机组合，更好地帮助学生挑战自我与熔炼团队（如图4-1所示）。

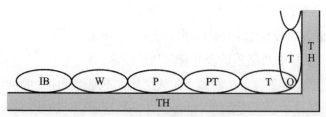

IB：破冰课　　W：热身项目　　P：个人挑战为主的项目　　PT：个人挑战与团队熔炼相结合的项目　　T：团队熔炼为主的项目　　O：组织融合类项目　　TH：理论课

图4-1　拓展的项目性质分类图

拓展的项目性质主要包括：破冰课、热身游戏、个人挑战为主的项目、个人挑战与团队配合相结合的项目、团队熔炼为主的项目、组织融合类项目、理论课，这些项目分别针对学校开展拓展训练课的人数、时数、课长和教学目的和手段的区别进行区分。

破冰课

破冰课是拓展训练课程开展时的重要部分，以打破学生们在进行团队活动时的心理隔阂与身体距离，快速进入学习状态为主要目的。在学校开展的破冰课还需要了解课程特点，了解授课教师与在学习中的师生关系，同时加强同学间的互相了解并组建团队。此外，了解关于活动安全破冰游戏的目的是为了让学习者互相熟悉起来，拉近距离，以便学习者融入以团队为单位的项目中来。

破冰课可以在每一学期开学的第一节课进行，也可以先进行两节团队游戏活动，让学生内心的"坚冰"在活动中略有"融化"，然后再安排破冰课并进行团队建设。学期的首节课进行破

> 破冰原则：
> 发现坚冰而不是制造坚冰；
> 破冰后要融化甚至升华；
> 有冰才破，无冰不破。

冰能够更加系统地让学生了解拓展训练的学习进程，也利于其后课程的跟进。但是如果学生在前两周属于选课阶段或者试课阶段，过早的进行破冰课可能不利于学生后续课程的学习，尤其是人员变动较大时，很难让那些后来选课的学生正确了解拓展训练的要求和特点，也不利于团队的组建和安全管理。

破冰课需要做到通过一些破冰游戏来完成破冰之旅，鼓励个人敞开心扉、培养幽默感，尊重他人和他人的观点、思想和创新。[1]最重要的是参与者将会允许别人和自己说笑和互动，让课堂充满活力，自然地和陌生人结识并交往，并愿意在一起参加一些挑战性的活动。适当地增加一些身体活动或者身体接触可以建立正面的互动，但过多的激励和极端亢奋性的活动并不可取，对于需要通过一个学期或更长时间相处的群体来说，"慢热型"团队的组建和发展更能够给参与者留下物超所值的期待。

---

[1] 伊迪·韦斯特著. 破冰游戏 [M]. 冯涛，等译. 上海：上海科学技术出版社，2003：5.

热身项目

拓展训练在培训活动中，由于采用短期集中训练性质，一般在一两天或几天内完成有计划的训练，训练中的项目按照活动设计进行前后排列，因此热身项目大多安排在破冰课后，或者在集中休息与修整结束后的新时段课程前。学校开展的拓展训练课热身项目主要包括热身游戏、暖场游戏、导入游戏、反衬游戏等。按照学期安排每周一次课，每节课前的热身项目对于能否顺利完成整堂课起着至关重要的作用。它不仅可以帮助我们达到身体预热、提高肌肉神经的兴奋性、提高机体活动能力和循环能力，而且还能起到帮助导入活动、辅助暖场、项目反衬等作用。热身项目一般不超过课程时间的 1/5，活动结束后可以安排简单的回顾或总结。热身项目对于提高身心安全，减少伤害事故也有帮助。

图 4-2　针对背摔的热身活动

（1）热身游戏是为了提高身体的活动能力，可以按照体育课前的准备活动进行，先组织学生慢跑或做一些舒缓的关节操，随后加大运动量。常用的游戏如"五毛一块"、"女王圈"、"勾肩搭背操"，也可以针对活动项目有目的地进行热身，如，信任背摔前学生的三角支撑腰背部力量练习等（如图 4-2 所示）。

（2）暖场游戏是为了增加学生上课的兴趣，增强课堂的活跃气氛，提高学生的注意力而进行的诙谐、有趣的小游戏。常用的游戏如进化论、松鼠大树等活动。

（3）导入游戏是为了提高即将开展的活动项目而进行的有针对性的训练。目的是为了活动的快速与顺利开展，有时是为了活动的布置与活动技术动作的学习做铺垫。常用的游戏如在盲人方阵前的盲行，求生墙前的大怪兽，空中单杠前的下蹲走与跳起击掌等，此外诸如信任背摔前的信任不倒翁等活动都是很好的导入游戏。

（4）反衬游戏主要是通过活动形成一种认知的倾向，在此后的活动中出现完全不同的认知，从而产生更大的反差和震撼，以此加强反思和提高学习效率。反衬游戏往往为了更好地完成一些心智类为主的游戏而有计划地安排，反衬游戏本身的主旨往往是将要进行的活动的"盲区"或误区。比如在红黑博弈前的各类小比赛，盲人方阵前的生日排序。

个人挑战为主的项目

个人挑战为主的项目指那些主要是通过学生个人的努力，在队友的鼓励和间接支持下，主动接受项目挑战并朝向成功而做出的努力，为此而特意设计的项目。个人挑战为主的项目主要挑战学生心理承受能力，提高学生的冒险精神和坚强的意志品质，增强学生在挫折面前不屈服的信念，从而提高学生面对生活困难的能力。

拓展训练的个人挑战项目并不是学生单独面对困境，而是小组面对统一的困境，大家轮流接受挑战，在团队成员的鼓励和相互影响下完成各自的任务。团队学习中个人挑战成为重要部分并不是一个悖论，团队发展需要通过个人的发展来促进，个人在团队中的挑战是以团队为依托，通过团队的支持和帮助，在面对困难时独立完成任务，从而达到充分体验和感悟项目活动的内涵，从中获得成就感（如图4-3所示）。

个人挑战的活动主要是一些模拟困境、风险和陌生的危机环境中出现的情境。这些活动项目一般来说对身体安全是一个模拟的考验，完成这些活动大多需要

图4-3 空中单杠是一项个人挑战为主的项目

109

参与者通过自己的努力，逐步探索直到最终完成任务。此类活动的心理冲击往往由弱变强，最终以获得安全来达到身体与心理的高峰体验。这类活动的体验类型主要是主动体验，与传统的被动娱乐体验如过山车、蹦极等活动不同，这类活动能够更好地给学生提供一个反思和自省的过程，同时可以和教师或队友进行交流，得到更多的鼓励和支持。

传统的拓展训练活动中，个人挑战项目主要是由高空项目和中空项目组成，并且以高空项目为主，比如空中断桥和空中单杠等，偶尔也会有泰山绳等活动。拓展活动中增加了部分中低空项目，以适应青少年身体和心理的发展特点，比如，滚动独木桥、交叉绳等。

个人挑战项目主要针对挑战自我，挖掘潜能为主，但是也不能忽视个人挑战项目对熔炼团队的价值。个人挑战项目在正确的引导下，也可以帮助熔炼团队，个人挑战顺序的排列对于团队来说就是一种熔炼，团队的成员可分成勇敢与害怕两种，他们的这种情绪会在内心与表面两个层次上表现出来，而他们之间会互相交流并在活动中互相影响，因此，如何安排这些人员对于团队融合能力的提升非常重要。

将拓展训练学生在高空挑战时的表现进行观察分析，发现学生在挑战前或多或少都会表现出不同程度的紧张、焦虑等，并会通过不同形式表现出来，但受到性格、态度、能力等的影响，会表现为积极与消极，冲动与冷静，安静与不安，掩饰与袒露等特征，比如会通过语言变现说出：害怕或一点都不害怕。但在挑战时会表现出一致性和差异性，而这种表现在有经验者面前很容易进行判断，通过以前的项目表现、接触项目时的举止行为或项目前的辅助练习可以观察出来，至少拓展训练教师可以很容易地观察出来，这是一种内在心理变化与外在表现的真实显现。

将学生分成四种类型：真害怕型、假害怕型、真不怕型、假不怕型（如图4-4所示）。

真不怕型——表面勇敢与内心勇敢。

假不怕型——表面勇敢与内心害怕。

假害怕型——表面害怕与内心勇敢。

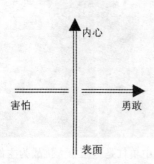

图4-4　对于恐惧的表现类型

真害怕型——表面害怕与内心害怕。

对于一个团队，在不同难度的活动项目面前，不同类型的学生组成不同的挑战顺序，会对项目的难度值进行放大或缩小，同样对于团队完成任务的顺畅性，对于队员完成项目的动作成功率，对于学生锻炼价值的目的倾向性都会有影响。鉴于拓展上课时间紧，学生身体条件差异性相对较小，为了降低对学生心理影响的差值，建议使用"顺差从众影响"帮助团队中每一位成员在相对合理的心理压力下，通过自我内心的调整获得心态的平衡，深刻地体验活动项目本身的冲击，而不是身边队友制造的额外压力。

顺差从众影响是指学生在拓展训练挑战过程中合理安排挑战顺序，先参加挑战的学生给其后学生做出榜样，帮助他们树立信心，增加勇气，降低心理恐惧，从而帮助其后的学生主动效仿榜样或暗示自己可以像他人一样获得成功。

个人挑战为主的项目具有较高的风险性，活动的安全说明和对器械的使用学习是活动前的重要部分，活动中对于安全保护器械的关注是活动中的重要一环，除此之外合理的保护技术是帮助学生提高信心，完成挑战获得安全的基础环节。

个人挑战与团队配合相结合的项目

个人挑战与团队配合相结合的项目是指学生个人挑战必须在团队其他成员的密切配合下才能完成的项目。此类活动对于个人挑战具有一定的风险性，风险的降低需要全体队友的共同努力，对于学生提高自信心，增强心理承受力和抗挫力的同时，重点考验对同伴的信任和支持。此类活动往往作为拓展的开场项目，为同伴之间的通力合作创造一个最佳的导入契机。

个人挑战与团队配合的项目主要分为两部分，即个人挑战部分和团唯一值得我们恐惧的事是恐惧本身。
——罗斯福

队配合部分，个人挑战是活动的主体，团队配合是为了个人完成挑战而进行的必要帮助。两者之间需要密切合作才能达到好的效果，除了挑战队员与团队配合队员之间的密切合作外，团队配合队员内部之间的密切合作，同样对项目的完成起着至关重要的作用。因此，团队配合具有明显的两重性，既包括内部配合也包括外部配合。

个人挑战部分往往具有一定的风险性，化解这种风险往往需要同伴的付出和支持，同时需要他们之间默契配合和充分信任，彼此之间的互相负责和互相沟通达成共识也非常重要。只有这样才能将人为风险降到最低从而获得更多的安全，比如"合力过桥"需要同伴拉紧平衡桥面的绳索，随着挑战队员的前进，支持的队友需要不断调整，密切配合，直到挑战活动完成。除了化解同伴的风险，有时配合完成挑战的队友还要承担一定的风险，比如"信任背摔"组成接人的"人床"（接人的队员双臂前平举，双手放在队友右上臂两侧，两两相对用手臂组成一个供队友倒下时的"床"，在拓展训练中被称作"人床"），在挑战者倒向"人床"时，接人的队员承担一定的冲击并有可能造成伤害，但为了队友的安全必须全力以赴，协助挑战队友完成项目。有时候挑战队员相对比较被动，协助完成挑战的队友之间也需要配合，如果配合不够默契将不能帮助挑战队员完成任务，甚至还会造成伤害事故，比如，"松鼠飞"项目，虽然挑战队员可以努力向上跳起，但是如果全体协助完成任务的队友不能齐心协力，步调一致地向前跑动，就很难将挑战队员拉到一定的高度。

个人挑战与团队配合相结合的项目在挑战个人潜能与团队配合的同时，对于挑战队员身体和心理的安全都是一个较大的考验，成功与失败的区分往往和安全有直接关系。因此，此类活动的安全说明和互相保护的学习需要认真对待，而活动的安全监控的难度不亚于个人挑战为主的项目，并且成为活动成功的根基。

团队熔炼为主的项目

团队熔炼为主的项目是将拓展训练项目按照团队学习理论，适时安排在团队发展的不同阶段，以提高团队的协作与合作能力。团队熔炼为主的项目主要是为了加强团队之间的协作和合作，充分发挥团队成员之间的互补优势，提高团队在有限的时间内完成任务的效率。有时也会制造"冲突"并通过团队成员之间的努力来化解"冲突"。

团队熔炼项目主要有加强团队信任的项目，提高团队沟通技巧的项目、培养团队协作的项目、加强团队合作的项目、对团队成员有效激励的项目、树立团队制度的项目、提高团队成员责任心的项目、提高团队领导力的项目。常用的经典团队项目有雷阵图、孤岛求生、求生墙、盲人方阵、七巧板、求生电网等，这些项目能对团队的综合能力进行帮助，并且都能培养团队精神，但是不同的项目仍然会侧重于某一方面的培养，因此，在项目的选择与使用上一定要对团队学习时所需要的内容进行分析，合理设置团队进展中最有帮助和最有价值的学习项目。

直观上团队项目的风险性不高，教师和学生都会在安全的问题上麻痹大意。虽然团队活动一般不会出现极端的身体伤害事故，但却是中低程度伤害事故的频发活动类型，尤其是诸如撞伤、扭伤与学生身体接触造成的意外伤害，因此，要加强对学生的安全教育和安全监控力度。此外，团队活动是造成学生在团队中心理变化较大的过程，被包容接纳还是被排斥冷落，能够提供帮助和被帮助还是无法参与孤立无援，可以信任他人和被他人信任与否，活动中的参与度和活动后的满意度比较等问题，都是影响学生心理变化的重要因素。因此，选择不同的团队项目并确保学生在活动后进行真诚的分享，彼此之间求同存异并能换位思考，教师在总结提升时结合团队可能出现的问题，及时地化解冲突和危机，对于团队项目的学习极其重要。

组织融合类项目

组织融合类项目是将几个小团队安排在一起，为了共同的目标完成一些团队之间的交流与合作活动。组织融合类项目包括小组间的合作与竞争，也包括各自小组争取各自利益最大化的问题，但绝大多数的活动最终的目标都是为了共赢或者提高绩效的活动。

> 从竞争对手到"竞争队友"是团队之间成长的动力和互为欣赏的基础。

最初阶段经常会安排一些小组间的竞争项目，比如数字传递、顶针传递、电波传输、击鼓颠球、轮胎足球赛等，通过各自的努力争创佳绩战胜对手，甚至通过团队文化展示以及趣味竞赛类的热身游戏提高团队间的竞争。当然这类竞争活动只把其他小组当作竞争对手而不是"你死我活"的敌人，也可以将不同小组当作组织中的不同部门，否则过于白热化的竞争会影响其后的组织内部合作。

不同小组间的"文化"特点会使小组之间的沟通交流出现"障碍"，利用小组之间制度与信任机制的不完善，进行一些组间共赢活动会对所有成员的内心产生较大的冲击，从而提高对"沟通、合作、互惠、共赢、良性竞争"等知识点的学习。例如，进行红黑牌、同穿雷阵、狭路相逢等项目可以使学生得到很好的学习。学生们在课上说："我们在争取各自利益最大化的同时，需要和看似对手的其他团队进行博弈，彼此之间形成默契才能让我们都得到利益的最大化。"也有人说："加强沟通，互通信息，彼此信任非常重要，我们在这种活动中，不仅要明白自己该怎么做，也要明白对方该怎么做，更需要让对方明白自己会怎么做，只有这样才能共赢。"

完全将不同团队融合在一起进行活动，也会提高大家的合作意识。在学期最后几节课的求生墙或者七巧板项目中，我们一般会将全班同学融为一体共同完成既定目标，队长之间、队员之间都会出现一段时间的管理空白期，但正是通过各自小组的团队学习技巧，很快就形成一个"领导集团"并能够正确地领导全体同学完成任务。这类活动能够向学生表明我们所进行的团队学习虽然只是短暂的和临时的团队，但是团队学习所掌握的技巧和方法能够帮助我们在未来融入不同类型的组织，能够为我们意识深处的"团队精神"寻找到"用武之地"。

组织融合类项目许多时候符合企业组织的特点，可以结合人力资源管理的部分技巧，从设计项目到活动总结，对学生有针对性地进行辅导，也可以在理论课上请有实践经验的人力资源工作者进行辅导，这对于企业和准备进入企业的学生来说都是一件好事。

第三节　拓展活动项目的形式

适合在学校开展拓展训练的活动项目较多，由于不同的学校受诸如地域气候、校园环境、学校学生特点等因素的影响，学校按照教学目标，对拓展训练项目进行选择后安排在课程之中，通过实践与总结之后确认适合自己学校开展的拓展训练项目。对于普通高等学校开展拓展训练课，常用的经典项目仍然是我们选择的重点，随着拓展的创新与发展，可以选择一些替代项目，不断丰富拓展训练的活动项目（如图4-5所示）。

不论是什么样的拓展训练项目，只要有利于学生的身心发展，符合学生的身心发展规律，活动易于操作和监控，能够达到"从做中学"的目的，能够给学生以人生的启迪和帮助，都可以安排在课程中。具体的拓展项目在教学中只是工具，学生通过项目完成"挑战自我，熔炼团队"的主旨，达到在活动中自然得到感悟与教育的目的。由于所有的拓展训练项目是经过精心设计和编排的，设计之初将一些生活中

图4-5　利用水上设施进行的拓展游戏活动

需要的理念贯穿其中，在活动实施时，不同的项目对学生的锻炼目的也必然不同。

拓展项目的分类依据不同的分类标准，有许多种分类方式。按活动地点可分为野外、场地和室内项目；按活动形式可分为高山、陆地、水上项目；按空间高度可分为高空、中空、低空和地面项目；按参与人数可分为个人、双人、多人项目，多人项目有时也叫集体项目或团队项目；按风险程度可分为高风险、中风险、低风险和无风险项目；此外还可以按体能消耗、完成时间、竞技程度等划分。

综合多种因素，按照对学生锻炼的针对性和教学过程所关注的直观性，我们将现有的在学校开展的拓展训练项目进行分类，主要分成8种：高空项目、中空项目、低空项目、地面项目、心智项目、野外项目、组合项目、理论项目。由于学校体育课程的特点，需要加入相关体育课的统一要求内容与拓展训练课程的专项理论课程。

（1）高空项目是在专项高空架上完成的项目，高度一般不低于4米，完成此类项目需要在安全绳索与连接装置的保护下完成，侧重于锻炼自我的心理承受能力。活动需要同伴通过安全装备进行保护，活动的全过程需要自始至终接受安全装备保护，活动主要分为上升、下降、跳跃和通过四种。高空项目主要包括：高空断桥、空中单杠、垂直天体、高空荡桥、团队攀岩、沿绳下降等。

（2）中空项目是在相对较高的专设器材上进行活动，活动中不能直接跳上或者跳下，或者学生身体动作由队友托举或自己不能完成上升与下降的动作。中空高度一般不低于学生胸部，学生到达高度一般不高于保护学生双手上举的高度，活动中可以通过地面队友或地面设置的缓冲设置进行保护完成上下活动。中空活动在对心理冲击与团队配合方面都会得到较高的锻炼，中空项目属于操控难度较大的项目，易于产生中等伤害事故。中空项目主要包括：求生墙、高台演讲、翻越障碍、信任背摔、鳄鱼潭等。

（3）低空项目是在相对较低的高度进行的活动，活动中学生可以自己安全上下，一般不会因为活动高度产生安全危机。这类活动相对要求地面平整，空间较大且视野开阔。此类活动一般不做较大范围的移动，活动高度一般不是培训中的监控重点。低空项目包括求生电网、荆棘取水、孤岛求生、泰山绳等。

（4）地面项目是在自然地面上进行的活动，活动主要通过在地面上的走、跑、跳、投等动作完成。此类活动中往往需要一些道具协助完成，整个过程有比较严格的活动规则，活动以培养团队协作为主旨。地面项目包括雷阵图、交通堵塞、盲人方阵、竹竿舞、有轨电车等。

（5）心智项目主要完成一些暗含诸多理念的非身体动作类的活动，活动中往往需要通过团队沟通与合作，寻找出部分我们所熟知的用于解决问题的知识点，通过突破习以为常的生活"盲区"，获得完成任务的常理方法。心智项目主要包括沟通造桥、红黑博弈、七巧板、搭书架等。

（6）野外项目活动是在野外或者模拟野外实景进行的一些活动，此类项目主要是为参加野外活动时进行的演练，部分有条件的学校可以直接将学生带到野外进行锤炼，比如，地质、考古、野生动植物保护类学科的学生会进行实地学习。对于绝大多数学校的学生，可以利用校园内的自然条件进行活动，更多的是在拓展基地进行一些野外活动技能训练。户外项目包括校园定向、自然取火、取水、扎营、结绳等。

（7）组合项目主要是将一些简单的项目进行组合，通过形成一个大项目或统筹结合一些小项目在一节课内完成，活动中往往会包括个人和集体都需要完成的单个项目，项目本身属于不同类别，这类项目在活动量与活动内容上会显得更加充实。由于活动组合的灵活性，往往可以将其他体育项目穿插其中，同时也增加了趣味性和竞技性。组合项目包括挑战 150、生死 99 秒、球类大拼盘、穿越烽火线等。

（8）理论项目是按照教学大纲要求，每学期必须安排一定比例的理论课。拓展训练的理论课是介绍拓展作为体育课的相关知识、特点与要求，通过理论课达到掌握拓展训练的起源、发展和现状，了解拓展训练的体验式学习模式，对拓展训练的教学目的与要求有一个全面的了解。拓展训练最初的破冰环节与团队建设模式也属于理论课内容。理论课包括拓展概述、破冰课、安全教育、沟通课程、求职技巧等。

由于拓展训练的项目在分类方法上存在不同分类标准的差别，在项目的具体划分上会有部分的交叉，有些既可以归为高空项目也可以归为中空项目，在计算时可以按照独立项目计算，也可以将其一分为二列入两个项目中。

项目的分类体现了课程安排的多样性，选择不同类别的训练项目，可以丰富课程教学目的的全面性。要避免某一类项目数量过多或缺漏。由于不同项目类别的锻炼价值具有一定的针对性，在一定程度上进行细致的划分对于我们了解项目的锻炼价值有一定帮助。

第四节　拓展活动项目的难度

教育过程从来就是一个充满各种学习难度的过程。教育一直受人类社会存在的两个永恒矛盾所困扰，一个是新生一代要学的东西无限而时间和精力有限，另一个是人的潜能相对无限而人的发展条件相对有限。教育的实践和理论告诉我们，课程的实质问题是课程难度。对学校教育过程来说，难度可以保证教育过程的效率，激发学生的智慧潜力，培养学生坚强的意志。[①]

拓展活动项目的难度分析

项目的难度与项目本身的设计有关，一般来说，高风险的项目比低风险的项目难度大，体力消耗多的项目比体力消耗少的项目难度大，在户外的比可以进入室内完成的项目难度大，道具增多难度也会加大。我们一般会对这些项目潜在风险的高低与体力消耗的多少进行划分，综合两者并参考活动地点与道具的情况，给项目本身做个难度分析。对于参加的学生个体来说，高难度的项目往往可以提高个人素质，挖掘个人潜力，低难度的项目侧重培养团队精神、增强解决问题的能力以及决策和沟通的能力。

> 难易总是在比较中进行区分，对于完成活动的学生来说，要为成功找方法，别为失败找理由。

---

① 费海路.体育运动项目难度探讨[J].科学大众，2006（4）.

在对每一项活动的难度分析时，可以采用三级分析法设定为高、中、低三类。为了能够更好地分析项目之间的难度差异，现采用五级划分的方法，希望能够相对精细地划分活动的难度差别。由于参考了多种难度分级方法和多位拓展活动设置专家的意见，活动项目在不同主题和教学目的的安排中会有细微的差异。活动情境的变化会对各项评价指标产生影响，因此，每一项指标的系数基本上按照北京大学开展拓展训练课时的情境模拟和场地条件进行安排，相对合理地划分出不同的难度，以此为项目安排提供一个参考的模式（如表 4-1 所示）。

表 4-1　拓展常用项目综合难度分析表（钱永健，2006）

序	名称	PP	PR	EC	OC	EQ	SC	TP	TC	NQ	MD
1	团队破冰	1	1	1	0	1	1	0	2	3	1 +
2	信任背摔	5	5	3	3	2	4	1	2	3	3 +
3	高台演讲	3	1	1	2	2	3	5	1	2	2 +
4	空中单杠	5	2	3	4	2	4	2	3	3	3 −
5	结绳技术	2	0	1	2	2	1	1	1	1	1 +
6	盲人方阵	3	2	4	3	4	4	4	4	4	3 +
7	挑战150	4	2	5	4	4	4	5	5	3	4
8	突破雷阵	2	1	2	3	2	4	3	3	3	2.5
9	击鼓颠球	2	3	4	3	4	3	4	4	2	3 +
10	校园定向	2	1	0	5	4	3	3	2	2	3 −
11	孤岛求生	3	2	3	4	5	5	5	4	5	4
12	巨人天梯	3	3	5	5	5	2	2	3	3	3.5
13	野外扎营	1	1	2	3	5	1	1	2	1	2 −
14	红黑博弈	2	0	1	1	5	2	2	3	5	2 +
15	求生电网	4	3	4	4	2	5	5	5	4	4
16	求生墙	4	4	4	5	3	5	5	5	3	4 +

序	名称	PP	PR	EC	OC	EQ	SC	TP	TC	NQ	MD
MD	平均难度	2.88	1.93	2.81	3.25	3.19	3.19	2.94	3.13	3	2.92
%	所占比例	10.92	7.36	10.69	12.35	12.12	12.12	11.16	11.88	11.4	100

PP：心理压力 PR：身体风险 EC：体能消耗 OC：户外特征 EQ：器具使用
SC：情境特征 TP：时间压力 TC：团队协作 NQ：理念量值 MD：平均难度

（1）项目在心理压力与身体风险上的难度主要考验和锻炼学生的心理承受能力，项目给学生的心理压力越大，学生感受到的身体风险越大，对于绝大多数学生来说项目就越难，完成起来就越困难。

（2）身体风险越大，学生的恐惧感越强，动作的协调性、身体的反应能力、判断能力等都会相应降低，学生完成项目的能力自然加大，项目也就显得越难。

（3）活动中体能消耗越多，相对参与活动的时间与强度都加大，留给学生用于思考和决策的时间就越少，对于完成项目来说就越难。

（4）活动中的场地越是接近不熟悉的野外环境，环境的不确定性成分就越高，对于学生挑战就越艰难。

（5）器具使用越多，风险项目的保护要求就越高，团队活动的复杂性和任务的干扰因素就越大，完成任务的困难就越大。

（6）情境特征的展现与教师项目布置时描述得越紧张，学生受到的拘束与压力就越多，项目的难度越大。

（7）时间压力是学生完成项目的所有时间，这和单位时间内要完成的任务量有关，时间充裕对于完成任务有较大帮助，时间紧张完成任务的难度会增加。

（8）团队协作是在多名成员完成任务时非常重要的一环，活动要求成员协作的程度越高，完成任务的冲突与冲突解决、讨论与决策、行动与监督等表现的就会越明显，完成任务的难度也会相应增加。

（9）项目所包含的理念越多，完成任务的难度也就越大。

拓展训练的活动设置中，一个学期的周期性课程包括了不同层次的活动，每一个活动不同的形式在不同层次中表现出不同的锻炼价值，整个活动由于在不同价值上所表现出不同的难度量值，使得每节课的训练项目对学生的锻炼也各不相同。

通过参考北京大学某学期的课程安排，对项目活动的难度进行分析可知，16 次课中的难度搭配比较合理，活动在某个方面的最大值为 5，整个学期活动的平均难度为 2.92，保证了活动的难度对学生在不同层次上的学习要求，即可以给学生以合适的挑战难度，也可以通过活动难度的降低培养团队及个人的信心。在一个学期中，根据团队发展理论中关于"形成期—动荡期—规范期—运行期"的团队发展规律，结合教育学有关学生对新知识的学习需求特点，从激发兴趣开始至最后通过较大的考验，不同的难度可以使学生学习的兴趣一直保持在一个较好的状态下，这对于拓展课程的开展和达到预期的教育目的具有重要意义。

在活动实施中，理论上的难度只存在与教师的设定中，学生对于活动难度的判断往往因是初次体验项目而缺乏经验，因此，学生在活动之初即教师在布置活动时，能够通过团队与个人的反应判断他们对活动难度的认知，如果学生的认知反应与项目难度差别较大，从活动安全与学习效果角度出发，教师会对项目难度略作提示，以此为项目活动的顺利进行做些帮助（如表 4-2 所示）。

表 4-2　项目的难度与学生判断分析提示表[①]

项目本身的难度	学生挑战前的认知	拓展教师的提示	提示目的
较高难度的项目	较高难度的项目	这是一个有一定难度的项目，注意安全与时间把握，只要认真努力，也许你们会完成得和许多队伍一样好，我对你们有信心	认可有难度给予信心和鼓励
	中等难度的项目	正确对待任务，不要轻视任务，每一项任务都需要付出努力，多些努力吧	提醒作用

①　钱永健. 拓展训练 [M]. 北京：企业管理出版社，2006：65.

项目本身的难度	学生挑战前的认知	拓展教师的提示	提示目的
较高难度的项目	较低难度的项目	这是一个成功率很低的项目，可能会出现许多意想不到的困难，一定要认真对待	提醒警示暗示困难很多
中等难度的项目	较高难度的项目	有时候困难并没想象中可怕，要相信自己，你们能行	多些鼓励，从受挫情绪中振作
	中等难度的项目	机遇是给有准备的人准备的，你们准备好了吗	认可不需太多提示
	较低难度的项目	别觉得你们完全有把握，有不少队伍都在这个项目上后悔不已啊	让学生感知自己有些轻敌
较低难度的项目	较高难度的项目	树立信心是成功所必须的，困难有时就像纸老虎，相信自己，我对你们充满信心	防止过于谨慎避免保守行为
	中等难度的项目	信心的建立在于我们能够取得成功，给自己一次获得成功的经验吧，加油	导向成功态势
	较低难度的项目	仅仅完成是不够的，做得更好一些，有些队伍完成得非常优秀	让大家在成功中追求卓越

随着一个学期的课程开展，学生对于活动的难度判断能力也会增加，教师的提示会越来越显得无足轻重，此时对于难度可能给个体和团队造成的伤害，在可接受的范围上对学生的成长会有一定的帮助，尤其是一些不被重视的难度给活动带来的困难，会使学生得到更多的反思，也会给学生提供更深刻的学习记忆。

在不同条件下的同一个项目难度分析结果并不相同，但是，只要在同一个学校的同等条件下上课，难度的评价体系相对固定即可，这样就可以结合项目的层次、性质、形式等将项目进行归类，合理地进行项目的设置与替换，更加系统地开展拓展训练教学。

思考题

1. 拓展活动项目包括哪几个层次？你怎样理解各层次之间的关系？

2. 拓展活动项目的性质有几种？请举例说明其中某个具体项目的特点。

3. 拓展活动项目的形式有几种？如何理解地面项目与心智项目的区别？

4. 举例说明拓展活动项目的难度与团队发展时期的关系？

第五章
拓展的教学模式

心若改变，你的态度跟着改变，态度改变，你的习惯跟着改变，习惯改变，你的性格跟着改变，性格改变，你的人生跟着改变。

——马斯洛

内容提要

本章对拓展的课程模式进行探讨，通过介绍拓展中的师生关系以及教师和学生的角色，提出了拓展教学模式的"三线模型"，详细分析了教学流程中课前、课中和课后三部分教师、学生和相关环节的变化，通过七个环节具体设置和实施方式分析了拓展活动的流程，为避免拓展活动过程流于形式，确保活动的完整性提供了参考。

第一节　拓展的师生关系

拓展教师

长期以来学校教育一直强调学生的主体性，但"教师讲学生听"的单向式教学使得教师成为主角，使学生成为学习过程的主体只是停留在理论层面。寻求突破需要将教师的角色进行转变，尤其是要在教师和所"教的内容"之间的关系上进行改变。即学习内容要从由教师掌握的知识传输给学生变为学生体验活动项目的内涵获得感悟；教学的形式要从"教师教学生听"转变为"学生做教师看"；学习的结果要由间接获得的知识转变为直接结合间接经验获得的知识（如图 5-1 所示）。学习过程在不同时间与不同地点上的变化，让学生在活动中主动感悟学习带来的刺激，于是拓展训练活动的本身就是"最好的老师"。

在国外类似于拓展活动的教学模式中"教师"叫做"instructor"或"falicitator"，不是传统意义上的"teacher"或"trainer"，拓展活动中拓展教师是多种角色的扮演者，《拓展训练》一书指出，拓展训练的指导教师在淡化了"教"的职能之后多了更多重的身份特征，让自己成为一个多面手。拓展教师是活动的策划者、场景的布置者、规划的执行者、气氛的营造者、安全的监督者、流程的疏导者、矛盾的

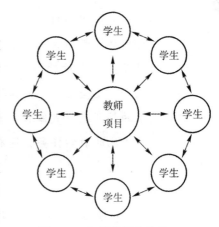

图 5-1　拓展的师生关系

化解者、知识的提升者。与传统的教学相比较，拓展训练中教师从讲授者转变为引导者，有时仅仅可能是活动的推动者，它淡化了教的角色，使活动的主体成为学生本身，给他们更多的体验空间。拓展教师作为体验式学习的一部分，依照体验式学习的理念不得不改变过去的角色，成为教学过程的组织、引导和监控者。

"从做中学"淡化了老师的作用，老师从站在讲台上教授知识转变为走到了同学们当中，从多个角度观察和监控活动的发展，在活动结束后甚至会成为学生中的一员，和学生一起分享活动内外的点点滴滴。[1]同时他们又以榜样的力量传递给学生积极的挑战态度，使学生感到拓展教师也如自己一般"普通"或可亲。《新加坡 OBS手册》中这样形容他们的"教师"："模范人士、师傅、辅导员、户外教学者、导师、朋友，无论冠以什么称号，毋庸置疑，他们是特殊的一类。他们的工作不仅是传授知识和技术，更重要的是培养学生的人生价值观。他们尽力让参与者从不可能中探求可能性，深刻挖掘自身的潜能，挑战自己取得更大的成就"（如图 5-2 所示）。

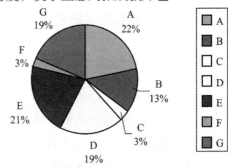

A. 任务的设计布置者　B. 任务的检验者
C. 任务的参与者　D. 安全员　E. 观察记录
帮助回顾　F. 旁观者　G. 知识技能的讲授者

图 5-2　学生对拓展教师的角色认知图

---

① 钱永健. 拓展训练 [M]. 北京：企业管理出版社，2006：132.

一个学期的拓展课后学生对拓展教师的角色会有全面的认识，也会对拓展教师的工作给予较高的认可。对拓展训练教师的角色调查中显示：学生对教师是"任务的设计布置者"、"观察、记录并帮助回顾"、"安全员"、"知识技能的讲授者"等角色比较认同。表明拓展课上的教师在完成体验式教学的角色定位上，能够很好地完成复合型教师角色的教学任务，没有单一地凸显某一环节的"优势"而造成以偏概全的情况。①

在美国，体验教育协会聚集了全世界范围内 115 名从事体验教育培训与发展的人士，成立了一个"特别任务小组"（DEEP）制定了一份名为《体验式培训与发展的定义、道德规范及其良好的行业操守》的文件。该文件对从事类似拓展活动的工作者进行了关于"训练师"和"指导员"的区分和定义。指导员是"负责制定学习环境，以帮助个人或团队学习者在学习过程中充分攫取学习价值的人。"训练师是"一名指导与提高学员指定知识或技能的指导者，并帮助学员直接达到预期的显著学习效果"。②拓展教师在培训工作中的分工比较明显，而在学校拓展活动中需要扮演更多的角色，或者说需要尝试更多的角色，这对于拓展教师来说既是件快乐的事，同时也是新的挑战。

拓展教师相关的名称

1. 教练

拓展训练的教师在角色的类比上更加接近于"教练"，教练在体育领域是一个熟悉的不能再熟悉的名称，拓展训练中的教练技术源于体育教练技术，同时加入了一些现代"企业教练"中的技术，教练成为支持个体完成自我实现的一整套体系，③更加丰富了教练的内涵。

---

① 钱永健. 北京大学拓展训练课程设置与效果的研究 [D]. 北京：北京体育大学论文，2006.
② 柯林·比尔德，约翰·威尔逊. 体验式学习德力量 [M]. 黄荣华译. 广州：中山大学出版社，2003.
③ 夏本英刚. 企业教练 [M]. 崔柳译. 北京：机械工业出版社，2008.

教练的英文词义来源于"马车"，这个原意能协助我们了解"教练"的本质——把人从 A 地带到 B 地。决定方向的是谁？是马车还是坐在里面的人？因此，教练只是帮助接受者完成前进的人。教练虽不是决定性因素，但能让你更快、更舒适、更确定地达到目标。

拓展训练中教师的任务是辅助学生取得好的学习效果，帮助学生在学习时更好地认识自我、调节自我、改变自我和完善自我。拓展教练所进行的工作正如其本身的角色一样，帮助学生指明学习的方向，并协助他们运用正确的手段完成任务，从多方面着手推动学生取得佳绩。

> 对于拓展教师而言，拓展不能仅仅当作生存的方法，而应当是生活的方式。

2. 教官

拓展训练的"半军事化"特点经常会使学生感觉到一种来自"教官"的压力，这主要是在拓展训练的高风险的活动中，教师对于安全与确保技术的讲解和要求比较严格。对于团队学习中的团队奖惩文化的制度化规定，也会使拓展教师的角色"威严化"。从安全角度考虑，"教官"的角色对活动的顺利进展有一定的帮助。

拓展训练活动的设置只有一部分是军事战争的情境，许多时候带有一定的愉悦性，"教官"的角色不能长期附着在拓展教师的身上，随着学习的不断深入和团队制度的形成，教官的身份会越来越淡化，直到"威武之躯"不再成为学生活动的必需品，拓展训练才会真正属于学生，才能体现出学生在学习中的主体特征。

3. 助教

学校拓展训练在课程开展时采用班级教学制，由于教学工作量和师生配比的统一要求，一个班的人数往往为 16～50 人。拓展训练课受到团队学习关于人数限制的影响，每一个队伍最好在 14 个人左右，因此，当人数超出了拓展训练团队的最佳人数时，最好能够成倍于最佳人数，将其分为不同的小组实施拓展教学。

英国职业与企业发展特许学院认为：助教有很多机会参加户外活动教学，因为其对户外活动有着强烈兴趣和追求，甚至在一两个项目上，他的能力与导师不相上下，正如导师成为训练师一样合乎逻辑。即使一个人能同时胜任助教和导师两种职责，这两个角色仍然应严格区分，这样不仅能使角色得以准确定位，有助于活动的管理，同时也是出于健康与安全的考虑。①

每一个小组如果配备一位拓展教师，学校将面临师生配比的难题。为了解决学校拓展教师与学生人数配比不足，为了确保每一个小组在活动时都有一位相对专业的人员进行监控或指导，学生一般采用"主带教师"和"助理教师"相结合的师生配比方式。助教的主要工作是帮助拓展教师监控小组活动或组织分享环节，助教监控的活动主要是一些风险较低，团队熔炼要求不高的活动。一般来说助教的工作应当在拓展教师的视野范围之内。

拓展训练在学校开展之初，采用外聘拓展培训的同行和自己一起完成教学，随着课程的不断开展和实践，寻找到了一个由教师和助教共同上课的模式，这种模式在经过几年的研究实践中证明，是学校开展拓展训练可以借鉴的方式。将曾经参加拓展训练课并对此感兴趣的学生进行 1～2 学期的培养，逐渐成为具有一定教学能力的助教共同完成拓展课的教学。这既为学生提供了深度学习拓展的机会，也帮助多名学生成了优秀的拓展训练工作者。后来开展拓展训练的学校，如中国地质大学（北京）、北京科技大学、中国人民大学等十几所学校也都借鉴了这个模式。

此外，有些学校采用 2 名或多名教师互相帮助，共同给一个教师的学生上课。有些学校的教师培养所在班里的学生骨干在各自的小组中担任活动任务的监控者，将全班 80 人分成多个小组，由教师进行整体布控与分享回顾。

拓展教师作为拓展发展的推动力量，奉献精神与对拓展发展负责任

---

① 柯林·比尔德、约翰·威尔逊.体验式学习的力量[M].黄荣华译.广州：中山大学出版社，2003：194.

的态度非常重要。由于我国学校拓展训练是从商业培训转化而来，许多教师有商业培训的工作经验，甚至有商业培训的经营经验，头脑中充斥的商业意识对于学校拓展的发展并无太多帮助，有时也许会有失偏颇。学校拓展教师可以接触商业拓展培训活动，但更多的精力仍然应当放在教学与科研上，这对于所在学校拓展的开展和个人的前途都有好处。

学生的角色与师生关系

学生是学校拓展训练活动中的主体。学生是活动的参与者、困难的挑战者、分享的共有者、冲突的制造者、矛盾的化解者，同时学生也是项目成败的主导者并在活动中互相为师。学生还是学习中经验与经历的建构主体，他们不是外部情境刺激下的被动接受者，也不是相关学习知识的灌输对象。

学生的主体地位促使学生在协作学习的过程中，首先要充分发挥学习的主观能动性，运用所学的学科知识主动地去解决拓展的活动项目带来的困扰，从而整合信息获得全新的学习经历。其次要积极地与同学进行讨论和合作，自己是学习的主体但并不能以自我为中心，努力尝试与他人协作，获得同学的支持并通过自己的努力完成任务。

拓展作为体验式学习的代表，受到与"体验"相关的经济与管理理论的影响，认为在以体验为舞台的活动中，学生成为"舞台上的演员"，成为"演出的主角"。这和传统意义上教师是讲台上的主角，学生只是听众的观点有一定的差别。

由于拓展的各项活动具有很强的游戏特点，人在游戏中往往会表现出一种天真和纯真的感觉，纵使拓展的一些游戏项目被赋予了许多管理内涵，但活动中的随性仍然会让学生和教师的角色被游戏冲淡，于是有时候教师不是真正的教师，学生也不再是教师所教的学生，彼此被游戏活动影响成为活动内外的共同参与者。

> 在拓展学生的时候，我们一直在被学生拓展。

拓展训练关注学生学习的过程和方法以及伴随这一过程而产生的积极情感体验和正确的价值观。拓展训练的本位不在训练而在"拓展"。

拓展教师改变了以往的教学活动方式，不再是"灌输"现成知识，而是帮助学生身体力行获得经验，通过有创意、有针对性的活动项目，师生之间互相沟通、交流，师生之间以平等的心态互相看待对方。

拓展项目的选择依据就是学生的需要，了解学生的需要就要了解学生的生活世界，同样学生也需要与教师建立彼此信任的关系，通过真实的课堂表现展现自己和所在团队的进展，并通过不断沟通、交流，彼此形成默契，寻找到合适的活动项目。

拓展课顺应世界范围内"以学生发展为本"的课程改革潮流，以"在普遍达到基本要求的前提下实现有个性的发展"为培养目标。发展个性的理论是素质教育的要求，这就需要教师把学生作为学习的主体而赋予学习的自主性和主动性。教师把学生作为学习的主体来看待，他们有探求新知识的好奇心，有主动探究知识的愿望，有积极的学习态度，这些在学习上的积极性和主动性都是作为学习主体的学生所具有的，教师要认识到学生的主体地位，积极引导学生自主学习、探究发现、合作交流，从而拓展学生学习知识的渠道，拓展学生发展的空间。[1]

拓展教师与学生的关系能够确保学生真实地展现自己，能够彼此信任、互相尊重，能够在学习结束后成为很好的朋友，能够更好地认同拓展的价值并将拓展的理念不断传播。

第二节　拓展的教学流程

在拓展训练的整个活动中，教师与学生在各个环节始终保持高度的一致性是完成课程的重要一环，教师要依据学生的体验与感悟情况调整活动的进度，以使整个学习过程不会流于形式，促使学生能够真正从活动中感悟真知，从而为提高与改变行为提供帮助。

学校拓展的教学流程由教师与学生共同完成，教师为教学服务，学生为教学的主体。整个教学流程按照课前、课中和课后分为三部分。

课前部分包括两个环节：第一个环节是创建条件环节，教师进行前

---

① 朱宁波.重建师生关系[N].中国教育报，2002-9-4（4）.

期分析，学生选课组建班级。第二个环节是课前准备环节，教师设计课程，学生调整心态。

课中部分包括三个环节：第一个环节是感知活动环节，教师进行项目布置，学生理解活动规则，第二个环节是体验活动环节，教师进行活动监控，学生进行活动挑战，第三个环节是经验总结环节，教师进行引导提升，学生进行反思分享。

课后部分包括两个环节：第一个环节是结果分析环节，教师进行实践研究，学生积累学习经验，第二个环节是经验推广环节，教师丰富教学案例，学生用于改变行为（如图5-3所示）。

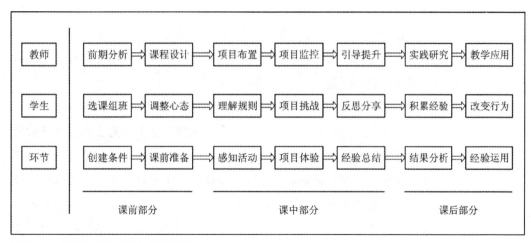

图 5-3　拓展教学模式的三线模型图

课前部分

课前部分主要包括两个环节：创建条件和课前准备。教师为上课做准备，学生为参加课上的活动做准备，从这个意义上来说，课前部分属于拓展训练的准备部分，它关系着上什么课和如何上课的问题，是能否很好地进行拓展训练活动的基础。在此部分教师和学生之间相对独立，教师是此环节的主要部分，教师的工作是此环节的重点。

1. 创建条件环节，教师进行前期分析，学生选课组建班级

前期分析是对参训群体的组织结构、个体特征与教学目标等进行细致分析，以此为依据进行课程安排。前期分析也包括课程开展条件的时机与条件。选课组班是个体在学校的组织安排下，选择参加拓展课并按照要求组成一个班级，在一个学习周期里完成拓展课程。

拓展课能否顺利进行或达到学习效果和课程设计有密切关系，不同地域、不同学校、不同院系的学生有不同的特征，不同性别、不同年龄、不同专业的学生组成的班级在课上也会有不同的表现。拓展课的班级主要有按行政班级组班和按照"三自主"选课进行选择组建班级，需要考虑这两种方式对于课程设置的影响，最明显的就是第一节的"破冰课"会有很大的不同。不同学期的课程内容设置也需要稍有变化，例如，春季课程和秋季课程的高空活动都需要考虑季节的变化，既不能把高空活动安排在太热也不能安排在太冷的天气里，南北方学校都应该考虑诸如此类的问题。

北京大学的教学中，曾有 4 个本科生班和 2 个研究生班，在最初的几次课里，本科生在放开能力、沟通能力、领导力方面和年龄较长的研究生相比，有明显的差距。因此，最初的几次课对于本科学生需要设计一些项目让他们熟悉起来，包括姓名交换类活动、身体接触类活动如姓名网、牵手结、仰面传人、步步高等，而研究生却可以很快进行诸如盲人方阵等"冲突"较大的活动。

学校在开展一段时间的拓展课后，需要将过去的经验记录下来，并通过统计分析的方式寻找到一些规律，成为此后课程设置的依据。

2. 课前准备环节，教师设计课程，学生调整心态

设计课程是依据对参训群体的特征与需求进行调查分析，制订出尽可能满足学生要求与最能表现训练结果的课程。调整心态是学生个体在选择拓展训练前后，对拓展训练课程的学习特点和学习要求做好心理准备。

课程设计要以学生的学习目标为主旨，课程项目要有针对性。设计

课程要想让学生在体验后获得认同，需要对前期分析结果进行有针对性的设计，将拓展的不同层次、不同性质、不同难度的项目合理搭配和排列，努力做到课程的针对性和学生的特点相契合。

拓展训练的项目常用的仍是一些商业培训中经典的项目，在选课的学生中难免会有学生参加过一部分项目，教师既要合理安排好这些学生在活动中的"角色"，也要努力创编和改造项目。课程设计中很重要的一部分就是要创新项目，以满足课程发展和学生寻求新奇的要求。

学生在同学推荐或对此课程有一定了解的情况下，会积极选择这样一门"另类"的体育课，一般来说选课在一两周内才能最后确定，这段时间教师需要将课程要求和注意事项尽快

> 积极的人在每一个困难中都看到一次机会，而消极的人则在每一次机会前看到困难。

传达给学生。学生在对该课程有些许了解后，会有新的认识并积极调整心态，这种心态的调整主要有：

（1）提高勇于尝试和敢于冒险的精神；

（2）增加正确分析风险和为确保安全所必须遵守制度的准备；

（3）做好和困难作斗争的准备；

（4）做好与其他同学合作与协作的准备；

（5）做好保证团队的挑战能力而确保出勤的准备。

课中部分

1. 课中部分的三个环节

课中部分是拓展训练课的核心部分，主要包括三个环节：感知活动、项目体验和经验总结。教师的"教"和学生的"学"打破了传统意义上的教学关系，学生成为课程的主体，教师的角色也随之发生了变化。

在上课时教师布置项目，学生理解规则，这是关于"说与听"的环节；学生活动挑战和教师的适时监控是确保活动顺利进行的重要环节，也是拓展训练课的重中之重；学生的反思回顾和教师的引导提升是拓展课的价值体现，流于形式的"只游戏，不分享"不是体验学习的真正价

值所在。

（1）感知活动环节——教师布置项目，学生理解规则

项目布置简称布课，是按照活动项目的内容特点，介绍项目情境、器械使用与安全要求等，并在此基础上提出活动目标。理解规则是组成团队的学生按照教师要求，观察、记忆、分析并依据相关信息做出行动决定的过程。

教师布置项目的重要一环是场景布置，场景布置须提前完成，最好不要当着学生的面去布置和检查器械，这会造成"机密泄露"，也会浪费上课时间。项目布置要在时间和空间上具有条理性，尤其是一些具有指导性内容的布置，先做什么再做什么要交代清楚。关于安全的布置必须要严肃认真，不能轻易减少安全布置的程序和内容。在布课时应该清楚记得自己说过什么，可以在随后的回顾中正确引导。课程布置时部分道具的发放和使用时机也很有讲究，这对于学生完成任务起着至关重要的作用。

有些项目需要精细地去完成，同时任务本身又极易出错，所选用的器械与道具就显得尤为重要。比如，鸡蛋保卫战、孤岛求生等活动选择鸡蛋作为其中的一种道具，鸡蛋必须是生的，如果态度随意或不用心去细致操作，在鸡蛋破裂的瞬间所感受的失败与挫折更为真实，所以不能用熟鸡蛋替代。曾经有拓展教师试图用乒乓球代替鸡蛋，对此，我极不赞同，一旦我们随意地改变器械，就有可能使课程从布课开始产生偏差。

理解规则是学生完成任务的一部分，学生首先需要了解项目的性质和内容，听清楚教师对项目的说明，弄清楚要做什么，然后通过分析理解规则要求，达到知道怎么做的目的。

理解规则包括显在的项目要求、安全事项等，也包括潜在的活动规律，有些规律可以很快发现并容易理解，有些规则很难明晰判断，在拓展训练中对于规则的理解往往是："知道什么是不可以做的，其他的一般是可以做的，如果不可以教师监控时会提醒。"因此，在活动后认为

规则有问题，规则没说清等实际是对规则的理解能力不够，如果都说清讲清怎么做，那么活动的探索价值将会荡然无存。

（2）项目体验环节——学生项目挑战，教师项目监控

项目挑战是指个人或团队在接受活动后，在获得安全的前提下，按照项目要求完成规定的任务。项目监控是指拓展教师在学生进行项目挑战时，对与项目有关的规则和学生的安全进行适时的监督和调控。

项目体验环节是体验式学习的基础，也是整个学习流程中关键的一步。个人项目主要是提高自信心与提供自我省思的机会。团队挑战主要是提高沟通能力、领导力和与他人合作的能力。

凡事理想为因，实行为果
——鲁迅

挑战不仅仅是那些望而生畏的项目，绝大多数项目属于能力范围之内，看似非常简单但需要我们付出艰辛努力才能完成。对于学生来说，最初的判断也许和项目本身潜在的难度不同，拓展教师可以做一些简略的提示，以使他们正确地面对所要接受的挑战。

① 不同难度的项目锻炼的价值会不同。一般来说，高难度的项目主要提高个人素质，挖掘个人潜力，低难度的项目更多的是培养团队精神、增强解决问题、决策和沟通的能力。学生对项目的难易认知取决于个人的感悟力、态度和价值观，是他们的感官体验和主观理解的综合。

② 学生体验的过程从拓展教师布课就已经开始了，理解教师所讲的项目要求对完成项目起重要作用。

③ 参与挑战的过程是学生们的实践过程，由于拓展训练的不确定性，体验结果不尽相同，没有好坏之分。没有成功的活动过程也各具特点。

④ 体验过程要有连续性，一节课最好让一个队的所有队员完成某一项挑战，尤其是高空项目的时间掌控上和团队人员的挑战顺序有关。

⑤ 活动中遇到困难要依靠个人能力与团队的力量去解决，不要轻易地求助拓展教师，也不要轻易地挑战规则。

⑥ 项目监控是教师的最主要任务。对学生监控首先表现在对位置的能力把握上，教师在什么位置参与监控对于全面观察项目进展，对于安全向风险转化的预知和化解等有直接关系。其次对于个人挑战的不同

时间和团队进展的不同阶段，需要哪些技巧疏导与引导，对某些行为是支持还是禁止需要通过过去和现在的发展规律预测该活动下一步的走向，从而做出正确的判断，并进行合理的监控。

教师监控在时间与空间上的表现具有一定的规律性。如，在空中单杠项目中，可以由教师负责一根保护绳，也可以由两组学员进行保护。如果由两组学员保护而教师负责监控，先检查挑战者安全装备的穿戴，此时教师在单杠的正下方；然后手扶攀爬挑战者的绳索连接处并监控保护者的操作，此时教师在立柱的后方并面对攀爬者的后背和全体保护者；然后观察攀爬者和保护者的配合，重点在保护者，此时教师在保护者附近或攀爬者对面的前方；其后观察攀爬者站上平台到跃出并进行指导，同时监控保护者的动作，此时教师回到保护队员的身边；最后教师监控保护者松绳并带领大家移向正在被放下的挑战者，此时回到最初的地方——单杠下方。教师在时间进程上将监控的重点在挑战者与保护者之间转移，在空间上按照空中单杠项目教师的"三角移位法则"进行监控。

活动监控也包括对一节课的时间安排上，在一些高空类项目中，不要轻易养成"拖堂"的习惯，学生如果下节有课，很容易造成心不在焉，不论从挑战还是保护的角度我们都认为，这是潜在的不安全因素。

（3）经验总结环节——学生反思分享，教师引导提升

反思分享是学生将活动的全过程或项目挑战时的感悟，在活动后将思绪进行简单整理并和大家分享的过程。引导提升包括引导总结和提升心智，是将活动中出现的问题和认知感受进行引导和提升，用符合拓展理论基础的理念进行科学的总结，通过理念提升使其树立信心并对未来充满期望。

活动中的感悟来自于学生的反思，这是一个内省的过程。学习型组织的创始人彼得·圣吉提出：只有当反思和归纳整合开始的时候，才是学习真正产生效果的时候。拓展不单单重视体验和实践，更注重体验

后的反思和归纳总结。反思贯穿于活动体验与体验之后的各个时期，每一个人在反思之后的感悟也不相同，通过反思学习，可获得更多更有价值的经验。

2. 分享的方式

（1）"圆桌"分享的方式。一般采用轮流发言与随机发言相结合，让每个人都有机会发表自己的看法。尤其是开课初的几个项目，要保证每个人都有机会发言。

发言顺序经常是某一个人先开始，然后按顺时针或逆时针方向轮流，当然个人挑战项目按完成任务的先后顺序也是一个不错的选择。第一个人经常会由最先完成任务的人开始，或者困难最大的那位开始，我们都应该在他们讲完之后为其成功鼓掌，当然回顾过程中我们也会祝贺每一个成功的人。[①]

（2）先做"开放式"后做"闭合式"分享的方式。"开放式"就是分享初期每一个人随便讲自己的感受，范围和内容只要和项目有关就可以，这样可以最大限度地了解学生的感受。"闭合式"就是在开放分享之后，按照项目设计之初的理念和项目的学习目的，就项目中集中的重点问题进行深度分享，这个阶段教师可以进行引导或者提出一些相关的问题供学生参考。

（3）鼓励为主的方式。学生在分享时难免会出现部分学生积极踊跃，而一部分学生相对沉默，这时要多鼓励他们发言，不要强迫和为难他们。此外在每一位学生大胆讲出自己的感悟时，都应当给予适时的鼓励和表扬。

李开复在其《选择的智慧》一文中讲述了他曾亲历的一个极端测试：公司在培训课程中，让10位副总裁围城一个圈，一个半小时内畅所欲言，唯独不可以讲公司的事情。于是，大家开始谈论天气、政治、体育……其间还出现了争执。一个半小时后，每位副总裁都按自己心目中对其他副总裁的尊敬程度，为他们排一个序，并把自己安插在合适的

---

① 钱永健．拓展训练 [M]．北京：企业管理出版社，2006：68．

位置。排序后我们发现：

排倒数第一的是从头到尾没有讲话的人，排倒数第二的是话最多的人。不说话的人可能有想法但没有表达出来，那么别人就认为他没有想法。相反话太多的人可能一部分话很有意义，但也讲了许多不该讲的话，这使得他无法得到大家的好评。

所以，"沉默是金"和"口无遮拦"都不可取……[①]

除此之外，在进行分享时还要注意以下几点：掌握小组分享与合组分享的时机，能够让同一个班的不同小组互通有无，互相了解，也有利于课程进度的一致性。掌握好现场回顾和离场回顾的技巧，能够提高团队在分享中的学习效果，也有利于项目之间的轮换需要。在分享中合理运用有序发言和无序发言相结合的分享技术，能够确保所有同学参与其中，得到平等的发言机会，同时能够保证具有针对的理念得到充分的探讨。

3. 分享的原则

（1）即时性原则：做完项目即刻进行回顾与分享，完成项目时的情景历历在目，每一个人都会有许多的想法，都想在大脑兴奋期内表达出来，这也正是表达的最佳时机。

（2）求同存异的原则：每一个人都可以说出自己的真实感受，不做针锋相对的辩论，求同存异去体会别人的真实感受。

（3）联系实际的原则：学习是为了以后更好地工作和生活，与实际生活联系起来，不要在项目的完成方法上纠缠不休。[②]

（4）不做定性评价原则：对学员分享的感受，不做"对或错"的定性评价，因为这是体验过程的真实感受，通过引导找到我们想要学习的理念即可。这仅对学员感受适用，对待不正确的态度与观点等，需要认真对待和疏导，或者进行轻度的制止和批评。

通过反思与分享环节，学生们会在体验之后进行深度学习，学生在分享与回顾的同时，教师的总结与提升也必不可少。在提升心智前用符

① 李开复. 选择的智慧 [J]. 名人传记，2008（5）.

② 钱永健. 拓展训练 [M]. 北京：企业管理出版社，2006：69.

合拓展理论基础的理念进行科学的总结，使其理论更加严谨与系统。常用一些定理定律，例如，"鲶鱼效应"、"马太效应"、"木桶原理"等，对拓展训练中的活动行为进行概括。这些理论要求运用得当，解释正确、分析透彻而又不能冗长复杂。不管任何理论使用都不能太牵强，毕竟学生和有多年工作经验的管理者相比对项目的理解和感悟上有一定的区别（如图 5-4 所示）。

图 5-4　教师在分享回顾中的引导总结

　　教师在引导总结与提升学员心智环节，会适时地加入故事和案例，故事的运用要依据活动的内涵进行演绎，案例的使用既要具有普遍代表性又要有针对性，既要运用经典案例，又要运用一些时事性案例，这样才能让学生得到更多的认同。

　　提升心智环节教师有时会引用一些熟悉的名言，用以激励学生或进行针对性的总结。例如，《指环王》所写："我们必须走这条路，当然它困难重重。在这条路上，无论力量与智慧都帮不上我们多少忙，或许弱者也能完成这个任务，只要他像强者一样坚定信心。而这，常常可以推动历史的车轮。"在做完过缅甸桥、断桥或独木桥等项目后，用这些话有时会增加回顾的分量。

　　提升心智主要是适时地肯定与鼓励，这样能够让更多的人在训练中看到一个不同寻常的自己，能够对自己充满信心，能够让自己对未来产生更大的憧憬。当然，虚伪的肯定与鼓励对学员并非是最佳的心智提升，这会造成学生所在队伍妄自尊大。合理地进行批评与总结，中肯地给出一些建议，一样能够得到学生们的认同。

课后部分

　　课后部分主要包括两个环节：结果分析和经验运用。教师在实践中不断学习与研究，找出规律为未来的教学服务。学生将成功和失败的经验和教训进行积累，从而增强自信心和形成团队行为意识。这个环节充分体现了"学以致用"的原则，也是体验式学习紧密联系生活，并为生活服务的具体体现。

　　1. 结果分析环节——学生积累经验，教师实践研究

> 所谓体验不是指一个人碰上了什么事，而是这个人遇到这些事的时候怎么处理。
> ——A. 赫胥黎

　　积累经验是将在项目活动中所使用的方法和获得的结果进行比较，把成功与失败的经验与教训进行总结，为未来的生活做参照的过程。实践研究是教师对教学的过程和方法进行研究分析，将结果进行运用和推广，在获得经验的同时提高创新能力。

　　学生的经验主要来自于自己在体验中的感受和体验后的反思，这种经验被认为是"直接经验"，它能给学生在较深的层次上造成影响和记忆，这种经验是体验式学习的价值所在。观察别人和听其他人讲解时也会获得经验，也就是"间接经验"，虽然它的信息量大，但很难留下深刻与持久的记忆。将直接经验与间接经验进行整合，对于学生获得有价值的学习很有帮助。

　　教师对学校拓展进行实践研究是与商业拓展培训师工作的重要区别之一，学校作为教学与科研机构，进行本专业的研究是重要的工作。拓展在我国的商业培训活动中开展得如火如荼，但从教学经验的规律总结、项目研发能力和理论层次的研究上都属于起步阶段，学校拓展需要对拓展课程的设置和效果分析进行深度追踪研究，同时借鉴商业培训中的先进经验，丰富活动项目与教学技巧，最终为学生能够获得更有价值的学习服务。

　　2. 经验运用环节——学生改变行为将经验运用到生活中，教师将经验与研究成果应用于教学

　　改变行为是将拓展训练中的所感所悟在生活情境中得以运用，达到学习之初的目的。教学应用是将拓展训练教学过程中积累的经验与研究

成果，在其后的教学中正确运用并提高教学效果（如图5-5所示）。

图5-5   拓展在生活中的运用需要不断探讨

学习的最终目的是将所学的知识得以运用，能否将拓展训练中总结的经验，运用到工作与学习中，是拓展课程的最终目的。拓展训练虽然可以提高协作能力、沟通能力、领导能力、开拓能力，但是对于没有工作经验的学生来说，短暂的训练中就希望得到一个质的提升也是很难的。拓展作为普通的体育课，过高的期待与要求也许会让学生失望，反而会失去对拓展价值的认同。事实上只要我们感受了团队的价值，感受到了心态对我们完成任务的影响，懂得健康的身心对生活的影响，就算达到了学习的目的。更多的关于人格培养与团队行为等方面的经验，也许只有少部分能够真正在未来的某个恰当的时机中得到运用，或者其中某个学生在未来因此受益，作为团队学习中的一分子这就足矣。

拓展流程的完整性，可以提高学生的身心健康和良好的行为规范，通过不同的活动提高身体在特定情境下的受挫力、耐力、灵敏性等，着重提高在非常态心理影响下运用身体完成任务的能力，同时获得积极的个人行为、高效的人际行为和规范的团队行为的改变（如图5-6所示）。在整个活动的进行中，教师与学生在各环节始终保持高度的一致性是完成课程的重要一环，教师要依据学生的体验与感悟情况调整活动的进行，以使整个学习过程不会流于形式，促使学生能够真正从活动感悟真知，从而为提高与改变行为提供帮助。

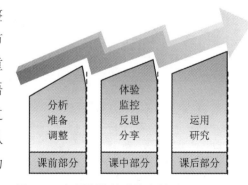

图5-6   拓展训练的进阶流程

思考题

1. 简述拓展中的师生关系。

2. 如何理解反思分享在拓展活动中的作用？分享的方式主要有哪些？

3. 拓展流程中学生学习有哪些环节？详细分析各环节的关系。

4. 如何理解课后部分各环节在拓展训练中的价值？

第六章
拓展课程的设置

"拼搏时保持自信，成功时保持谦逊，失败时保持风度，恼怒时保持公正，尊严受到折辱时保持清醒的判断，随时准备着服务社会。"这些是哈恩寄语期望英国寄宿学校毕业生能够拥有的品德，也是1920年他创办萨拉姆学校时的教育目标。

内容提要

本章举例介绍了拓展课的教学大纲、开设模式、项目设置等具体内容，并介绍了相关院校开设拓展的课程模式和多种课程分类。通过对比为不同学校结合各自特点开设拓展课提供了参照模板，并提供了拓展课程开设的建议。

第一节　拓展课程的教学大纲与分类

学校体育教学在《全国普通高等学校体育教学指导纲要》"三自主"方针关于"放开"和"开放"的指导下，拓宽了体育教学内容与教材的选择，使得娱乐体育、时尚体育、休闲体育、生活体育、保健体育、探险体育等多种内容的体育课顺利进入学校课堂。拓展作为一种深受大众喜爱的教育活动，在当前大力提倡素质教育、健康教育、人本教育为指导思想的契机下，成为学校体育课程的必要与有益补充，为年轻一代的健康成长服务。

"大体育，大文化"的学校体育发展理念也使得更多地以体育为载体的活动和"类体育活动"得到了支持和依靠，尤其是学校体育教学的多样化为许多项目的开展提供了支持，拓展就是以此为契机得到发展的。[1]学校拓展课程的开设，使拓展训练得到更加蓬勃发展的生机。学校主要开设以场地训练项目为主的拓展课程，部分有条件的学校可能会搭建拓展高空项目训练架。有些学校开设拓展课时只做一些地面项目，结合校园定向、校园寻宝等活动，或者结合一些体育项目将它们融入拓展的学习理念，同样取得了很好的效果。

拓展课程的教学大纲

拓展作为一种以体验为基础的教育模式，其本身只是方法而不是内容，形式上的相同并不能降低拓展在教育活动中的差异性，由此也突现出拓展在教育中的针对性特点。针对不同的学校制定统一的大纲是一件困难的事，各学校以不同学科背景作为依托开设拓展能够给拓展本身更大的发展空间。本节主要以北京大学拓展课程的开设为例，将不断修改但仍未完善的教学大纲作为范例进行分享，共同探讨拓展在学校课程中的合理设置与开展。从一个学校开展的具体现象中总结规律，难免会有以偏概全之嫌，尽管此类模式在近几年的推广中，已经为全国 30 余所高校开设拓展课提供了一些帮助，但必须承认这只是拓展开设中的一个侧面，更广阔的空间仍需进一步实践与开拓。

1. 拓展课的学时设定

每学期为 16 次课，共计 32 学时，每周 1 次课在一个学期内完成。暑假小学期为 12 次课，共计 24 学时，每天 1 次课连续 12 天内完成。拓展训练作为体育课的一个专项，在教学中注重理论与实践相结合。[2]

按照拓展的课程安排，课程开设之初从 "破冰课" 开始，这是一节理论与实践相结合的重要一课，其中包括拓展训练概况和学习要求的介绍，同时安排学生进行分组与团队建设，一般为 2 学时。

拓展绝大多数的活动主要以"身体力行"的游戏项目为主，这是课程的主体部分，具体内容在活动层次、内容、性质等方面已有详细介

① 钱永健. 北京大学拓展训练课程设置与效果的研究 [D]. 北京：北京体育大学，2006.
② 北京大学体育部. 北京大学体育课程教学大纲. 2006.

绍，在此不再赘述。学生完成游戏活动后的"分享回顾"环节属于理论与实践结合的部分，而且偏重于理论学习，但这种理论不是纯粹的说教，是理论与实践联系的方法学习，是密切结合实践进行的反思、总结与分享。平均在各节课中，项目布置与挑战活动约占总时间的 2/3，理论回顾与学习占总时间的 1/3，和传统的体育课中用于基本技术、基本战术、错误动作的改进、项目竞赛规则的学习相比较基本持平。此外运用多种形式和现代教学技术手段，安排约 10% 的理论教学内容，扩大学生对于体育与健康的认识和拓展的基本理论知识。

理论学习是实践技术提高与获得知识和掌握知识所必需的，拓展训练在学生挑战时往往注重培养学生自我解决问题的能力，因此，活动挑战阶段教师很少进行理论指导，只是提醒与安全和规则相关的注意事项。这个过程中主要用于学生进行个人与团队项目的各种挑战，感悟"从做中学"的魅力，而不注重项目的成败。

2. 拓展的考核与记分

根据各教学专项特点，制订相对统一的评价标准，由任课教师安排学期中的阶段性考核和进行学期末的总结性考核。拓展课每学期安排随堂考试 1 次，考试分为实践部分与理论部分。[1]实践考核部分主要是技能考核，分数为 60 分。技能包括个人技能与团队协作能力。个人技能的考核内容是结绳方法与确保技术，团队实践考核是团队项目挑战能力的综合评定，个人技能与团队协作技能各占 30 分。实践成绩的优秀学生由考试成绩结合教师考评和团队推荐产生，优秀率不超过班级人数的 30%。理论考核部分在课上随堂进行，考试时间为 20 分钟，试卷题目从题库中选取，总分为 20 分。此外学生的学习态度与考勤为 20 分，学生在完成学校规定的达标要求、体质测试、早操与课外锻炼要求标准和对教师教学的网上评估后，可以获得本学期的拓展得分并由体育教研部留存。有些学校分数采用百分制，有些学校以"合格 / 不合格"二级标准记分。

研究生选修拓展训练课采用百分制，任课教师负责对学生的体能与

---

① 北京大学体育部 . 北京大学体育课程教学大纲 . 2006.

运动技能、学习态度与行为（包括出勤、课堂表现）、交往与合作精神、情意表现等进行评价。分值比例包括实践部分 60 分，理论部分 20 分，学习态度与考勤 20 分，考核方式与本科生相同，其中优秀学生由教师评估与学生评选推荐产生，优秀率不超过班级人数的 30%。

3. 拓展课的教学目标

> 如果你走错了路，就算拼命跑又有什么用？况且错路上根本不可能跑起来。

《北京大学体育课程教学大纲》的教学目标第 4 条规定：根据自己的能力设置体育课程学习目标，通过体育活动改善心理状态，建立良好的人际关系，养成积极乐观的生活态度，运用适宜的方法调节自己的情绪；在运动中体验运动的乐趣和成功的感觉，表现出良好的体育道德和合作精神。

北京大学在 2002 年制订拓展教学大纲时，受拓展培训模式的影响，注重拓展对企业培训的基础特征，对拓展与体育课的结合考虑偏少，当时的教学目标主要为两条：提高学生的心理健康水平和提高学生的综合职业素养。对于学生心理健康水平，侧重在两方面进行培养，并把它确认为两项指标：积极的人生态度和精诚的团队精神。对于职业素养主要针对社会适应性的要求，将社会生活中的许多情境在活动中展现，让学生认知和理解各种现象存在的真实性，并从中吸取积极的、对自己有帮助的各种知识，并把它确认为两项指标：积极的个人行为和规范的团队行为。

2006 年对拓展的教学目标进行了修订，心理健康增加了良好的沟通能力，由社会适应能力替代综合职业素养，增加了高效的人际行为。身体运动能力作为教学目标的重要组成部分，成为以体育课为依托的拓展训练的重要目标之一，并把它确认为三项指标：充足的体能储备、科学的锻炼方法、危机的应对能力。与此指标对应的是在课上展现学生体能优势对拓展训练项目挑战的积极作用，以此增强学生提高体能的意识。由于在体验之后的反思引发出对锻炼的需要，获得长久的健康和充足的体能所需要的锻炼方法的学习成为其他体育项目的积极推广和促使学生树立终身体育意识的最佳时机。身体在特殊情境下的运用能力，尤其是在充满风险和危机的情况下，对身体的控制能力的体验与学习是生

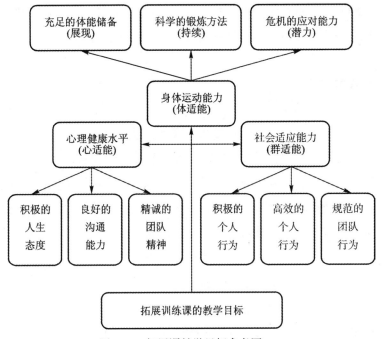

图 6-1　拓展课教学目标参考图

活中应对灾难与困境的最好方法，这些经验的获得可以更大限度地挖掘身体的生理潜能，增加应对危机的能力（如图 6-1 所示）。

　　在不断实践与课程开展中，为了适应体育课对体能锻炼的要求，设计活动时在不影响拓展活动模式完整性的要求下，不断加入能够促进身体锻炼的活动内容，从而提高学生的身体健康水平。例如，"挑战 150"项目要求学生在一节课中通过团队熔炼和自我提高，将六组不同类别的小游戏，按照各自的活动规则进行有序组合，在 150 秒内完成并争取更快更好的成绩。各队在练习半小时后开始挑战，往往需要十分钟才能勉强完成，其后再次练习十分钟，通过一两次挑战，成绩会有明显的提高并能在 150 秒内完成。此类活动的运动强度和运动量都非常大，可以很好地锻炼身体，并能感受团队成长的明显过程。此外合理地设置不同难易程度的活动，使学生在成功中得到高峰体验，在失败中锻炼受挫力。针对当代大学生的特点，注重诚信教育，不断鼓励学生具有包容心和爱心，使学生在获得帮助后懂得用感恩的心与人相处，也是拓展课的学习目标。

因此，2006年修订教学目标时增加了关于动手能力、身心的控制能力、受挫力、承担责任的能力、诚信力、包容心与爱心的学习目标。

拓展课程的分类

普通高校在课程体系中开设拓展课时，以体育教学手段为依托的同时利用多学科的知识，对学生进行全面的教育。学生参加拓展活动除了满足身体锻炼方面的要求外，通过系统的课程学习对于学生在德育教育与职业生涯教育等方面也有帮助。不同学校在制订教学目标时会根据各自学校的特点，可以有针对性地加强特色课程的导入成分。在具体开设拓展课程时，受不同因素主导会使拓展在不同表现形式上略显差异，按照学习目的的主导因素，主要有以下几种。

1. 以初体验为主导的课程学习

拓展的魅力源于学习是在陌生的、新奇的、刺激的环境中进行，以此形成了一种"历奇"的过程，也就是以初体验为参与活动的基础。在这种情形之下的学习可以让学生"撕下面具、张扬个性"，同时注重学习的过程并在过程中做出最大的努力。活动过程的全新体验能够给学生一些从未有过的经历，在这种经历中能够得到一些反思并以此形成经验，这种经验可以为未来的社会生活提供经验支持。正如"在体验中学习，在学习中成长"所倡导的，真实地感受自己的初体验，以此为契机进行全新的学习，对于个体的成长与成功会有很大的帮助。

2. 以实用体育为主导的课程学习

实用体育除了为生产劳作服务外，对于灾难求生和危机应对也有帮助。拓展的许多项目模拟危机生存情境，学生在体验时虽然很难感受真实情境下的压力与艰难，但在学习中所采用的应对"情境模拟下的危机压力"的方式，对于学生个体勇气的增长和自信心的培养，对于团队解决问题的方法和能力的提高，都能得到很好的体验并从中积累有用的经验。

拓展对于消防安全演习，对于海难求生，对于自然灾害的应对等，通过针对性的课程可以获得相对真实的体验。尤其是在针对军事、公安、海事等专业的学生，采用拓展训练代替部分常规体育课，能够最大限度地发挥拓展训练的实用价值，使拓展训练真正成为实用体育的一部分。对于普通学生参加拓展训练，在获得身体锻炼与人格发展等价值的基础上，本身也获得了一些实用的求生技能和生活技能，这些都属于实用体育的一部分。

3. 以游戏竞赛为主导的课程学习

游戏在按照体验式学习的原理进行操作时，活动从体验开始而不是从技术学习开始，教师从教学角色逐渐变为辅导角色，学生从知识的接受者变为活动的主体，游戏过程作为学习的重点强调学生内心的体验。尽管游戏的结果不是学习的重点从而强调个体和团队的自我完善过程，尽管相关模式强调活动中不以竞赛为目的，从而将其和体育略有区别，但事实上游戏的竞赛性对于拓展训练适应在体育课中的需要，对于拓展训练在学校体育教育中的变化必不可少。

> 学会真正的竞争就等于学会了合作。

以竞赛为主的拓展项目和游戏只是一种方式，绝大多数竞赛游戏在拓展的教学体系中只是为理念上寻求"合作或共赢"做铺垫，将游戏竞赛贯穿活动的始终并不常见。例如，在一个学期的学习中，学生对于活动项目会有一定的"揣摩教师"和预测活动理念的想法，在垫场游戏或者共赢理念的活动之前，加入一些竞赛活动从心理上制造一些"冲突"，

图6-2　运水比赛简单有趣，通过竞赛能充分表现团队成员的默契配合程度

通过"合作与共赢"理念的活动进行调适，能够对团队的发展带来一定的价值（如图6-2所示）。

拓展的团队项目有些来源于体育游戏，有些用游戏的形式表达，拓展所表现出来的游戏特点促使了体育游戏作为系统课程的回归。趣味游

戏和传统游戏进入体育课堂后，丰富了体育课堂的同时，让我们既认识到了游戏的体育价值也认识到了体育的游戏价值。将游戏与竞技体育的项目结合，按照拓展的体验式教学技巧让学生进行体验，可以通过体育活动丰富游戏的内容并能够更好地将游戏和传统体育项目融合。

4. 以增强理论融入为主导的课程学习

管理学院在教学中加入管理游戏，以此加强课程理念的真实性；心理学院将实验游戏引入课堂，以此提高心理效应的直观性；商学院将拓展项目设计到商战体验的活动中，在活动之后进一步加强理论学习。这些活动是拓展训练与专业理论学习很好结合的典范，但真正将拓展训练当作理论融入的工具，学习"教练技术"中的常用方法，通过活动设计将或易或难的理念设计其中，在体育活动中感悟管理理念等方式可以拓宽现有的学习模式。这种方法可以运用在教育、管理、经济、心理等多种学科之中。

5. 以培养体验教育技术为主导的课程学习

专业的师范院校、体育院校或者人力资源管理专业的学生，将会以拓展训练为基础课程，把体验教育技术作为一种学习专业，通过全面系统的课程学习加以掌握。以培养体验教育技术为主导的课程，在欧美各国的休闲体育专业中已有设置，在我国相关课程的设置与教学中尚属开创与尝试阶段。

以学习目标为主导的课程，拓宽了拓展在学校的开设思路。以不同方式开设拓展课不仅丰富了课的内容，同时能够最大限度地体现拓展的价值。在学校教学中按照教学组织模式，开设了多种拓展训练的课程体系，有的学校将其设置在一个学期中，有的学校在开学之初进行拓展训练，有的学校在周末将学生带到野外拓展训练基地进行学习，各学校结合各自学校的现状为满足学生拓展训练的需要，在不断地探索和尝试。现阶段主要开设的课程有以下几种：

1. 学期拓展课程

和学校的学期教学日程同步，按照学校统一要求制定教学大纲，完成一个学期的拓展训练教学。这是学校拓展训练课程的最常规模式，易于学生进行选课与教学管理，并能确保课程的延续性和系统性。

2. 小学期拓展课程

利用寒暑假时间开设小学期课程是许多学校教学安排的一部分，这种课程对外聘优秀教师讲学，校际交流与交往的时间安排有很大帮助。利用假期开设连续的拓展训练课程对于学生的学习有一定的便利之处，尤其利于部分学校安排野外拓展训练的课程。小学期课程可以每天安排一次两学时的拓展训练课，连续多日完成总学时。也可以进行全日制学习，每天按学习的具体时数计算，在连续两至三天内完成，这种方式可以将学生带到郊野的基地或者采用露营的学习生活方式完成拓展训练。

3. 周末拓展课程

周末课程一般是由学校的非教学机构组织学生参加的课程，有些学校团委组织学生参加一些以提高综合素质为主的拓展训练课程，或者学生党校组织学生参加的此类课程。周末课程往往不以取得学分为目标，学生参加拓展训练往往是系列课程中的一部分，学习与训练往往带有一定的娱乐性。此类课程一般会有赞助或者基金支持。

4. 新生入校拓展课程

新生入校后参加拓展训练，以此使同学之间快速熟悉起来，并形成一种良好的沟通和交往氛围是一种常用的拓展训练课程模式。这种学习方式在国内外都很常见，《哈佛女孩刘亦婷》一书中，对于开学初学生参加类似的活动进行过细致的描述。

有些学校将其定为学习的一部分，参加学习与训练后可以得到相应的学分。尤其是对于一些单独招生的特长生学生群体，在入校后进行拓展训练不仅能够提高对学校文化的认同，同时能够加入一些管理要求和励志的训练。许多商学院的 MBA 在开学初进行拓展训练，北大经济研究中心国际 MBA 的学生就将拓展训练作为开学初的必修课。

5. 特色融合拓展课程

不同学校与学院根据自身的学科特点，将拓展训练作为一门必修课是拓展训练进入学校的基础。除了部分商学院将其列入课程之中，也有一些诸如军事、公安等院校在开学初进行拓展训练。有许多院校在开学之初进行军训时加入拓展训练的内容，不仅丰富了军训的内容，也提高了学生的参与积极性，这种模式值得尝试。

课程的丰富是为了更好地针对学生学习，不论哪一种课程都需要按照拓展活动的要求进行设置，注重学生的体验，关注学生的感受，加强团队的熔炼，充分实现拓展课程的固有价值。

第二节 拓展课程的开设模式

我国各级各类学校尝试开设类似拓展训练的活动，可以追溯到早期的体育游戏课，在高空架上的实习活动与各种团队游戏，甚或一些经过游戏化的体育项目，都可以看到现代拓展训练的影子。将拓展引入课堂，按照学校教育模式上课，一些学校在早期进行过阶段性的尝试，并且取得了一定的效果。但是按照体验式学习理论进行教学，将拓展课列进学校的选课手册、制订出大纲与教材、修建专用场地，按照常规课程供学生选修，最早是从北京大学开始的，是值得借鉴的一种常用模式（如表 6-1 所示）。

表 6-1　高校开设拓展训练课程的类型表

类型	场地	野外	教师	课程	代表学校
模式一	√		√	√	开设校园拓展的院校
模式二	√	√	√	√	林业、地质、水利等院校
模式三			√	√	暂无专用拓展场地的院校
模式四	√		√		对外培训为主的院校
模式五			√		外聘教师为主的培训学院
模式六	√				学校与培训机构共建
模式七			√		教师在培训公司兼职
模式八				√	组织学生参加拓展的学校

注：此表为 2007 年以前各学校开设拓展训练的情况分类。

现阶段开设拓展的学校越来越多，按照拓展的体验式学习理念结合现有的条件，各自学校进行着不同的"拓展"。有些学校修建拓展专用场地，有些学校利用体育场地，有些学校利用一点空地或教室，为学生创建能够活动的地方，开设适合各自特点的拓展活动。师资是各学校开设拓展训练的"瓶颈"，由于拓展课和常规体育课之间没有可借鉴的专项，绝大多数体育教师都没有接受过拓展课程教学的培训，而拓展活动本身带有很高的风险性，因此，有必要采取和培训公司合作培养教师，外聘拓展培训师来学校兼职，引进有拓展教学技能的专业人才，现有教师参加拓展培训班进修业务等方式，这些方式能使学校拓展教师队伍飞快地壮大起来，而这些教师的付出与努力也必将为拓展在学校的发展起推动作用。除了场地和教师外，合理的拓展课程也是开设学校拓展的必备条件。诸多的拓展项目如何选择，如何设置适合本学校特点的课程，也是当前需要认真对待的一项工作。

对于各种问题的出现，相关机构也组织部分已经开设拓展课的学校进行研讨，并就课程设置问题召开过多次研讨会，由于研讨的内容与思路

> 凡事预则立，不预则废。
> ——《礼记·中庸》

缺乏实践基础，很难达成统一的认识。不同学校对于拓展的认知存在差异，勇于开设拓展课的学校也都按自己的思路进行探索和尝试，通过对国内开设拓展的高校进行调查分析发现，拓展的开设具有不同的模式，每一种模式也都得到了学校的认可和学生的好评。将这些模式进行分享可以为拓展的开设提供参考。学校开设拓展相关课程的主要模式有以下几种。

模式一：校园内场地为主的拓展课程

校园内场地为主的拓展课程以北京大学为例，从中可以得到一些可借鉴的地方。北京大学在创建世界一流大学的进程中，在教学改革中开设了许多适应当前发展形势需要和学生需求的新课程，拓展课就是其中之一。2002 年拓展成为北京大学本科生的一门体育课，2005 年成为研究生的一门选修课，课名叫做"素质拓展"。起初只有一位在校教师开设四个班的拓展课，2006 年引进一名新教师进行攀岩与拓展两门课的教学，现在每周固定开设 6 节拓展课。

校园内场地为主的拓展课程模式是在校园里模拟各种情境对学生进行训练。基地建设在校内，拥有自己学校的专职教师，设计一套适合学

生特点的课程，拥有良好的学术氛围和研究机构，按照教学与科研相结合的形式开设拓展训练。

1. 校园内场地为主的拓展课程模式的特点

（1）精简型场地。全封闭的校内基地，课程内容是以场地拓展为主的陆上项目，场地投资适中但足以满足学校开设课程。

（2）专职教师。有专门开设拓展训练教学的教师。教师为教学科研型教学岗位、研究方向为学校拓展训练，有专用教材和网络辅导教材，完成相关国家级社科基金课题。

（3）教师带领助教共同上课。由于每节课有28名学生，分成2个小组上课，由教师和助教共完成，教师完成主要项目，助教协助完成部分必须分开教学的项目。助教劳务费用由学校支付。

（4）课程设置有针对性。有针对本科生和研究生的学期课程和暑期小学期课程，课程按照项目层次、性质和难度进行设置。教学大纲针对学生身体、心理和社会适应性进行全面教育，提高领导力和培养团队精神成为课程的目标之一。

（5）学生采用"三自主"选课。学生选项目、选教师、选上课时间，并在网上有教务部统一安排全校学生通选。

（6）师生共同评价考核。理论考试20分；平时成绩20分；实践考试60分，其中结绳与保护技术考核30分，团队能力考核30分。团队能力考核结合学生之间互相评价按比例选出优秀。

（7）学生评估教学效果。学习课程结束后成绩上报教务部，学生对教师的教学效果进行评估后方可查看成绩，教师依据评估反馈意见改进教学方法。

2. 校园内场地为主的拓展课程模式的优缺点

优点：

（1）场地易于管理，投资较小，利于开展。

（2）能够充分发挥教师的积极性。

（3）课程设置相对完善，易于推广。

缺点：

（1）高空项目相对较少。

（2）课程内外对教师要求都较高。

（3）缺乏户外的真实体验。

（4）选课学生数量受限。

模式二：校内场地与野外结合的拓展课程

林业、地质、水利等院校的许多学科需要在野外作业，专业特点使此类院校的体育教学在户外活动领域获得了许多成就，拓展作为户外体验式学习项目能够成为此类院校的特色课程。此类院校中现已有多家引入拓展课程，建设了项目齐全的拓展项目设施，并且拥有具有专业户外技能的拓展教师。

此模式有校内场地与野外营地两类基地。在校内建设多组训练设施，活动项目多样，不仅可以满足学生上课，也可以满足大型的培训活动。在野外建设拓展训练营地，利用本校户外设备齐全、师资力量雄厚的优势，组织学生在校外的基地进行户外体验与户外技能培养，充分体现了拓展在户外教育的特点。专业的拓展教师具有非常高的户外技能，对于户外风险的处理能力加强，组织经验丰富是其顺利开设相关课程的优势所在。

部分院校依山傍水，直接可以将学生带进山野之间进行练习，也是开设校内场地与野外相结合的拓展课程的便利条件。

1. 校内场地与野外结合的拓展课程模式的特点

（1）场地设备条件好。校内基地与野外基地的并存，使课程内容丰富多彩，更贴近于拓展的户外体验源头特点。

（2）专职教师。专门开展拓展教学的教师，绝大多数项目由户外技能出众的体育教师参与教学。

（3）紧密结合专业。利用户外运动的影响力和需要野外作业的专业要求，增强学生的学习信心并以此提高学习效率。

2. 校内场地与野外结合的拓展课程模式的优缺点

优点：

（1）场地条件好，能够进行拓展训练的深度教学。

（2）教师专业技能好，能更好地体现拓展的户外特点。

（3）课程设置具有较强的专业针对性。

缺点：

（1）课程开展需要具备较好的条件，不利于推广。

（2）对教师的户外能力要求较高。

（3）从组织角度考虑风险较大。

模式三：校内无专用场地的拓展课程

校内无专用场地主要是指没有中高空项目设施场地，此类拓展课程是拓展最初进入学校的中坚力量，在没有专用中高空设施的情况下，以地面游戏和低空项目为课程的主要内容，以学生的团队活动为基础开设拓展课程。这种训练和国内常规的拓展培训活动有一定区别，它受我国香港地区的团队心理辅导影响较大，主要以团队游戏的方式对个人与团队进行教育。这种活动具有较明显的体育课的特点，鉴于这种活动和国外的青少年活动有相似之处，此模式对于学校团队辅导活动和拓展班会，尤其是中小学和青少年活动，具有极强的借鉴意义。

1. 校内无专用场地的拓展课程模式具有以下特点

（1）不需要专用场地。在校园的体育场或合适的休闲锻炼场地上都可以开设，尤其是能够放置一些薄垫的体育场馆，是开设此类课程的理想场所。

（2）专职教师。教师在教学组织上沿用学校体育教学的方式，在活动的监控上相对难度较低，但对于心理学领域的专业知识要求较高。

（3）普及性强。此模式是许多学校在对拓展了解不多，尤其是缺乏中高空项目的安全保护经验时进行拓展教学尝试的捷径，因此易于普及和发展。

2. 校内无专用场地的拓展课程模式的优缺点

优点：

（1）场地条件要求较低，利于推广普及。

（2）对心理与团队辅导价值较高。

（3）风险降低，易于监控。

（4）易于在中小学开展。

缺点：

（1）缺乏高空活动，对于学生耐挫力与自信心的培养不足。

（2）身体运动能力的锻炼不足。

（3）很难全面了解拓展训练的价值。

其他模式

其他模式的开设对于拓展在学校的普及和发展有极大帮助，对于学生了解拓展和参与拓展有很好的宣传作用。模式四对于开设拓展课做好了"硬件与软件"的准备条件，可以随时开设相关

> 如果仅仅把参考模式当作范本，就永远不可能青出于蓝。变化和超越是对参照模式的最大尊重。

课程；模式五可以通过培训活动积累经验，通过培训形式促进学生参与拓展活动，同时可以利用培训活动培养教师，最终为学校开设课程做好准备；模式六虽然在硬件条件上完全具备了一定条件，但需要和所在培训机构进行进一步的交流，在合适的条件下利用培训契机开设课程；模式七是学校拓展教师的最主要来源，教师能够将其培训经验按照学校课程教学模式加以运用，然后得到学校教学机构的支持，即可以拥有开设拓展的"软件"，为拓展课的开设做好准备；模式八是在课程开设前的最常规思路，将拓展活动交给培训公司，从而达到对学生的培养需求。

无论采用哪种模式开设拓展训练活动，只要能从学生的兴趣出发，以学生的素质发展需求为基础，将学生作为活动的主体，在确保安全的基础之上，都能够很好地完成拓展教学。

第三节　拓展课程的项目设置

拓展课程的项目内容

学生对拓展各类项目的喜爱很难在一个学期内充分满足，安排哪

些项目能够达到教学目的，如何在课上更好地将自我挑战与团队熔炼的锻炼价值结合，是拓展开展中的基础问题。在拓展引入学校后最初的几年里，对拓展的实践探索和理论研究从未间断，对于课程按不同活动层次来安排教学内容与效果基本得到认可。即便如此拓展课程项目的设置也只能构建一个框架，具体到每一节课时会按照团队发展的需要略做调整，在拓展中各种项目与游戏有几百种，抛开活动场地与道具的限制和要求，可以使用的项目也有近百种，如何选择适合当代大学生尤其是符合大学生的活动项目，是在近几年的实践中不断调整的一个过程，随着课程开展的不断深入，现在的项目越来越受到学生的认可，同时也能够满足更多学生学习的要求（如图 6-3 所示）。

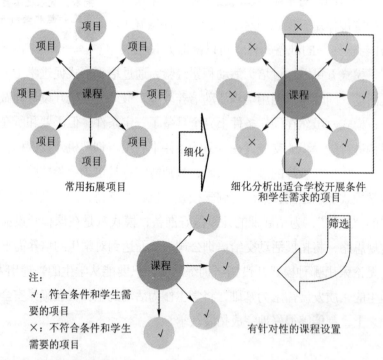

图 6-3　拓展训练项目的选择过程

拓展作为一种体验学习活动，初体验是非常重要的，尤其是那些带有"玄机"的心智类活动项目，如果长期使用就会泄露"机密"，就无法达到让学生在沟通中产生"碰撞"，难以出现"复杂"的结果，难以达到突破"障碍"获得成功的目的。因此，每学期除了备用项目之外，拓展教师需要研究创新和借鉴引入适合学校开展的新项目，确保每学年更换若干活动项目，以满足学生的心理期望值和活动的神秘性。

具体项目在教学中只是工具，但不同的项目对学生锻炼目的不同是不争的事实。例如，高空项目对学生来说以锻炼自我的心理适应能力为主，而以地面活动为主的全员参与项目，锻炼团队协作也就必然成为侧重点。按照项目分类的原则，对学生锻炼的针对性和教学过程所关注的直观性进行分类，以每节课 2 学时共 32 学时为基础，兼顾不同类别的项目都能让学生获得体验的机会，对高空项目、中空项目、低空项目、地面项目、心智项目、综合项目、户外项目、理论项目进行权重分析，按照近几年来学生的学习效果反应和多位教师的多次筛选，学校里拓展经常使用的项目主要有以下内容。

高空项目：高空断桥、空中单杠、垂直天体、高空荡桥、团队攀岩、沿绳下降等。

中空项目：高台演讲、翻越障碍、信任背摔、鳄鱼潭等。

低空项目：包括求生电网、荆棘取水、孤岛求生、泰山绳、足够高等。

地面项目：雷阵图、交通堵塞、盲人方阵、击鼓颠球、有轨电车等。

综合项目：挑战 150、运输比赛、生死 99 秒、趣味运动会等。

心智项目：沟通造桥、红黑博弈、背对背等。

户外项目：自然取火、取水、扎营、结绳与保护等。

理论项目：破冰课、沟通课程、求职技巧、紧急救护、避险求生等。

项目在进行划分时各个学校会有一定的偏重，有时可以将介于两类之间的项目，在计算时将其一分为二列入两个类别中，例如，"求生墙"有些学校将其归为高空项目，有些学校将其归为中空项目。国内的求生墙一般高度没有统一标准，绝大多数为 4 米左右。国外有些机构将其命名为 14 英尺墙，高度会略高过 4 米，国内有些特殊专业院校的求生墙高度达到 5 米多。由于高度的增加，即使有连接保护绳索，鉴于活动特点，也需要增加较厚的海绵垫作为安全装备。

项目设置要求

　　学校开设拓展在继承了商业培训体系中的优点后，结合学校发展的现状在课程的设置上略有变化，不论从班级设置上还是课程的系统性、针对性、趣味性、竞技性、价值趋向性方面都有不同的要求。

　　拓展在课程开设时一般采用班级教学制，每个班的人数一般限定在30人左右，从安全的角度考虑，一个教师每学期最多不要超过6个班。如果有多名老师可以教授拓展课，从器材的使用和保护角度考虑，整个学期的拓展训练课数量最好在10个班左右。适当的控制教师的教学课时和参与教学的教师数量，对于教师的教学能力与精力，教学设备的使用与养护，安全制度的实施与检查都有帮助。

　　拓展课在开设的过程中，教师要及时了解拓展培训机构的发展，适当地参与校外的拓展培训活动，有针对性地组织一些拓展培训课程，对于教师服务社会，及时了解拓展的发展有一定帮助，最重要的是可以将一些适合学校开展的活动项目引入学校，有计划地发展学校的拓展课程。但教师将大量的业余时间用于拓展培训活动并不可取，这对教师完成校内的拓展教学活动是一个考验，尤其是对于确保安全的敏感度和操控能力有一定的影响。

第四节　拓展课程的开设建议

开设拓展课的对策参考

　　学校开设拓展课主要从如何培养师资、建造场地、设置课程等方面着手。通过多种方式引进与培养师资，或者通过聘用与合作的方式都是解决师资缺乏问题的途径；利用现有体育场地与修建专用拓展场地，按照"安保器械不能少，高空项目不必多"的原则，达到拓展训练教学的基本需求；课程设置要有针对性，制订操作性强的教学大纲，选择适用的教材，有计划分步骤地开设学校拓展训练课程。

1. 教师的培养

学校拓展教师的唯一来源就是对教师的多渠道培养，无论是现有拓展训练师、体育教师还是引进有拓展训练专长的毕业生都需要认真培训。体育院校与师范院校的许多学生在校外

做兼职培训师，虽然他们能够完成拓展的培训教学，但由于对学校的培养目标和对学生的了解不够，并不能真正成为一名符合学校教学要求的拓展教师。

对学校现有教师的培养是获取拓展课教师的最直接方法，各高校体育教学部门可以选派沟通能力强、学习领悟能力强，对心理学和管理学比较感兴趣的胆大心细、安全意识强的教师，参加拓展训练操作技巧的相关培训，业余时间参加有关团队管理、领导力、心理辅导等课程的学习，使其能够很好地胜任拓展训练教师的角色（如图6-4所示）。

图6-4　师资培训是行业发展与共同进步的基础

虽然绝大多数体育教师经过学习有可能成为合格的拓展训练教师，但无法胜任的情况也一定会出现，对此一定不要勉为其难，适时的放弃是"以人为本"的教育思想指导下对教师和学生双重负责的体现。

2. 关注学校拓展教师的压力

学校的拓展教学属于高风险、高强度、高压力的工作，劳动强度的增加会加大教师分流的可能。拓展教师的工作压力主要表现在：

（1）教师需要不断学习自己不熟悉的许多相关知识，需要付出大量的时间和精力。

（2）高风险活动对教师自身和学生的安全使得教师绝对不能出现任何闪失，但谁又能保证自己总是万无一失呢？和现在所教的课程相比，增加职业风险是教师额外的压力。

（3）每节课都需要提前准备，许多器械与道具都需亲自整理，课后的器械归整以及时间紧张不能完成的分享回顾需要课外在网上交流，工作量加大过多是必须面对的压力。

（4）高风险项目需要教师亲自挂、摘保护装置，这至少需要半节课的时间，此外，教师亲自检查器械使用前的安全性，这种风险是对教师自己和其家人的挑战。

（5）组织户外拓展活动时，困难和压力的增大不言而喻。

这些问题的出现在短期内不会有太大的影响，高校对于拓展作为新事物的尝试会促使更多的教师对它给予关注和尝试，但从长期发展的眼光来看，合理解决拓展教师的压力也是高校引入拓展课必须面对的问题（如图6-5所示）。

3. 学校建造拓展场地不宜投资过大

学校对拓展的引入促使许多学校开始建造各种规模的拓展场地，这对于吸引人才是非常重要的举措，但是没有专业拓展教师就开始建设拓展场

图 6-5 拓展教师在高空检查拓展设施

地需要冒一定的风险，绝大多数会造成长期闲置的尴尬局面。

由于拓展开设的时间不长，拓展场地的建设还不够体系化、专业化和科学化，场地建设还属于模仿建设阶段，对于拓展场地国家标准①的理解还有待加强，现在建设的场地不应追求过大过全，能够满足现有教学需求即可。学校建造高空设施的资金量应该有所控制，如有多余经费可以用在诸如攀岩、定向越野、野外生存等和户外教育

---

① 2008 年 9 月 26 日，拓展场所国家标准出台，笔者作为评审专家组主要成员参与其中。拓展场地国标的出台，对于拓展的开展和安全经营将有很大帮助。

相关的项目发展上。

4. 学校拓展训练的教学要体现各自学校的特点

短短几年的学校拓展教学经验，对于拓展的发展来说只是管中窥豹之举，参照其他学校拓展的教学内容和教学大纲进行拓展课程设计，结合自己学校特点是开展拓展课的关键。比如，医学院校可以结合拓展与"以问题为本的学习"（PBL）的精髓进行课程设置，在拓展课中加入类似于"外科手术团队"的模拟练习活动，这种课程的活动可以参照棒球团队进行演练，在分享回顾时结合相对应的职位特点，队员各司其职进行团队协作教育。商学院在设计项目时要更加注重管理理念的课程项目，比如，"孤岛求生"和"求生电网"等活动能够更好地结合其专业知识。财经学院在安排课程时应多安排类似"信任背摔"的活动，以增加诚信习惯和意识，不要加入过多的"雷阵图"等突破思维和培养"机会主义"思维的学习。工科院校可以在培养学生动手能力上多下功夫，可以将"鸡蛋保卫战"、"荆棘取水"、"钻木取火"等项目安排在课程中。每一所学校都有自己的特点，为学校学生的专业方向有所帮助是拓展训练的目标之一。

5. 学校拓展的其他问题

关于班级的分队方式、助教的选择、培养与安排等问题也可以在参考其他学校经验的基础上改进，有些学校在借鉴北大拓展课程模式的基础上，进行了改进，由于学生选课人数超过 40 人，教师在授课时应将学生分成三组，安排两个助教一同上课小项目、竞赛项目、组织融合类项目可同步完成，也可以安排一个主项和两个副项在三周内进行轮换，教师轮流带学生完成主要的大项目，助教各负责一个小项目，这样也能很好地完成教学任务。

只要教师积极投入到拓展教学之中，就会找到许多更好地开展拓展课的方法，就会发现拓展课所带给自己的快乐，这种快乐是在压力之后的一种释放，它可以带给我们更多来自精神层面的享受，无论是劳累、紧张、释然还是希望。

学校开设拓展训练的建议

1. 拓展学习过程不能流于形式

拓展训练是体验式学习，项目体验只是学习的工具和手段，体验之后的分享回顾和总结提升是学习的重点，流于形式的游戏活动不仅达不到教学目的，也会破坏学生对经典项目的初体验经历。在不具备教学师资、教学条件和课程设置的前提下贸然开设拓展课程并不可取，这对于学校在此后的教学会产生"惯性思维"，很难真正贯彻体验式学习理念的真谛。对于有些学校将拓展的冒险项目以游戏课的形式开设，事实证明不仅不能提高教学效果，反而会出现不应该出现的伤害事故，按照拓展学习的流程开展活动非常必要。

2. 可以从非高空项目开始拓展教学

拓展教师在没有中高空设施的情况下，完全可以开设以地面、中低空、心智和户外项目为主的拓展教学活动，诸如盲人方阵与求生电网、足够高、法规骑兵等近百个非高空项目都可以在课上使用，这对于教师顺利开展教学活动和学校降低课程开展的风险都有益处，通过一段时间的探索后，在合适的时间引入高空项目也是不错的选择。

3. 开设拓展课要将安全放在首位

获得安全需要正确地对待风险，做好应对风险的预案。拓展教师对于活动的安全操作控制以及对项目安全要求的学习不能放松，在课程开设时培养学生挑战困难的能力，但拒绝造成对未知情况不假思考的"冒险"行为。谨记"冒险"和"盲目冲动"是不同的活动行为，在不需要"冒险"时不鼓励学生莽撞的尝试，在模拟风险的情境中不鼓励学生不计后果的尝试，例如，在没有安全保护的情况下绝对不允许学生尝试风险活动。

4. 以负责任的态度进行拓展研究

在我国，拓展的实践活动仅仅处于起步阶段，对于学校拓展的研究也仅仅是一个开始，由于许多人并没有真正体验拓展活动或没有拓展的教学经验，仅仅参考拓展培训公司的网站宣传和推广广告，造成许多论文过高地夸大拓展的价值，由此造成的过高期待不仅会误导学生也会损伤教师的积极性。辩证地看待拓展在学校的开设，以负责任的态度引入拓展，是我们避免重走商业培训机构盲从拓展培训后造成类似恶意竞争不断、安全事故频出、培训口碑走低的尴尬之路。

5. 认同个体差异在团队中的学习特点

按照团队发展理念，认可个人在团队中实现价值，认可学生个性化发展，因为体验的感悟没有对错，求同存异、平等互补为共同的目标努力。教师不能仅仅以个人服从集体来要求学生参加团队熔炼学习，诸如此类的意识和思维习惯是教师适应体验式学习的一道门槛，能否很好地了解学生的心理，把握学生的成长需求是我们设置拓展活动，引导学生反思学习继而改变学生认识生活适应社会的重要部分。

6. 加强沟通与交流

拓展在学校的开设需要所有的拓展教师之间互通有无，对于拓展的发展需要多向相关行业的专家学者请教，以此丰富拓展的理论进而加强今后的实践工作。

由于拓展在学校的开设仍然属于新生事物，相关的教学经验与理论研究还不成熟，因此，各级各类学校在开设中不可在场地建设规模上进行攀比，开设初期课程的数量不宜过大，课程的引入不宜过急过快，只有在师资条件、场地条件上比较成熟时才能充分地开展，这样才能做到对学校和学生负责，同时也是对拓展本身负责。

思考题

1. 如何理解拓展课的教学目标？举例说明。
2. 按照学习目的的主导因素，简述拓展课程主要分为哪几类。
3. 任意选择一种课程开设模式，并分析它的特点。
4. 学校里经常开展的拓展项目有哪些？项目设置有哪些要求？
5. 你对学校开设拓展课有哪些建议？

第七章
拓展的场地与器械

拓展场地是拓展的隐性文化展示，是一个有灵性的地方，不只是由简单的钢柱钳接而成。

内容提要

本章介绍了拓展的场地设计、建设和维护要求，通过相关院校拓展场地的建设、使用和管理经验为我们提供了一些参照。此外，介绍了头盔、安全带、保护绳、锁具等保护设备的基本知识和使用要求，为我们能够安全开设拓展高空项目活动提供了帮助。

第一节　拓展场地

拓展在学校教育中表现为显性教育和隐性教育两部分，拓展课和相关的活动是显性教育部分，而与拓展有关的物质文化是学校隐性教育形式的重要组成部分，是学校开展拓展教学赖以生存的物质基础。拓展场地是学校拓展文化最核心的内容，场地、器材的设置与管理是否符合学校的发展要求，直接影响着学校相关教育目标的实现。

学校开设拓展已经得到各级主管部门的极大关注和认可，校园内建设的拓展场地成为学校内一道亮丽的风景线。开设以"校园场地"为主的拓展活动是一个明智选择，这能够降低开设此类课程的风险和诸多现实困难。分离出以野外环境为主的活动项目，或者将野外活动单列为一个科目，这对于学校开展以场地为主的拓展活动并无大碍。

拓展场地可以结合学校的地形，利用其他

尊重所有的静物，看似没有生命的他们，一旦和我们在一起活动，立刻就会充满灵性。

运动场地之间的空地，利用学校里偏僻、闲置或边角地域，发挥想象力设置一些美观大方、经济实用的拓展中高空训练架与游戏设施，成为学校开展拓展的可行之路。比如，利用器材室修建一个 4 米高的求生墙，在场地边上架设两条钢缆建造一个"相依为命"设施，在场地的角落修建一个信任背摔台。这些看似简单又略显新奇的场地，和传统的体育设施相比，由于它们拥有寓意深刻或富有诗意的名字，不再让学生觉得冷冰冰而不愿接近，自觉与不自觉地想要在它们之间"玩耍"，使这些体育场地增添了许多人情味。

学校拓展专用场地的建设主要有以下类型：

1. 满足学校体育教学为主，由学校体育教学部门进行建设与管理，为选修拓展课的学生和课程开展提供必要保障。

2. 为满足社会需求的培训活动服务，和社会培训机构一同合作建造拓展场地，学校学生以集中培训的形式偶尔参加活动。

3. 将场地建设在校园以外风景优美的山水环境的郊区，依靠学校师资从事培训活动，或供需要参加野外作业专业的学生学习使用。

结合学校课程的特点，按照拓展作为体育课的课程理念和课程大纲，遵照场地建设中必须遵守的"设计合理、用料考究、施工仔细、验收严格"原则，同时遵循"科学安全、易使易查"的使用原则，对学校拓展场地的建设、使用和管理进行设置。

拓展场地的设计

学校开设拓展课往往都从建设拓展场地开始，硬件设施的完善对于学校开展拓展课极具价值。场地建设成型之后，对于吸引紧缺的相关人才和学校拓展教师的培养都有帮助。但是，学校如果在没有专业的拓展教师的引导下就开始建设拓展场地具有一定的风险，只按照拓展培训机构的建议或场地建设单位的设计进行投资建设，绝大多数会在使用时出现不便甚至造成不必要的浪费。

拓展场地的建设，从设计之初就应当考虑它的功用是为授课服务，而不要把承接校外的大型培训活动作为建设场地时的主要目标。简单实用的高空设施，易于拆卸组装的中低空项目设备，可以进行不断变化的地面项目器材，合理设置在场地里能营造出"具有灵性的环境"。学校建造高空设施应该控制规模，具有针对性地建设以经典高空项目为主的场地设施，在少而精的基础上加入雕塑艺术化设计，可以丰富拓展活动的文化内涵。

体育场所开放条件与技术要求第19部分：拓展场所的国家标准GB19079.19—2008中规定，拓展训练场地面积室外不小于800平方米，室内不小于600平方米；至少应有进行6个2米以上的项目和6个2米以下的项目的设施；拓展场地内无保护装备项目的运动位投影地面应铺有衰减冲撞能量的材料，如鹅卵石、跳高垫等。拓展场地距离电力设施的水平距离不小于8米；距离地下管线的水平距离不小于2米，距离各类建筑的水平距离不小于5米；拓展场地应远离易燃、易爆和有毒、有害的物品；避免运动位的光干扰等。[1]

> 某断桥上有一行小字；相信时间能治疗恐惧的人在这待过，当你认为自己害怕并想下去时，多待一会试试。

拓展高空场地可以设计为独立训练架或组合训练架。独立训练架可以利用相对分散的小块空地，组合训练架需要一块相对开阔的平地。设计之初需要考虑包括训练架的朝向、斜拉钢缆的走向、训练架之间的互相支撑与影响、保护点的设置、保护钢缆的角度与连接方式、训练架的颜色等问题。例如，不要将空中单杠设计为单杠在起跳立柱的北面，避免保护者的眼睛受阳光直射而造成伤害。不要将训练架设计成黑色或红色，这会增加学生的心理压力，橙色、蓝色和绿色都是不错的选择。

常规拓展的高空项目主要是单一的针对性项目，在设计时也可以将一些项目设计在一起。例如，将几个高空项目的部分环节有机组合在一起，在攀岩壁离地最初的几米上加一个天梯横木或几节软梯，然后攀到一定的高度后通过一段可用于移动的区域，最后转到一个小平台，完成

---

① 国家体育总局. 体育场所开放条件与技术要求第19部分：拓展场所, 2008: 9.

空中单杠的动作，不失为一个极具价值的高空项目组合。

　　学校的环境往往都很优美，在设计时要考虑周边景观的协调。如果条件允许可以设计一些带有造型的场地，除了它的使用功能外还能成为一个景观，成为一举两得的事情。将背摔台设计成一个竖起大拇指的拳头，能够给学生增加勇气，对旁观者来说也可以获得欣赏的体验；将高空训练设施设置成船帆的形状，既可以成为场地的背景，也可以增加活动的情境；有时候利用仿生态设计，在树林中将器材合理掩映与点缀，自然增加了活动的情趣（如图7-1所示）。

图7-1　美丽的拓展培训基地
　　　　（图片提供：王纯新）

拓展场地的建设

　　拓展场地的建设主要是确定场地大小与环境改造，这对于有经验的体育场馆的建设与管理者来说，只要和拓展教师从使用功效和活动要求上进行交流，建造合格的场地设施并不是一件难事。建造的重点是场地上的固定训练设施，如何使训练架在使用时更加安全和方便，项目操控时安全保护的设置与功能之间相得益彰，学生活动时符合人体的结构与生物力学特点，同时满足国家标准对于拓展场所的相关要求，这是场地建设时需要考虑在内的事情。

　　在建造拓展场地时，要"先国标，后行标"进行施工，建造中主要

参照的标准有:

GB50007	《建筑地基基础设计规范》
GB/T8918	《钢丝绳》
GB4053.3	《固定式工业防护栏杆》
GB9668	《体育馆卫生标准》
GB/T10001.1	《标志用公共信息图形符号》第 1 部分:通用符号
GB3838	《地表水环境质量标准》
GB3097	《海水水质标准》
GB50017	《钢结构设计规范》
GB50205	《钢结构工程施工质量验收规范》[①]

场地建设时主要材料包括钢材和木料。钢材需要选择不同规格的国标材料,原则上钢架立柱的焊接数量不超过两根,横梁要求一根通体的材料连接两端。木料最好选用耐风化的原木,为了增加美观可以进行深加工,但必须表面打磨平整并做防裂缝处理,如果条件允许可以进行高压防腐处理。钢材表面应进行防腐防锈处理,辅料的使用需要选择质量有保证的材料(如图 7-2 所示)。

立柱上端应与横梁可靠地连接;各立柱应与安装地面垂直,垂直度应符合国家标准;水平布置的面状结构的承载力应大于 3 000 牛每平方米。上方保护点的构件承载力应大于 10 千牛;地面保护点的构件承载力应大于 5 千牛。承接跳跃冲击的悬挂件的承载力应大于 5 千牛。梯子的踏板和登高脚架的承载力应大于 2 千牛。其他攀爬支承件的承载力应大于 3 千牛。钢丝绳应

图 7-2　拓展场地中木质训练架也很常见

---

① 国家体育总局. 体育场所开放条件与技术要求第 19 部分:拓展场所,2008:9.

符合 GB/T8918—1996 的相关规定，其抗拉力应不小于 15 千牛。[①]

此外，场地的摩擦系数、场地地面的缓冲材料、场地的照明条件、场地的库房设施以及广播通报设施，在建造中都应当有所体现，只有这样才能够应对各种各样的干扰因素，才能让我们在场地上很好地开展教学活动。

拓展场地的维护

设立明确的安全告示与管理制度，设立严格的人员岗位责任制度，设立健全的设施设备维修制度是确保拓展场地正常使用的重要条件。用于保护的钢丝绳要定期检查维护，5 年以上或使用频率较高的训练设施要及时更换钢丝绳，否则将可能在受到冲力或较大的拉力时发生断裂。

2008 年 7 月 27 日在某拓展培训基地，由深圳某旅行社组织开展拓展训练活动，两名深圳某物流公司的学员在进行"天使之手"高空钢丝项目时，因站立不稳而掉落，而悬挂保险绳的两条钢丝突然断裂，导致两人从 7 米多的高空坠地受伤。

人众人的安全主管王纯新老师认为，钢丝断裂完全有可能，并讲起在杭州某基地的钢丝绳，面朝钱塘江的一侧锈迹斑斑，而面山的另一侧却看似完好，钢丝绳受气候的影响生锈降低拉力，应及时检查并更换以确保安全。

此外，定期检修连接处的牢固性，包括保护钢丝绳的两端六个卡头是否松动，斜拉线和螺丝连接部位是否松动也同样重要。检查钢丝绳的使用状况和承受变形情况以及卡扣的稳定度；地基是否出现裂纹，细小裂纹较多或超过 1 厘米应停止使用并及时检修；焊接出现脱焊或出现裂纹大于 5 毫米时应停止使用并检修。每学期开学和放假前，或是单个项目使用人数超过 100 人次之后，拓展教师或维修人员应对设备上方钢丝

---

① 国家体育总局. 体育场所开放条件与技术要求第 19 部分：拓展场所，2008：9.

绳卡扣等进行检查，发现有松动应予以拧紧并记录备案。此外发现木料开裂或出现炸裂毛刺，钢材油漆剥落或出现锈点等都要及时修理。

建造安全、实用、美观的场地需要全方位的考虑，场地既不要过度使用来不及检修也不能长期搁置不用，这都会带来一定的事故隐患，及时的检修、维护更是必不可少。

北大拓展场地

2002 年底北京大学体育教研部、北京大学心理系和北京大学山鹰社部分老社员共同策划，在美丽的未名湖畔山鹰社攀岩基地的南侧，建造了我国高校第一座专供学生上课使用的拓展专用高架，2006 年为增设使用功能在原址上重新修建了符合国家标准的拓展高空设施。以此为参照部分高校修建了一座又一座供学校学生上课的拓展基地。

北京大学的拓展基地相对简单实用，是许多开展拓展教学而不以培训为主的学校可以借鉴的模式。固定的高空专项训练架为 4 个项目，天梯、断桥、单杠组成的"老三样"和"高空荡桥"组成了一个正方形的组合训练架，实际上合理地利用训练架的立柱与横梁可以进行十几种高空项目，包括上升、下降、攀梯、飞人等。利用库房做成求生墙，其他的项目为可移动或临时设置。此外，学校未名湖景区的许多地方略加选择就可以开展非常有特色的项目，新建的操场和体育馆内的教室也是一些活动的最佳去处。

北京大学在重新修建拓展场地时，为了避免无人看管时会有人爬上高架，特意将每根立柱从地面至 2.5 米的高度取消固定爬梯，取而代之的是可以拆卸的临时"插梯"，不仅解决了私自攀爬的问题，也避免了学生在地面活动时撞上立柱后而受伤的可能（如图 7-3 所示）。由于巨人天梯位于场地的中间地带，设计时将最下方的一截横木与连接变为可以拆卸的部分，这样既可以避免学生坐在上面荡秋千，也使地面的活动空间不会因为横木的存在而被分割。因此，各学校在建设自己所需的场地时，只要多用心考虑使用时的效果，就会避免在活动中出现不应有的麻烦。

学校拓展在不同层次上开展拓展对场地的要求也不尽相同，鉴于拓展对学生的培养是全方位的，尤其对于心理素质的锻炼是其中的重要环节，因此，必要的中、高空设施有利于完成教学目标。在近几年的实践中，我们发现一学期安排两个高空项目足够让学生在课上体验，如果利用合理的器材室等牢固的平房建筑改造一面求生墙，即可满足中空项目的团队挑战要求。这些是拓展较大的投资项目，相对来说属于长远的固定投资器械，可重复使用。由于对场地的其他要求相对较低，整套设备的架设与购买的费用远远低于一个标准的篮球场或网球场。

图 7-3　可以拆卸的梯子连接地面向上的一段距离

场地条件对拓展课有较大的影响，在大学校园进行拓展场地建设要结合所在学校的场地环境和人文环境，在不影响学校整体建筑风格的前提下，可以将场地建造得更加符合学校的人文特色，最好不要简单地将一些钢架堆砌在一起。此外，拓展场地最好不要建造在人员相对集中或流动较大的地方，否则在高空项目的心理辅导中容易受外界干扰而打乱计划，这对于课程开展有较大的负面影响。

场地建设要依照相关原则进行建造，拓展高空训练架的建造规模与项目数量不宜过多，有三四个高空项目就足够学校开设拓展课所用，这对于场地设计与课程开展都是比较现实和合理的做法。

第二节　拓展器械

《论语·卫灵公》："工欲善其事，必先利其器。"拓展课中符合标准的优质器械同样重要。拓展教学中需要使用多种器械，有些必备器械对于活动开展极其重要，甚至不能用其他类似产品替代（如

图 7-4 所示)。

校园内的场地拓展活动所使用的器械，主要包括保护性器械、辅助器械、模拟器械和道具等，每一种器械都有重要的功能和使用价值。

图 7-4　教师和助教们探讨击鼓颠球用具的制作

保护性器械

器械的选择、采购、使用、保养与维护，对于拓展的活动保障非常重要。各种器械质量和使用方法对于教师和学生的安全都不容忽视，对于完成活动增长经历也有特殊价值。

下面对一些常用器械进行介绍。

1. 头盔

我们对于所使用的器械"从头说起"，首先就是头盔的选择和使用。在拓展活动中，戴上头盔能够使外在的危险降低一半左右。相对坚硬的岩石与钢铁而言，我们的头颅就像又硬又脆的鸡蛋壳一样。即使与树干发生磕碰，我们的头部也很容易受伤。

不论我们参加场地拓展的高空项目，还是野外拓展中的攀爬与下降项目、水上项目或者绳索课程，都应该带上头盔。值得一提的是，许多拓展教师虽然十分注重学生对头盔的使用，但自己却常常忘记戴上头盔。拓展教师戴头盔在确保自身安全的同时，也在向学生传递一种安全的理念。有时学生一定会想，拓展教师为什么不戴头盔，一个不注重自身安全的人能会真正注重学生的安全吗？

（1）如何选择拓展头盔

拓展中我们一般选择一些质量较好，功能简单的传统头盔，这类头盔仍然保持款式经典、重量轻、舒适性、透气性好的特点。它们大多数都采用聚乙烯材料外壳，内层采用尼龙材料，外壳与内层之间采用无铆钉连接，使总体舒适感增加，简单快速的颈部收紧系统，可以随时将头盔调到一个最舒适的松紧度。紧贴皮肤处采用速干、透气材料，以及两侧的通风孔，可以降低头盔内温度并帮助排汗（如图7-5所示）。

与传统头盔形状完全不同，有些头盔设计成流线型，采用碳素外光材料。快速调节系统即使戴手套时也可单手操作，紧贴皮肤处采用柔软的速干透气材料。两侧的通风孔有助于保持清醒的头脑。颈部采用快速收紧装置。适合于拓展、攀岩、登山、溯溪等各类活动（如图7-6所示）。

图 7-5　传统头盔

（2）头盔使用时的注意事项

拓展课中许多学生都是初次使用头盔，有些学生甚至感觉很别扭，不愿意戴头盔，也有一些人戴上头盔后喜欢用手不断地整理调节，这和头盔戴得是否合适有直接的关系。我们尽量选择适合不同头型的头盔供学生使用，而且每一次尽量调解到最适合的状态，使用头盔时需要注意以下几点事项。

图 7-6　专用头盔

① 尽量使用安全可调的头盔，包括头围与颈部的收紧装置。有些头盔是在塑料外壳内固定了一层泡沫层，头围大小不能调解，一旦有头围较大的学生戴上之后，头盔高高地翘在头顶，而且会紧紧勒住颈部，既不美观也不实用，重要的是能有多少安全保障更是难以确定。

② 不要将头盔的前后戴倒了。头盔和我们常戴的棒球帽一样都有前后之分，棒球帽的帽檐朝后戴在头上有时是不错的选择，但是头盔这样戴就完全不同了，尤其是那种非流线型的半圆头盔，经常有人无意间就戴倒了，这样会觉得很不舒服，而且很容易遮住自己的眼睛。

③ 将长发盘在头盔里是最好的选择，头发上的装饰物应该摘下。如果长发在头盔外飞舞，很有可能会和安全带或绳索缠绕在一起，尤其在类似"空中单杠"这样的项目，全身式后挂安全带一定会给长发带来危险，戴头盔时最好将长发盘起来或用橡皮筋扎住，戴在头盔里。在整理器械时，教师经常会发现留在头盔里的几缕青丝，这表明胡乱地将长发塞进头盔里也会给自己带来麻烦。头上佩戴的饰物应该摘下，饰物有

时候会和头盔里的震荡缓冲装置"纠缠"在一起，让自己陷入不该出现的麻烦中。

④ 给学生戴头盔时要注意细节，体现人文关怀。如果颈部的收紧带是搭扣的，我们在扣上时必须用自己的一个手指垫在学生的颈颊部，防止扣紧搭扣时夹伤皮肤，并且需要把使用方法教给每一名学生。

头盔的使用不仅仅能够保护我们的头顶，有时候还会保护我们的眼睛与脸部，尤其是流线型较好的头盔，有的还会有一个前遮，这样的头盔并不是因为好看或时髦，在一些快速移动的项目中，树枝或绳索有可能会伤到脸部，流线型较好的头盔可以起到很好的保护作用。

头盔的内径有些是可以调整的，有些是固定的，但内径固定的头盔往往会有不同的型号，比如一款 ASTMF2040 标准的头盔，它的内径型号分为 51～55 厘米，55～59 厘米，59～63 厘米三种，内径周长159.99 厘米。现在的有些头盔加入了一些现代技术，比如，内部模具控制系统、振荡缓冲 EPS 线形系统、EXO 骨骼框架外壳拼贴系统和温度调节系统。这些系统能够提供更高的安全性能和"超爽"的感觉，有时候温度的调节只用按头盔上的一个键就能解决。对于参加拓展项目的学生，头盔一般不会戴太长时间，因此戴上经济实用又能保证安全的头盔就可以了，不过外形漂亮一些的头盔还是能够让学生戴上后感觉开心点。当然如果需要长时间戴头盔，好的通透性能与温度调节功能也需要考虑。

2. 安全带

安全带是人与装备的连接枢纽，常用的安全带主要分为全身式安全带、胸式安全带、坐式安全带。

（1）全身式安全带

全身式安全带在拓展的空中跳跃项目中使用，它的优点是可以防止人在空中的翻转。一般由 45 毫米的宽带制成。全身可调，一种尺码。胸围最大尺寸 108 厘米，腿围最大尺寸 90 厘米，常见的全身式安全带前后各有一个挂点，有的有装备环。

（2）胸式安全带（如图 7-7 所示）

在某些特殊情境下使用胸式安全带是非常必要的，胸式安全带可让使用者在出现意外时不至于头下脚上。有些拓展项目如"空中单杠"，学生在完成时，没有全身式安全带可供使用，必须使用胸式安全带的配合。当你背着较沉的背包上升或下降时，你也会需要它。胸式安全带不能单独使用。使用胸式安全带代替全身式安全带的缺点是，

图 7-7　胸式安全带

冲击力较大时，身体的上半身承受的力过大，有时会造成危险的后果，尤其对于儿童，不可使用胸式安全带。

（3）坐式安全带（如图 7-8 所示）

坐式安全带也叫半身式安全带，主要由腰带和腿带构成，可分为全可调和半可调两种。传统的坐式全可调式安全带，腰带和腿带均为宽带制成，腿带和连接环为一根完整的宽带，确保结实牢固，穿戴方便，适合拓展中的学生

图 7-8　坐式安全带

使用。现在许多安全带的腰带与腿带都可以调整，腰带采用独特的喇叭口外形设计，可以提供更理想的支撑和舒适性，使动作更加自如。全可调安全带腰部调整范围为 60～100 厘米，腿部调整范围为 45～72 厘米，大多都有装备环。

半身式安全带一般都是有不同型号的，半可调的规格从小到大可分为 XS、S、M、L、XL，全可调有些只分为其中的部分型号，一般是 M、L 号（如表 7-1 所示）。

表 7-1　安全带的型号参照表

型 号	X-Small	Small	Medium	Large	X-Large
腰围（寸）	25～28	28～31	31～34	34～37	37～40
腿围（寸）	19～22	20～23	21～24	22～25	23～24

3. 拓展用绳

拓展绳索的作用是非常重要的。我们通常运用的绳索有：全程保护学生的上升、通过或跳跃、下降的动力绳，如，"空中单杠"用绳。固定在场地器械上的，用于连接上升器或自动制动器，保护学生攀爬时

上升或下降的静力绳，如，"高空断桥"立柱上连接上升器或自动制动器的用绳。用于双手抓握的不同粗细的麻绳，沿绳攀爬或摆动时使用，如，"飞越急流"的秋千绳。

许多时候绳索的作用只是在出现意外时才能够使用得上，比如在"高空断桥"的项目中，在断桥上时，绳索只是起到意外失手的保护作用，有的时候我们可以假想绳索并不存在。但是要提醒大家的是，无论我们有多大的"把握"，绳索是绝对不可以摘除的，我们不仅不能摘除，而且还要有更加安全的保障。

拓展常使用的保护用绳和登山与攀岩活动中的用绳相同，所有的高空项目都会用到保护绳，拓展行业中所说的保护绳也就是攀登中的登山绳，也被称为动力绳（Dynamic Rope），在这里我们对拓展的保护绳进行较细致的介绍，也是为了最大限度地降低高空项目的风险性，使拓展具有更高的安全性。保护绳在拓展中是最重要的器械装备，上升、下降和跳跃等各项活动都需要保护绳的保护。铁锁、安全带等众多用品也只有和保护绳联系在一起时才能发挥作用。

现今的动力绳全部采用在若干股绞织绳的外面加上一层外网的网织绳，而不是采用普通尼龙绳。动力绳的外网分为单织或双织两种，一般来说单织外网的动力绳摩擦力较小，也比较耐磨。直径在 10 毫米以上的动力绳被称为主绳，在绳头标有 UIAA ① 的字样，这类绳子在拓展的高空项目中，对绳冲击力较小的非跳跃性项目中可以单独使用，比如，"巨人梯"用一根动力绳保护一个学生即可。在跳跃性项目，如，"空中单杠"或"空中拍球"等项目必须使用双绳，每根绳子要单独挂入保护点并承担冲击力。还有一类直径在 8 毫米左右的绳子被称为 TWIN ROPE，绳头标为 UIAA 的字样，这类绳子只能双绳同时使用，单独使用是危险的，拓展活动中一般不允许使用。要强调的是我们所使用的绳子必须有 UIAA（国际登联）的认证。

（1）保护绳的技术特性

我们经常认为保护绳的拉力是一个至关重要的技术参数，其实对保护绳来说一般都不标最大拉力，而是标有冲击力（Impact Force）、延展性（Stretch）和国际登联下落次数（UIAA FULL）这几个参数。这里先要说明一下拓展高空项目对保护绳的要求，我们知道使下降物体停止下落时的拉力远远大于其本身的重量，而学生在跳跃下落时最终要靠保护绳的拉力控制下落，因而保护绳给人体一个极大的拉力，这个拉力是关系到学生是否安全的重要参数。UIAA（国际登联）要求这一冲击力决不能大于 12 千牛，我们的身体不能承受超过这一拉力的冲击，这有可能拉断我们的腰部。冲击力的大小很大程度上决定于保护绳的延展性，只有这类绳子才能应付有下坠可能性的高空项目，这类绳子的延展性一般为 6%～8%。UIAA 规定动力绳的延展性要低于 8%，否则将使保护绳变为"蹦极绳"，使学生在空中上下弹起，不能控制反倒加大危险。

> 研究报告证明湿绳承重力只有干绳的七成。
> ——《登山圣经》

还有一类被称为（Static 静力绳），这类绳子的延展性低于 1%，或视为理想状态下的零延展性的绳子，这类绳子一般用于溪降、速降（沿绳下降）时使用，安装上升器与止坠器等沿绳上升或下降，上升器若需用短绳与人体连接不能使用静力绳。这里要特别指出的是静力绳一般颜色为白色，价格比动力绳便宜，但决不能用于有超过 1 米坠落可能的上升，更不能用于跳跃项目。实验结果显示 80kg 的物体，下落 0.6m 被静力用绳拉住后，绳子给物体的冲击力远远大于 12 千牛，这对拓展活动用绳要求来说是绝不允许的。

（2）保护绳的使用要点

① 认清动力绳与静力绳的区别。用来攀登和跳跃保护的活动绝对不能使用静力绳。用静力绳攀爬是对自己和别人的生命极其不负责任的表现，千万不要以为绳子缓冲差一点，穿条厚点、缓冲好点的安全带就可以缓解，绳子缓冲差的结果会对保护点的拉力加大，拉断保护点或者绳索断裂的几率会增加。即使是动力绳也要挑选缓冲能力好，质量有保证的优质绳，要仔细查看绳子的数据说明。

② 选择合适的长度。绳子长度一般以米来计算，整条绳的一般长度是 50 米、55 米、60 米、70 米几种规格，场地拓展的高空项目一般用绳在 25～30 米即可，将其从中间截为两段即可在拓展中使用。

③ 选择合适的直径。直径一般用毫米表示。过去直径 11 毫米的动

力绳很流行，现在常用的是 10.5 毫米和 10 毫米的动力绳。甚至有些单绳的直径是 9.6 毫米。直径大的绳子保险系数和耐用性会好些，拓展最好选用 10.5 毫米的绳子。

④ 保护绳的保养。绳子基本不用洗，如果污渍严重可以用清水或淡肥皂水清洗，平时还要注意保持干燥，避免长期暴晒。使用时不能踩在上面，最好不要让保护绳和沙石地面接触。用完要整理收存，保持干净整齐。特别强调在保护绳附近不能抽烟与用火。

⑤ 使用要有规律。一般保护绳两端的 1 米处较柔软，易于打结，其他部分重在耐磨，如果是裁成两段的绳子，最好每次都能分清中段截点端与绳头。如果可能，不同项目使用的绳最好专用，这样可以按不同项目对绳子的使用程度进行合理评估和淘汰。

⑥ 保护绳的顺畅使用。保护绳从学生经保护支点至保护者之间，不能扭曲，不能互相纠缠。保护绳在经过 8 字环后，有时按照一个方向拧转，出现这种情况需要在给学生更换连接点时让绳回转几圈，同时让保护者将绳从 8 字环和主锁中摘下并卸去拧转力。

⑦ 保护绳的更新换代。如果保护绳子受过冲坠系数 2 的冲坠、正常使用 3 年应该更换，即使很少使用，由于材料的老化 4 年也到了淘汰期。绳子在使用通过 5 000 米后要更换，包括用于上升、下降、跳跃等所有形式的绳子。假设在"巨人梯"项目中，上方保护点离绳端的距离为 9 米，到达最高点后离绳端 2 米，即使略去学生完成过程上下反复尝试过程，每一次攀升距离为 7 米，下降距离为 7 米，那么一根保护绳的使用范围应该在 350 人以内，由于上升阶段对绳的拉力较小或者没有拉力，那么最多也不应超过 700 人。当然如果绳子受到较大的磨损，应该提前退役。

国际登联下坠（UIAA FALL）次数是检验绳子耐用性的一个参数。这是用来检验动力保护绳的一个标准实验过程，国际登联规定将一个 80 千克的重物自由下坠 5.6 米，拉住重物的保护绳长度为 2.8 米，物体止落时所受冲击力小于 2 千牛时，绳子的伸长低于 8%，绳子所能承受的这样下坠的次数被称为国际登联下坠次数。当然检验过程是针对绳头标有 UIAA ① 字样的主绳，对于 1/2 的辅助绳另有一套检验标准。

除此以外，记住千万不要购买任何二手装备，不管是锁具还是保护绳，因为你不知道上任主人的使用情况。更不要轻易地借用装备，以免发生危险。

4. 锁具

在拓展中使用的铁锁，与登山活动中的相同。早期使用的铁锁的特点是坚固耐用，承受拉力大能达到 40～50 千牛拉力，相当于现在的 3 倍。缺点是重量大，增加攀登者的负荷，无法大量携带。有一段时间，铁锁曾被铝合金铁锁替代，铝合金铁锁质轻且坚固。目前使用的铁锁是钛合金材料制成，优于铝合金的铁锁。在拓展中场地上的高空项目由于离住地较近，所需带的装备不多，铁锁能承受较大的拉力，价格相对低廉，在拓展高空项目上方保护点可以使用铁锁。

铁锁是拓展中用途最广，而又最不可缺少和替代的器材，活动中铁锁的最主要用途是连接保护绳与保护点，在活动中铁锁可以替代许多复杂而繁琐的绳结。安全带、上升器、下降器等许多

> 拓展中使用铁锁必需的五个步骤：挂上铁锁——锁门向下——拧紧丝扣——回松半圈——按压锁门。

攀登装备的组合和使用都要靠铁锁来连接。在户外活动中，铁锁是安全的最重要保障，因此，我们经常把铁锁称为安全扣。

在拓展活动中，保护绳是通过铁锁连接在保护点上，任何一只铁锁都必须能坚固地足以承受学生突然坠落时的冲击拉力。但怎么样才算足够坚固呢？根据国际登联的坠落试验，保护绳索至少要能承受 12 千牛的拉力，由于绳索在铁锁上制动摩擦，铁锁的承受负荷应是国际登联坠落试验中保护绳索承受负荷的 4/3 倍。所以，铁锁至少要能承受 15 千牛以上的冲击拉力。也就是说，在严重的坠落中要想获得最大安全，铁锁最起码能够承受起这样的负荷，如果一把铁锁不能确保安全，可以将同种型号的两把锁一并使用。

铁锁一般分为 O 型铁锁、D 型铁锁和改良的 D 型铁锁。

在拓展中较少使用 O 型铁锁，虽然 O 型铁锁摩擦力小，使用范围

广，在相对复杂的情况下方便使用，但是 O 型铁锁的负荷是由铁锁两边平均分担，锁门易受损伤，承受冲击拉力相对较小，一般只能承受 15～18 千牛拉力。在拓展的活动中，O 型铁锁一般用于上升器、滑轮等装备的连接上，在正常情况下不承受冲击拉力。

D 型铁锁是攀登中使用较多的一种铁锁，形状多为大三角形或大 D 型，也称为保护铁锁。D 型铁锁比 O 型铁锁坚固，D 型铁锁几乎全部的负荷是由锁门对面的长边承受，因此承受冲击拉力大，安全系数高。传统的铁锁锁门较小，用于长时间连接使用，拓展的活动中，一般都是学生轮流参加某一个高空项目，挑战结束后就换给下一位学生，拆挂铁锁比较频繁，一般选择加以改良后锁门开口较大的 D 型铁锁，便于开启与闭上锁门。最常见的用途就是用于保护绳和安全带的连接，D 型铁锁上方保护时用于保护绳和上方保护支点的连接，如果有钢制铁锁最好替代 D 型铁锁做上方保护支点。铁锁有两种基本状态，开启及闭合，铁锁闭合时所能承受的拉力是其开启时的三倍。

在拓展中经常使用一些能够自动锁合锁门的铁锁，这类铁锁对于初学者可以减少很多麻烦，也可以确保每一次都能完好地锁住锁门。使用这类铁锁需要注意不要被铁锁锁门的弹动夹伤手指，要经常检查锁门的死扣是否能够正常使用。

不同种类的铁锁承受负荷的拉力，锁具自身重量和价格都不同，在选择时要根据实际需要而选择。如，普通的登山和攀岩用的 D 型铁锁一般重量为 50 克左右，而带保险丝扣的保护铁锁重量在 100 克左右，价格上差距也很大。除了使用 UIAA 字样的铁锁外，建议使用同一个品牌的铁锁和配套保护器械，因为不同品牌的产品有时并不匹配。

5. 8 字环

8 字环是最普遍的保护器械。它经常用于拓展的高空项目，通过主绳的连接保护人员在下方保护学生的安全，学生在上升、跳跃、通过与下降时，能够感受到来自地面的保护，而保护中非常重要的一个器械就是制动装置，其中最常用的就是 8 字环。其作用是

图 7-9　8 字环

增大主绳的摩擦力来确保同伴和自己下降时的安全（如图7-9所示）。

8字环在使用中简单易学，对于初学者，可以避免一些错误，但是8字环在使用中容易使绳拧转。除了8字环之外，有时候ATC、变形8字环等也可以用于保护同伴，ATC或下降器使用前一定要先学好基本动作和操作方法，否则将可能遇到麻烦（如图7-10所示）。

图7-10　变形8字环

除了使用8字环、ATC外，还有多种制动装置，他们各有优缺点。在拓展中，建议最好使用8字环。

6. 上升器与止坠器

上升器和止坠器都是在拓展高空活动中爬上高架时经常用到的安全保护器械，它们一般需要在高架上下两端固定连接的"路绳"上使用。

上升器一般都是手柄式上升器，在上升时用手推动就可以使其沿绳上升，遇到人员脱落下坠时通过棘轮与绳的阻力达到阻止下坠的功效。上升器在下降时需要用拇指按下制动轮，对于较少参加此类活动的学生有一定的使用难度。上升器主要为拓展教师摘挂保护装备时使用，由于使用不当会出现安全隐患，现阶段一般不建议学生使用上升器（如图7-11所示）。

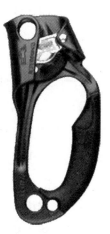

图7-11　上升器

止坠器在攀爬保护时无需人工操作就可以沿路绳跟随使用者上下移动，无论是在垂直还是斜拉的路绳上都可以很好地发挥功效，它最好在10.5～13毫米的静力绳上使用。止坠器可以在瞬间制停下跌、下滑和不受控制的下落，好的止坠器可以在30厘米的滑动距离内有效阻止下跌。许多时候止坠器必须和原配的O形锁和势能吸收器联合使用。止坠器和上升器相比价格较贵，但它在学校开展拓展保护学生的使用中仍将代替上升器。

其他器械

1. 辅助性器械

拓展中我们还会用到诸如背摔绳、眼罩等辅助器械，这些器械没有统一的规格，有些在市场上可以买到，有些需要自己动手做。本着对学生负责的态度，这些器械要能够让学生感到舒服、安全。比如，背摔绳最好选用柔软、防滑、结实的绒布或毛巾布缝制，有的培训机构用安全扁带代替，这样不是太好。有人用塑料绳代替背摔绳，出现将学生的手腕勒出血印的现象，这是极不负责任的做法，在拓展中应予杜绝。建议使用一次性眼罩，如果暂时无法做到，至少也应该在学生使用前清洗干净，或者给他们垫上消毒纸巾，避免眼疾的传播。

此外，盲人方阵项目所用的绳，荆棘取水活动中的保护绳，风筝飞起来项目在放飞风筝时用的线绳等也属于辅助器械。

2. 模拟器械

拓展项目体验时经常会有各种情境模拟，有些是将其直接设计在场地上，模拟一种自然环境或者海上求生情境，例如，高空断桥的桥板代替天堑或者两个船间的甲板，空中单杠的那个"秋千单杠"代替可抓住的树枝或者救生梯等；有些是通过一些普通的生活物品作为替代进行情境模拟，例如，求生电网的网绳代表具有高电压的"智能电网"，或者将其称为蜘蛛网时代表毒蜘蛛织的网；孤岛求生中的木箱代替孤岛等。此外，诸如鳄鱼池的油桶和模板的木板，处理核废料的水杯等都属于模拟器械，信任盲行、突破雷阵等带有一定"意境"名称的拓展项目也都会用到模拟器械。

模拟器械能够使情境更加真实，同时又规避了真实情境下的风险，也降低了操作中的困难。模拟器械给活动增加了趣味性和挑战性，让学生对它充满了期待和"敬畏"，并以战胜和征服这些器械所代表的情境为乐趣。模拟器械在拓展中的运用是拓展活动最基本的内容之一，有时候身边的任意物品只要能够赋予其一定的意义，将其加入活动中就可以成为拓展项目中的内容。

模拟器械有时候可能是保护器械、辅助器械或者拓展道具。模拟器械如果和学生身体安全有联系时，一定要进行合理的评估和测试，避免其他"危险情境"出现时造成的措手不及，以至于无法进行风险控制和安全保护。

3. 拓展道具

拓展道具是拓展活动过程中必不可少的元素，是为拓展项目提供方便和完成任务所需的物品。一张纸、一支笔、一个网球或羽毛球、一个鸡蛋、一个纸杯、一根木杆或者一片树叶，都有可能成为拓展项目中至关重要的元素，甚至决定着一个活动的部分进展甚至是全部。活动中学生如果不能够很好地利用这些道具，必将导致活动的成功性降低或者失败，这也是道具本身的价值所在。

有些道具在拓展项目中的使用往往会增加项目的难度，但如果不使用这些道具则项目无法完成或者陷入困境，例如，孤岛求生中羽毛球的使用；有些道具是活动中的"主角"，整个活动围绕道具的使用来完成，道具的使用本身具有一定的难度，例如，七巧板项目中的不同颜色的五套七巧板、击鼓颠球活动中的大鼓等；有些项目的道具需要进行资源整合后结合在一起使用，活动中的道具需要互相结合使用，最后达到项目要求的结果，例如，沟通造桥中的各种物品就是此类道具。

器械和道具的合理使用能够让拓展的情境更加真实化，合理地使用器械和道具可以让学生在安全、可靠、有趣的环境中感受拓展的魅力，可以使拓展得到更好的发展，也可以将更多的、可利用的资源引入拓展中来，为拓展的开展做出贡献。

思考题

1. 学校建设拓展专用场地的类型有哪些？建设时应当遵循哪些原则？
2. 举例说明头盔使用的具体注意事项。
3. 简述保护绳的使用要点有哪些。
4. 拓展器械主要有哪几种？请举例说明。

第八章
拓展的结绳与确保技术

我认识到在那些我们以为必需的东西中，有如此大的一部分其实是多余的；我还认识到重要的东西是如此之少，而这些东西又是如此之重要。

——伯纳德·弗格森

内容提要

本章主要介绍拓展常用的结绳和确保技术，有针对性地学习部分绳结的使用方式和教学技巧。介绍了高空项目保护点的设置与摘除技术和操作步骤，为安全保护提供了保障。结合拓展高空项目的确保技术，详细分析了保护组和主保护在拓展中的技术要领与特点，并对不同保护方法的使用进行了简单的介绍和对比分析。

第一节　拓展的结绳技术

拓展的高空项目主要在保护绳保护下完成。保护绳的基本用途是连接、拴挂和捆绑物体，因此，必然要用到结绳的技术和不同的绳结。拓展活动中能够灵活地运用一条绳索，不仅在拓展高空项目中能够更安全，而且也能够开发我们的思维，提高做事的条理性甚至会改变我们认识世界的能力。

将结绳按照体验式学习模式进行设计，可以成为一个很好的拓展项目。对于初学者，一个简单的绳结足以琢磨半天，对略有经验者来说，运用自己的经验，打破常规得出的喜悦，是体验式学习结绳的最大魅力所在。一条绳子的绳结能变换出无穷的花样，即使是同一个绳结，在手法不同时也会让我们眼花缭乱。因此，我们了解隐藏着各种玄机的绳索结绳法，对于我们开展拓展活动有极大帮助。

结绳的方法有许多种，将所有的结绳法都学会的确不是一件容易的事情，况且学会太多的结绳法对于我们来说没有太多价值，那会让你在拓展的众多任务中舍本逐末。认真地学几个常用的绳结，将它们熟练运用到各种拓展活动中才是真正明智的选择，因为拓展活动需要的仅仅是最实用的一些方法。

绳索与绳结常识

拓展高空活动所用的保护绳是尼龙制的编织绳。此类绳索由形成核心的芯绳与套在外面的绳皮组成，绳皮及芯绳都是由尼龙材料制成，中间的白色尼龙芯绳是由子线撮合而成，而这些子线是由多根纤维制成的。拓展活动中了解绳索的构造非常有好处，精细的构造能够让我们更加爱惜它并对它充满信心（如图 8-1 所示）。除了圆绳之外，扁平的绳索也是我们的常用绳索之一，在环抱柱状物时，把他们做成绳套非常有用，在走扁带项目中也会把它连接在两端的固定物上供我们练习。

绳索两端的部位叫做"绳头"，有时我们习惯将远离自己的一端称作"绳尾"，绳头和绳尾之间的部分被称作"主绳"，在打绳结时绳头弯曲部分我们称作"绳耳"，打结后形成的圆圈叫做"绳环"（如图 8-2 所示）。

所有的绳结都有不同的用途，拓展活动中的绳结主要是为了保护学员，有时也会用于捆绑和连接。绳结按用途来分主要有以下五种：

1. 打结

在绳子上打一个固定的结，将绳结直接与安全带连接或者通过锁具连接在一起，用于保护学员参加高空挑战活动，有时也可以用来吊物，这是拓展中最常用的绳结。例如，垂直天梯项目有时通过铁锁连接 8 字结和坐式安全带的连接环，有时直接将 8 字结打在坐式安全带

蕊

外皮

纺织绳

图 8-1　绳索结构

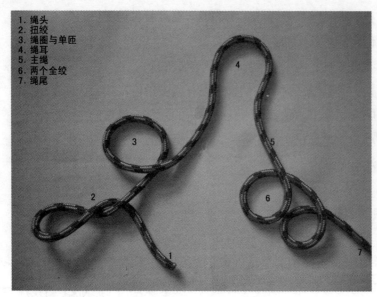

1. 绳头
2. 扭绞
3. 绳圈与单匝
4. 绳耳
5. 主绳
6. 两个全绞
7. 绳尾

图 8-2　绳索术语

的连接环上。

2. 连接物品

它可以用来固定物品或将其他物品连接起来。高空活动中用于安装止坠器或上升器的"路绳"两端都需要绳结连接。沿绳通过的活动和需要将绳端固定时也会用到，它是在野外开展拓展活动中非常重要的部分。

3. 打个绳圈

利用在绳子的末端所打出的绳圈，用来吊运物品以及捆绑物品。绳圈可分为不可调节大小和可自由调节大小——也就是平常所说的死结和活结两种。场地拓展活动中此类绳结偶尔使用，如"进入绳圈"项目中通过绳圈的不断缩小锻炼团队人员容纳于其中的能力。

4. 绳与绳之间的连接

将两条绳接成一条长的绳子使用时所采用的连接方式，包括两条粗细质地相同的绳的连接和粗细不同的绳的连接。拓展中很少使用连接之后的绳子进行保护学生和吊起重物，往往对这种连接方式不做过高的要求，经常使用的是粗细相同的绳子的连接。例如，盲人方阵项目中绳子的连接。

5. 捆绑

用绳子将其他物品捆绑在一起，以便这些物品形成整体成为具有新用途的工具。拓展中要开展的扎筏求渡、穿越曲径、攀软梯等活动，需要学生正确并确保牢固地进行结绳。

确定将绳子绑在什么地方，是为了什么目的，是要做引绳？还是要吊东西？要将绳子直接绑在立柱上还是连接在立柱的"耳环"上？会有多大的重量加在那个方向？如果自己很清楚这些事情，彻底地了解各种绳结的特征，那么应该很自然地选择出最适合的绳结。

我们应该不断地练习结绳技术，"熟能生巧"是我们能够快速准确地完成绳结的基础。直到根据需要立刻就能打出正确的绳结。为了确保绳结的安全性，完成绳结之后必须仔细检查，确认纹路是否正确。正确、快速、准确的结绳动作是完成绳结的基本条件，在确保安全的前提下考虑较易解开的结，也是绳结技巧之一。

有时候我们会错误地认为某种绳结的最适合用途只有一个，但事实并非如此。例如，布林结在多数情况下都认为它是打圈的结，但在实际的使用中，常常被用在诸如断桥上爬的路绳两端。还有像8字绳圈，这种结一般也是用在打圈的时候，但是在高空活动中，它被用来直接连接保护绳与安全带，并成为拓展中最受喜爱和信赖的绳结。

绳结应秉持少而精的思路，记住几个常用绳结，比如8字结、布林结、结绳结、双套结等就足以应付各种状况了。再次要说的是除了研究绳结的爱好者和户外运动专家之外，我们实在没有记住上百种绳结的必要性。即使记住了，在拓展中实际能派上用场的顶多也只有十几种。拓展教师或者拓展安全操作员同样应舍弃"多而不精"，选择"少而专"的结绳技术是明智的选择。

以下将绳结中最基本的几种结法及其用途详加说明。相信只要活学活用所列举的绳结，即可应付拓展中的常见状况。此外，要先从哪个结开始学起并没有一定的先后顺序，但希望大家能将基本结法及其变化当作一个系列来学习。

单结及其变化

单结就是最简单的单独绳结（如图 8-3 所示）。因为它的结很像我们双臂交叉环抱的样子，所以有时将它称为"交腕结"。日常生活中使用较多，在拓展的活动中也会经常使用单结。单结只要稍微加点改变就是绳与绳连接的固定单结，还可以变化成结形较大的多重单结、圈套结之一的活索、作成一个固定绳圈的环结以及在一条绳子上连续打好几个单结的连续单结等。也可以做成圈套等产生各种变化，因此，可以说单结是一切变化绳结的基础。

图 8-3　单结

1. 单结（Overhand Knot）

单结最基本的用法是在绳子上打一个结，用它来作为绳栓，防止滑动，或者是绳子末端松散开时暂时防止脱线使用，在意外的情况下使用的范围相当广泛。

在断桥上连接学生或教师的短绳，一般都会在连接绳齐胸高处打一个单结或者多重单结，在我们需要握绳或者摆动绳时防止滑动。在我们完成其他绳结之后，一般都会将绳头在合适的绳上打一个单结作为防脱节等。单结的缺点是，当结打太紧或弄湿时就很难解开（如图 8-4 所示）。

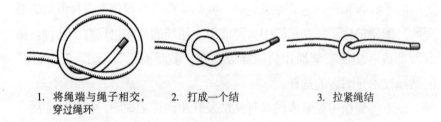

1. 将绳端与绳子相交，穿过绳环　　2. 打成一个结　　3. 拉紧绳结

图 8-4　单结打法

2. 多重单结（Multiple Overhand Knot）

将缠绕次数增加 2 次至 4 次打成较大的结就形成一个多重单结。打多重单结时需要"一边打结一边整理"，这样才能够打出一个带有螺旋

状纹路的漂亮多重单结。这种结作为绳子的手握处，或是当绳子要抛向远处加重其力量时经常会用到（如图8-5所示）。

图 8-5　多重单结打法

有时为了使用部分受损的绳子捆绑物品，可以做个双重单结继续使用。将受损部位对折后打一个单结即可，绳环部分成为绳子的损坏部分，使其不再受力，利用绳子做些简单的活动。

8 字结（Figure-eight Knot）

拓展的高空项目用于连接安全保护的绳结一般都是由8字结承担，顾名思义，"8字结"就是打出的绳结像阿拉伯数字"8"的形状。在意大利，人们把8字结称为"皇室结"，因为结形正是意大利皇室家族徽章的模样。此外，8字结也象征着诚实的爱与不变的友情。所以也有人把8字结称为爱之结（如图8-6所示）。

8字结的结目比单结大，打法十分简单，易结易解，即使两端拉得很紧，依然可以轻松解开。

1. 8字结的两种常用打法

打法1：绳索较粗时的单8字结的打法（如图8-7所示）。

图 8-6　8 字结

1. 将绳端先行交叉　　2. 将一头的绳索绕　　3. 将绳头穿过绳圈后
　　　　　　　　　　　　过主绳　　　　　　　　拉紧完成

图 8-7　8 字结打法 1

打法 2：绳索较细时单 8 字结的打法（如图 8-8 所示）。

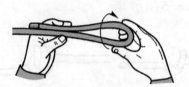

1. 将绳端对折，并用双手握住

2. 把对折部分朝箭头方向转两圈

3. 将绳头穿过绳圈

4. 拉紧两端打好结

图 8-8 8 字结打法 2

2. 8 字绳圈（双 8 结）

在拓展活动中常用的是由 8 字结的变化而成的 8 字绳圈，8 字绳圈相对比较牢固安全，不论是做绳圈或者是绳的连接，8 字绳圈的效果均相当可靠，适合用于拓展活动初体验时经验很少的学生进行保护连接。

图 8-9 8 字绳圈

8 字绳圈在拓展领域中经常被称为"双 8 结"，实际上这只是在通过观察 8 字结中绳的数量判断后对它的简单称谓，我们可以将它简称为"双 8 结"，但严格意义上的双 8 字结并不是 8 字绳圈（如图 8-9 所示）。

8 字绳圈是为了做出绳圈用于连接或者捆绑。连接用的 8 字结只要将绳索对折后打出结目即能形成 8 字绳圈。将绳索打在其他物品上时需要在绳索中部打个 8 字结，可以将绳头顺着结目从反方向穿过绳圈即可完成 8 字绳圈。

在进行绳结教学时，按照体验式学习的"做中学"特点，可以让学生先模仿后讲解进行学习，同时布置一些任务让学生挑战，绳结可以成为一个非常好的拓展项目。学生在学习一项技术的同时，还能够学习到更多诸如懂得推理、打破定式思维、化繁为简、学会拓扑、观察和实践结合等理念。

当我们学习 8 字结时，先不要教大家如何打单 8 结，而是直接让学生观摩对抓打 8 字环的方法，学生懂得了对折后对抓能够打完成 8 字环的打法后，然后教师将 8 字环连接在一个封闭的立柱上，让学生将绳尾用单结连接在立柱上，只能用绳头一段完成 8 字结打在立柱上这一任务。

整个过程会出现各种各样的打法，但总是不能完成任务，直到部分学生琢磨出可以拆开原先的 8 字环，出现一个单 8 字结，然后将绳头顺着结目从反方向穿过完成为止，学生始终处于探索之中，一旦完成后会有学生恍然大悟并发出感叹，于是绳结学习也就成了一种心智类拓展项目。

虽然 8 字绳圈的绳圈大小很难调整，负荷过重时结目很容易被拉紧，或是沾到水的时候很难解开，但是它的这些缺点在拓展活动中恰恰变成了优点，因为拓展的高空项目由学员轮流完成，每一名学生完成时安全装备的更换主要由铁锁的摘挂来完成，很少需要解开绳结，往往是主绳与绳结准备好后直到一节课结束后在摘卸所有的器械时才解开绳结，因此，结实的 8 字绳圈虽然难解但也不容易松开，成为拓展中最常使用的绳结之一。

打法 1：把对抓的绳索直接打个 8 字结，并且做成绳圈（如图 8-10 所示）。

1. 把对抓的绳索直接打　　　2. 做成绳圈　　　3. 用力拉紧结目
   个 8 字结

图 8-10　8 字绳圈打法 1

打法 2：利用双重 8 字结将绳索连接在其他东西上使用（如图 8-11 所示）。

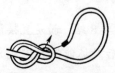  

1. 在绳索中部打个 8 字结　　2. 顺着结目从反方向穿过　　3. 用力拉紧结目
　　　　　　　　　　　　　　　绳索的末端

图 8-11　8 字绳圈打法 2

布林结

布林结取自英文 "Bowline"，在户外领域布林结有 "绳结之王" 的美誉，成为最受户外运动者喜爱的结绳法之一。然而不得不说的是，在拓展的学习中，尤其是在以场地为主的校园拓展活动中，布林结的用途并不广泛。对于教师和助教或许会偶尔使用布林结，学生们很少有机会使用布林

图 8-12　布林结

结。正因如此对布林结的学习只做简单的了解，不做太多的学习但也不能不学，对于我们在未来走进野外或者进一步提高你的绳结技术，布林结都有不可替代的作用（如图 8-12 所示）。

布林结有多种打法，传统上的打法是打一个绳环，将绳头从绳环中穿出穿入形成布林结，这是布林结最基本的结法（如图 8-13 所示）。

1. 在绳索的中间打一个绳环　　　　　　　　2. 将绳头穿过绳环的中间

3. 绕过主绳　　　　4. 再次穿过绳环　　　　5. 将打结处拉紧便完成

图 8-13　布林结传统打法

在下垂的绳索的末端打布林结可以使用双手打结，这种打法相对比较轻松自如，学生在学习时也容易看清纹路，最大的好处是不会出现绳头与绳尾不分的现象（如图 8-14 所示）。

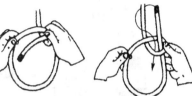

1. 如图将绳索交叉，　2. 转动手腕　　　3. 形成像图一般　　4. 最后参考基本结法
   用拇指和食指扣住　　　　　　　　　　的形状　　　　　　的要领来完成
   交错处

图 8-14　布林结双手打法

单手打结往往是在不得已的情况下使用，比如，一个手必须抓住主绳，同时又需要快速地打出一个缠绕在腰间的绳环，我们就只能运用单手打结了。需要说明的是经常有人教单手打结时使用整只手伸入绳环内，这种方法并不可取，单手打结只要拇指、食指和中指参与就可以快速地打出绳结，最主要的是不会因为主绳收紧把手缠在其中（如图8-15 所示）。

1. 用右手握住绕过身体
腰部的绳索末端

2. 交叉绳索

3. 反扭手腕绕过

4. 如图所示，形成右
手在绳环内的形状

5. 用指头，将绳头绕
至主绳

6. 抓住绳头直至右手从圆圈中
抽出来为止

图 8-15　布林结单手打结错误示范

　　传统结绳时布林结绳环大小的调整方法并不容易掌握，如果需要打
出一个相对精确的绳环可以采用这种方法（如图 8-16 所示）。

 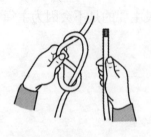 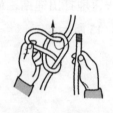

1. 将原先绕过腰部的绳子形
成一圆圈，用左手穿过圆
圈并抓住绳子

2. 保持原来的姿势，之后
把左手伸出来，并取出
部分绳索

3. 如图所示将绳头穿
过去

4. 朝着箭头的方向拉

5. 左手握原来的部分；右手握住前端，稍微拉一下。调节大小之后，最后再用力地拉紧

图 8-16　布林结单手打法示范

布林结有多重变化，对于我们开拓思维，学会举一反三有很大帮助。常见的变化主要有：滑布林结、变形布林结、双环布林结、活布林结、双布林结、葡萄牙式布林结、西班牙式布林结等。了解多种变化的布林结可以让我们感受绳结的魅力，更好地体验绳结带给我们的快乐。

水结（Water Knot）

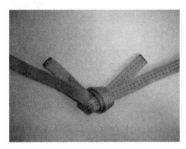

图 8-17　水结

水结是一种连接两条同样粗细的绳子的一种简单且结实的结。这种结主要适用于连接扁平的带子。打法十分简单，在一条绳子的前端打一个单结后，另一条绳子逆着结形穿过前面一条绳子的圆圈即可。水结小而漂亮，但有时会松开，所以在绳子末端一定要留下 5 厘米左右的长度，并且须将结牢牢打紧（如图 8-17、图 8-18 所示）。

1. 在一条绳子的末端打一个单结，尾端要留下充分的长度

2. 将另一条绳子从前一条绳子的末端开始，顺着结形逆向穿过

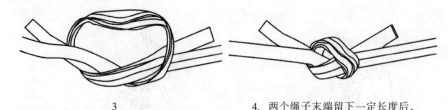

3

4. 两个绳子末端留下一定长度后，
用力打成一个结

图 8-18　水结打法示范

渔人结与双渔人结

渔人结也叫英式结、英人结、拖曳结、水人结、钓鱼人结等，它是用于连接细绳或线的结，虽然只是在两条绳子上各自打上一个单结，然后将其简单的连接起来，但其强度很高，其方法可以用在不同粗细的绳子上（如图 8-19 所示）。

图 8-19　渔人结

然而这个结不太适用于太粗的绳子或者是容易滑动的纤线等，有时会很容易就解开了（如图 8-20 所示）。

1. 将两条绳子的前端交互并列，基中一条绳子像卷住另一条绳子般打一个单结

2. 另一边也同样打上一个结

3. 将两条绳端用力向两边拉紧

图 8-20　渔人结打法示范

双渔人结是多次缠绕后打成的结，如此更可以增加其强度，这个结是用在连接两条绳索等情况上，缺点是其结形大（如图 8-21 所示）。

1. 将渔人结的卷绕次数多　　2. 另一边也同样打结　　3. 将两条绳端用力向两边
　　增加一次后打结　　　　　　　　　　　　　　　　　　　拉紧

图 8-21　双渔人结打法示范

接绳结及其变化

　　接绳结也叫单偏结，接绳结是在连接两条绳索时所用，易结易解，可适用于粗细材质不同的绳索，具有较高的安全性。当两条绳索粗细不同时，必须先固定粗绳，然后再与细绳相连。此外，接绳结的耐力很强，像帐篷或吊物的绳索要加长时，不论拉得多么紧拆解都很容易（如图 8-22 所示）。

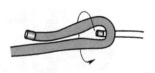 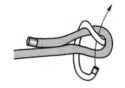

1. 将一条绳索（粗绳）的末端对折，然　　2. 把穿过的绳头绕过对折的绳
　　后把另一条绳索（细绳）从对折绳圈　　　索一圈
　　的下方穿过

 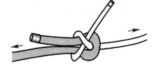

3. 打结　　　　　　　　　　　　　4. 握住两端绳头拉紧结目

图 8-22　接绳打法示范

平结及其变化

　　平结在日常生活中用的频率相当高，平结也可以在连接两条绳索时使用，但是仅适用于同样粗细和相同材质的绳索，而且两条绳索的拉力必须均等。拓展中平结主要在扎筏等活动中使用（如图 8-23、图 8-24 所示）。

图 8-23　平结

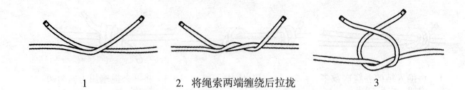

1   2. 将绳索两端缠绕后拉拢   3

4. 在交叉的上方再缠绕一次。此时如果缠绕方向错误，结果会变成外行平结，请特别小心   5. 握住两端绳头用力拉紧

图 8-24   平结的结法示范

双套结及其变化

双套结是为了将绳索卷绕在金属等易滑物品上。双套结的打法和拆解都很容易，它的特征是具备极高的安全性。不过，如果只在绳索的一端发力的话，双套结的结目可能会乱掉或松开。为了避免这个缺点，双套结通常应用在两端施力均等的物品上，或者在一端打上半扣结或单结作为防脱结使用（如图 8-25 所示）。

图 8-25   双套结

打法 1：一般使用的打法，把绳索卷绕在物品上（如图 8-26 所示）。

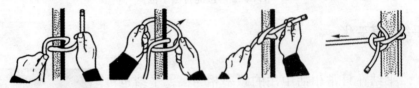

1. 把绳索绕过物体一圈   2. 从上方再绕一圈   3. 用力拉紧绳索两端   4. 最后只要再打个半扣结，即使朝箭头方向用力拉扯绳子，也不用担心绳结散开

图 8-26   双套结的结法示范 1

打法 2：做两个绳圈，将之重叠后套在物体上便完成双套结。要将绳环套住物体时，这个方法极快速又方便，而且可以从绳索的中间开始打结（如图 8-27 所示）。

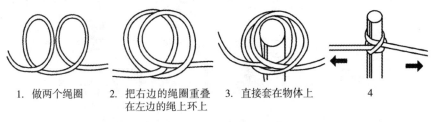

1. 做两个绳圈　　2. 把右边的绳圈重叠　　3. 直接套在物体上　　4
　　　　　　　　　 在左边的绳上环上

图 8-27　　双套结的结法示范 2

打法 3：当物体的位置处于横摆的状态，或者从下方发力时，可以应用这个打法完成（如图 8-28 所示）。

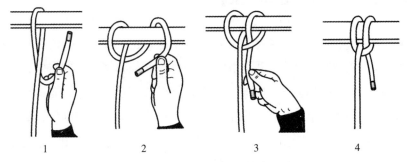

1　　　　　　　2　　　　　　　3　　　　　　　4

图 8-28　　双套结的结法示范 3

拓展收绳与捆绑的方法

收绳即盘卷绳索，既要求美观也要防止绳索扭绞，否则在下次使用时很难解开。在不产生纽结的状况下从两边收绳，一次的长度最好等于两臂张开的最大距离。太短的话，捆起来的绳子可能会变得过大，太长就会出现长短不一的现象。在捆绑时，如果一只手无法应对，也可以放在手腕上（如图 8-29 所示）。

熟练掌握绳结和收绳技术，对于我们完成拓展教学活动有着非常重要的意义。绳结技术应该成为拓展技能练习的一部分，需要经常练习并达到熟练掌握的程度。

1. 将绳索分成左右两边　　2. 将末端折返做 　　3. 用绳子的另一端 　　4. 将末端穿入环中
　　　　　　　　　　　　　成一个环　　　　　　　缠住绳捆

5. 拉紧绳子的两端　　　　6. 打一个平结　　　　7. 将绳子背在背上携带时，会相当
　　　　　　　　　　　　　　　　　　　　　　　　便利。此时绳子的两端就需先预
　　　　　　　　　　　　　　　　　　　　　　　　留 2 ～ 3 米的长度

图 8-29　收绳与捆绑技术的示范

第二节　拓展的确保技术

确保技术是运用绳索来制止滑落的系统，也是安全攀登的基石。确保技术有如魔术般神奇，但也像魔术一样，必须熟练才能耍得好，同时必须对确保原则有基本的了解。[①]拓展中的高空项目主要是绳索类活动课程，需要类似于登山和攀岩的确保技术作为活动的实施基础，确保技术在拓展课程中一般由同学之间互相保护，这也是他们在团队学习中增加相互信任和提高责任心的最好机会。

安全保护点的摘挂

　　细节决定成败，把小事做细，把细事做好。

拓展确保技术的实施从设置保护点开始，拓展高空架上的保护点一般都是临时设置而成，拓展教师的一项重要技能就是正确地挂好高空项目的保护装备，并在活动完成后快速摘除保护装备。

不同项目有不同的保护点设置方式，这些保护点主要设置在高空训练架的横梁和平行钢缆上，包括固定保护点和滑动保护点。固定保护

① Don heck, Kurt Hanson 编著 . 登山圣经 [M]. 邱紫颖，平郁，译 . 台北：商周出版社，2005: 145.

点可以设置在横梁上也可以设置在钢缆上，滑动保护点主要设置在钢缆上。横梁上的保护点由扁带和铁锁共同连接而成，钢缆上的保护点主要由铁锁和专用保护滑轮与铁锁组合而成。

拓展教师摘挂安全保护点器械主要包括三个阶段，每一个阶段都需要拓展教师严格遵守，并认真总结和记录器械摘挂时出现的特殊情况。器械摘挂必须由两位教师或者助教共同完成，其中一位作为地面监督和指挥，以防高空操作人员可能出现的失误。

1. 地面准备阶段

（1）在高空架下铺设海绵垫，并将其摆放在保护点设置的正下方，并将活动爬梯安装在立柱上。

海绵垫大小没有具体的要求，一般长不小于3米，宽不小于1.8米。厚度一般不应低于30厘米，随着高度的增加，海绵垫的厚度应随着增加，一般海绵垫的高度按学生攀爬高度的5%左右铺设比较合适。

（2）排空小便，并做适当的热身活动。

（3）检查保护点所需的器械数量并确认完好。

（4）正确穿戴好保护装备，必须戴上头盔。

（5）将两根120厘米的长扁带连在连接环上，并将每根扁带连接一把主锁。

（6）将铁锁挂在装备环上并将扁带斜挎在肩上。将主绳的一端连接在装备环上或背在身上。

2. 向上攀爬阶段

（1）沿立柱上的爬梯上爬时动作不宜过快，离地超过2米以后必须用扁带将自己随时和立柱上的梯环连接。

（2）连接点必须保持在腰以上的高度进行更换，并需要拧上锁门的丝扣。

3. 保护点的摘挂阶段

（1）爬上高架顶端或合适的高度后，将其中一条扁带绕过相应的横梁或立柱，用铁锁连接好安全带的连接环，为自己做一个固定保护点。

（2）然后将另一根扁带用主锁连接在另一个安全点上，两把铁锁不能挂在同一个焊接的"耳环"或同一钢丝上。

（3）在合适的位置设置好保护点，上方保护点的设置主要有以下几种：

① 在横梁上设置上方保护点时，每一个保护点需使用两条扁带，长度应为钢管直径的 4.5 倍左右，垂在钢管下面的长度大概与钢管直径相等，但最小不能小于 10 厘米。[①]两条扁带并在一起使用，扁带接头处不得接触横梁或铁锁，使用两把梨形或 D 型丝扣大号铁锁，锁门相反开口向下。

实际操作中，经常看到在直径 159 毫米的钢管横梁上使用 60 厘米的扁带，拉紧后正好可以挂上两把铁锁，由于没有缓冲量会降低扁带的拉力，虽然没有相关危险事故报道，但是应当尽量改变不合理的使用方式。

② 将保护点设在钢缆上的操作程序：将铁锁锁扣向上挂在钢缆上，拧上丝扣回半圈，然后将铁锁上下进行翻转，也就是挂好后的锁扣锁门向下。每次使用必须将铁锁锁门向下，既能确保铁锁的丝扣不会自动滑开，也能确保铁锁两头的内侧面始终是一面光滑，以免因钢缆摩擦产生的划痕伤害主绳。两把铁锁锁门方向应相反。

在钢缆上设置固定的保护点并不是拓展保护操作所提倡的方式，主要是有些场地的训练架的设计只能由钢缆连接保护，例如，空中单杠项目上方只有一根横梁，只能将保护点设在横梁下方平行的钢缆上。每次操作时通过主绳摆动来移动保护点，使用时很不方便，建议修建空中单杠时设计为便于在上行走与方便设置保护点的双横梁。

③ 将保护点设置在钢缆上进行滑动跟随保护时，挂锁的操作同上，但应在钢缆上涂抹膏状润滑油以减小钢索阻力。也可以在钢缆上安装用于保护的滑轮。

---

① 人众人. 拓展训练安全操作规范 [Z]. 北京：人众人内部资料，2007.

在安装滑轮并挂上主锁的过程中，由于滑轮很容易从钢缆上翻转落下，建议将滑轮用一细绳和快挂铁锁连接，先将快挂铁锁挂在钢缆上然后再安装滑轮并连接带有保护绳的铁锁，确认安装好了之后将快挂铁锁摘下或者挂在不影响滑轮功能的部位，为拆除滑轮时继续使用做准备。

④ 有时需要由教师连接路绳，在路绳上方的保护点可以由布林结连接在专用的路绳"耳环"上，也可以用 O 型铁锁连接。不论哪种方式，都建议将绳头留出一段距离，在立柱上进行一次环绕并结环固定。下方可以在教师下来后，通过上升器将绳拉紧并在"耳环"上打上合适的绳结。

（4）检查保护点的位置是否合适，并和下方观察员进行沟通，然后将主绳从铁锁中间穿过，主绳带有 UIAA 等标志一段的绳头用于打绳结连接学生，另一端作为保护者操作使用。

主绳最好能够"骑越"在高架项目的两侧，例如，将绳的两端分别设在天梯的两侧，将一根主绳的两端设在空中单杠的两侧等。空中单杠必须由两根主绳分别连接在不同的保护点上。保护点最好是设置在空中单杠项目所需攀爬的立柱上方，另一个点设置在"单杠"可调节范围的中点上，设置在"单杠"上方的主绳应分别在"单杠"的两侧。

此外，下方保护点可以设置在专用的地锚器或者立柱的"耳环"上，设置时让 8 字环的高度低于保护者的髋部，使 8 字环保持在一个很好的角度上，有利于保护者操作，也能够避免 8 字环和主锁之间扭结在一起。

保护点设置首先是确保安全，在此基础上要考虑保护者的站位要求和保护点对学生活动的干扰。保护点最好在每次活动时随时挂摘，保护点长期在高空训练架上是对安全的极大挑战。

确保方式与技术

过去一段时间，商业培训和学校中的拓展似乎有个共识，那就是一般采用上方保护，并且教师直接作为保护员参与保护。似乎只有在需要保护多组学员，如天梯等活动时教师无法进行同时保护才采用下方保护。随着教师教学经验的增加，组织、观察能力的提高，教学技术理论的不断丰富，现阶段许多高空项目教师基本不再直接参与保护，而是按照保护原则安排学生进行保护，这也是真正让学生们自己去完成挑战活动的理念。在这种理念的指导下教师对于安全保护和安全监控的要求会更高，因此，也需要更加科学的安全保护和组织实施能力（如图 8-30 所示）。

图 8-30　高校教师培训时保护者穿戴安全装备

和其他攀登活动不同，拓展的保护是由"保护组"进行保护，每一个保护组由三名学生组成，主保护、副保护、收绳员，主保护是完成五步收绳保护者，是保护活动的执行者，副保护拉住保护者收回的主绳，并确保不会松开主绳，同时检查主保护的主锁与 8 字环是否处于合理状态，收绳员按照收绳要求收绳，确保绳索在任何时候不会落地。副保护和收绳员站在主保护的收回绳索的另一侧，并空出和检查主保护身后的位置（如图 8-31 所示）。

对于保护者来说，一般保护分为上方保护和下方保护两种方式。拓展的项目活动中上方保护指保护绳索通过被保护者上方的固定物或固定点，保护者在下方进行保护。下方保护指保护绳索通过被保护者下方固定物或固定点进行的保护。这两种保护方式在拓展中都会用到。

制动装置的连接是完成保护的重要部分，制动主要通过制动器完成，常见的制动器有板状、管状、史雷夫、腕状制动器和 8 字环，拓展中使用的主要是 8 字环。8 字环最初的设计是为了沿绳下降使用，起初并不是用于确保，但是它作为拓展活动中最可信的确保装置一直沿用至今。将 8 字环与主锁连接在安全带上，绳索通过 8 字环后产生摩擦阻力达到制动效果。主绳通过 8 字环的连接方式主要有三种形式。第一种是

图 8-31　由三名学生组成的保护组

标准的沿绳下降式，通过四点摩擦加大阻力，它的缺点是收绳费力，也容易使绳产生拧转，但是它能够抵挡较大的冲击产生的拉力，初学者使用对于保护安全比较有保障。第二种是将绳索穿过大的孔眼后扣入主锁，利用三点摩擦进行控制，相对于标准式收放绳索都会省力，但最好由有经验的保护者进行操作。第三种是利用 8 字环的小孔代替板状或管状制动器，这种连接在拓展活动中禁止使用。

上方保护方法是一种适合初体验学生学习的保护方法，从操作手法看有好几种，拓展课上使用的是法式五步保护法，它是一种安全性较高，易学易用的保护方法。

以右手操作为例，结合五步收绳法动作口诀：一拉、二转、三换、四跟、五回，法式五步保护法具体操作如下：

第一步，一拉，保护者左脚在前两腿前后分立，身体重心略偏后，眼睛跟随攀登者。左手手臂前伸握住从上方保护点延伸过来的主绳，右手握住从 8 字环里穿出来的绳索。随着攀登者的上升速度，左手向下拉绳，同时右手向上拉绳收紧。

第二步，二转右手握紧绳子由远离胸前的位置折转到右大腿后外侧。

第三步，三换左手通过保护绳前下方移至右手上方和 8 字环之间的位置，虎口朝向 8 字环，手心向下握紧绳子。

第四步，四跟右手移至左手上方靠近 8 字环的位置。

第五步，五回还原至第一步的姿势。

拓展活动中的五步收绳保护必须认真完成每一个步骤，并且需要注意以下各项：

（1）整个过程必须保证有一只手紧握 8 字环后的绳子；

（2）攀登者攀爬过快时要及时沟通，使其停下来并尽快完成收绳动作；

（3）最初收绳时，可以结合向后退步完成，提高收绳效率的同时回到合适的保护位置；

（4）放绳子时，最初阶段先向攀爬者在地上的垂直投影点移动，然后缓慢匀速地放绳，双手要协调配合。

拓展高空项目有时是自我进行保护，例如，高空断桥项目，学生爬上桥面后由拓展教师帮助转换保护的连接装置，保护绳索变为上方连接钢缆的短绳，连接钢缆是由钢锁或者滑轮完成，短绳下端由主锁与学员穿的安全带连接，学员前进或后退时保护绳滑动随同保护。

对于跳跃类活动或者有可能坠落类高空项目的确保技术是我们掌握的重点，例如，空中单杠、天梯等项目，对于不同的项目或者同一个项目的不同保护点，保护方法也会发生变化（如表 8-1 所示）。

表 8-1　主保护站位与移动保护方法比较表

分 类	上步保护法	制动保护法	后撤加力保护法
安全带	坐式安全带	坐式或全身式安全带	全身式安全带
站位	向前上方跃出一步	原地保持收紧主绳	快速后撤并加力拉紧主绳
绳索动态	绳索加长，加大延伸和缓冲	绳索的自然伸缩提供缓冲保护	尽量减少缓冲，使被保护者停在某一高度
效 果	学员感觉舒适，但初体验者会有下滑的恐惧感	舒适度一般，轻微下坠后会感到突然制动	舒适度一般，安全感加强，帮助身体保持体位正常
技术要求	保护者技术要求高	保护者技术要求较低	保护者技术要求高
风 险	容易造成学员下坠或摆动和固定物体相撞，保护者有时会失去平衡。	使用坐式安全带学员身体翻转会造成腰部受损	禁止使用半身式安全带，腰部受力导致受伤；全身式安全带带边可能会磨伤学员皮肤

拓展高空活动的保护在看似动作雷同、方法单一的背后，其实有许多细微的差异，例如，在高空单杠的保护中，两个保护组的任务和操作方法不尽相同，在攀爬者沿立柱向上攀爬时，位于靠近立柱上方"近保护点"的保护组要求相对收紧绳索，直到攀爬学生从立柱顶端的圆盘上站起为止，始终作为主要保护力量进行保护，而在单杠上方的"远保护点"的保护组保持自然伸直的松弛状态。当攀爬学生站立双手侧平举并大声问队友："准备好了吗？"与此同时"远保护点"的保护组开始适度收紧绳索，当学生从圆盘跃起时，快速后撤并收紧主绳，协助学生在抓住单杠并帮助其减小肩部的拉力，而此时的"近保护点"的保护组只用自然收紧绳索即可。这样操作可以减少肩部受伤的可能，也可以协助学生更稳地抓住单杠，并且能够通过两根绳形成的三角形夹角确保学生不会后摆撞向立柱圆盘，在保证两组明确责任的同时，也能加强两个保护组之间的协作，并且能和攀爬学生之间形成互动和默契。

　　确保技术在每次高空活动开始时需要给学生进行简单的讲解，并且在前两名挑战学生活动时进行协助与检查，直到两个保护组的主保护能够顺畅地完成五步收绳技术，并且要求副保护始终抓紧由主保护收回的主绳。只要保护之间能够按照要求操作，教师按照"三角移位法则"兼顾挑战者与保护者，并在关键时给予适当的帮助，就能够确保学生的安全。

思考题

1. 结绳按用途主要分为哪几种？
2. 摘挂安全保护点主要包括几个阶段？各自的要点是什么？
3. 请写出五步收绳保护法的操作步骤。有哪些注意事项？

第九章
拓展的安全问题

"是故君子安而不忘危，存而不忘亡，治而不忘乱，是以身安而国家可保也。"

——《周易·系辞下》

内容提要

本章介绍了拓展的风险与安全的理念认知，规范了拓展活动的安全范围，重点介绍了安全操作的技术和原则。对拓展场地和器械的安全进行指导并提出要求，同时明晰了风险管理与安全管理对于拓展课程开展的意义。

第一节　拓展的风险与安全

拓展中风险的认知

拓展中的风险是指在拓展活动中存在或潜在造成伤害的可能性或概率。在拓展活动中的风险（R）＝伤害的程度（H）×发生的可能性（P）。拓展中的风险既包括可能的损失，也包括通过风险学习的可能收获，因此，化解风险的学习过程本身是一次有意义的学习。

拓展活动中要获得安全，首先要了解风险。我们常常认为"安全"是一个实实在在的概念，而"风险"是一个模糊而假设中的概念。事实上，两者完全相反，风险总是存在于拓展之中，而绝对的安全只存在于假想的情形中。[1]没有一点风险的活动不能称为拓展，不论是身体风险、

---

① 钱永健.拓展训练[M].北京：企业管理出版社，2006：98.

心理风险还是行为风险，否则这类活动只能是休闲或者管理游戏。因此，存在的风险是事实，绝对的安全是臆想。这个关系我们必须要有清醒的认识，只有认识到风险的存在，才能努力地将它降到最低。对于学校开展的以场地活动为主的项目，尤其是熔炼团队为主的低风险项目，从身体的安全角度可以确定地说比较安全。就像我国场地拓展最相似的 Project Adventure 15 年的安全记录通报中所说的那样，百万小时只有 3.67 人受伤，远远低于篮球或足球运动时的受伤人数（如表 9-1 所示）。

表 9-1　PA15 年的安全记录报告[①]

活动总时间	百万小时事故率
Project Adventure 15 年记录	3.67
Project Adventure 10 年记录	5.13
体育课（NSC study）	9.6
Outward Bound（L.H.article）	37.5
汽车驾驶（L.H.article）	60

　　认识风险首先来自于学校课程设置时的说明，只要课程设置风险的活动项目，就必须在教学大纲和选课说明中标注，让参选课的学生了解风险的存在，这也符合拓展"挑战基于选择"的理念。正如《拓展训练》中说："坦诚说明主要风险的本质，不要回避风险，在了解风险的情况下，让他们自己选择参与与否。"这是我们参与拓展训练活动的正确态度。

　　风险的存在也是我们参与拓展训练的魅力之一，体验风险并将它抛在身后的感觉很惬意。尽管风险存在，绝对的安全是个错觉，但它却吸引越来越多的人参与其中，尤其是人们感到很脆弱或者感觉危险时，战胜风险，重归安全的感觉是极其美妙的。过去 20 年中，从社会学的角度来看，在风险活动中追求安全已经成为越来越有价值的目标。即便如此，在拓展训练的美好蓝图中，对安全的关注已经成为了超越这一较广

① 　Webster S E. 绳索课程与安全手册 [M]. Kendall/Hunt Publishing Company, 2005: 110.

阔画面之上的支架，拓展训练的发展，与这个"支架"的牢固性一衣带水，唇亡齿寒。①

对于活动中的风险，按照传统理解可分为"未然风险"和"已然风险"，也就是需要防范和现场处置两部分。对于风险的最好选择是"防患于未然"，但谁又能确保万无一失呢？因此，安全教育与安全预案是减少事故和事故损失的基础，制订相关的应急预案，教师多次演练是非常重要的，在"未然"中学习是防范风险的最高境界。一旦出现意外，按照提前制订的预案结合实际情况，可以将事故造成的危害最小化，同时解决好"已然"事故，并将其向同行通报并组织研讨，为避免再次出现同样的事故积累经验。

拓展中安全的认知

拓展安全吗？这是拓展活动内外被问得最多的问题。"拓展活动中没有绝对的安全"，这是一个必须推行的理念。尽管绝大多数时候能确保百分之百的安全，但这只是相对于风险系数较低的项目。

美国安全工程师学会（ASSE）《安全专业术语词典》认为，安全是"导致损伤的是能够接受的危险度、不会轻易受伤害的威胁和概率较低的损害的通用术语。"

安全一词在中国古代汉语中，有平安而无危险之意。汉代焦赣的《易林·小畜之无望》一书中说："道里夷易，安全无恙。"《百喻经·愿为王剃须喻》说："昔有王者，有一亲信，于军阵中殁命救王，使得安全。"宋代范仲淹《答赵元昊书》说："有在大王之国者，朝廷不戮其家，安全如故。"

《朗曼现代英语词典》的解释是："摆脱危险和焦虑的状态"、"得到某种保障、保护和防卫"。"安全"词源的意思是"从小心、不稳定和自制中解脱出来的状态，进而引申为脱离危险的安全状态。"

---

① 钱永健. 拓展训练 [M]. 北京：企业管理出版社，2006：99.

拓展中安全的概念是"在拓展的活动内外，所有参与者与其所处的环境能够受到保护，从而获得身体、心理与环境的正常状态。"拓展中安全的概念是在"大安全观"指导下的概念，在拓展活动中我们也应当按照"大安全观"对学生进行安全教育。

2008年初中国南方发生雪灾，中国灾害预防协会副秘书长在接受采访时，他谈到了学校应该树立"大安全观"。学校的"安全文化"应当定义为"安全知识＋安全能力＋安全责任心"。对于学生来说，不仅需要有安全知识，还应该具备生存、自救、自护的意识和技能。学校除了要保证学生了解相关安全知识，有时间、有组织地接受相应的安全训练，还要帮助学生树立"安全责任心"。这些，不是一次两次的安全演练、一门两门的安全课程可以解决问题的。

拓展中所指的安全不单单指身体的安全，而是全方位的安全，它包括：

身体安全：保护学生的身体不受伤害。

心理安全：学生可接受的、伤害阈值前的心理压力。

行为安全：不强迫做违反道德、法律的活动。

器械安全：器械与活动道具的保护。

环境安全：环保习惯与意识的培养。①

现阶段拓展训练的安全没有相关的标准和依据可以参考，确保安全主要是依靠教师与学生的自律来完成，这对于参加冒险体验活动的课程来讲，很难将其控制在可接受的安全范围之内，一旦出现不应该出现的事故，对于受害人和拓展本身都是很大的损失（如图9-1所示）。正如，《拓展训练》中所说的那样："和外展训练在欧美经历的时段相似，处在一个易于出现事

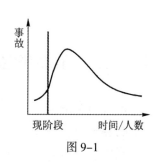

图 9-1

---

① 钱永健. 拓展训练的安全与实证研究 [R], 安全研讨会报告, 2007.

故的临界时期，把安全视作拓展训练行业的命脉对于今后的良性发展是十分必要的[①]。"

参加以野外活动为主的外展训练（OB），风险和危机必须认真面对。作为 OB 教师，1965 年美国的 Lew Covert 在山顶坠落，1969 年英国 OB 教师科林·亨德森落水遇难，同年一个男学生沃尔特·肯尼迪在明尼苏达溺水而亡，旦·卢卡斯在 1 英里游泳测试中死亡，在其后的 9 年中，在 8 起事故中又有 13 人失去了生命。

中国培训领域的拓展意外事件逐渐进入高发期，2006 年 4 月滚石致死的"李炜事件"，上海中学生洋洋暑期在西安参加拓展导致肾衰竭事件，2007 年 5 月 13 日浙江萧山的摔伤事件，都引起了社会和新闻媒体的关注。2008 年以拓展的名义开展的活动中，粗略统计在几起事故中伤亡 14 人，其中有场地器械事故重伤 2 人，拓展回程交通事故死亡 2 人，培训师操作失误致自己重伤瘫痪 1 人，活动中心脏病发死亡 1 人，其余为野外活动中溺水和山地伤亡。惨痛的教训让我们痛定思痛，关注风险与安全成为拓展不得不提的话题。

安全意识是拓展中非常重要的部分，安全与不安全之间没有过渡，只要踏出 100％的安全一点即进入 100％的不安全。将安全意识融入日常生活习惯之中，以此获得训练的附加价值，从意识深处认可拓展的安全操作规范是对拓展的尊重。

第二节 拓展的安全操作

拓展的安全操作是参与主体在冒险活动中，按照理论认定可获得安全的要求进行活动，从而对潜在的危机与风险进行有效的管理，使风险和造成的意外损失控制在可接受程度的方法。从明晰风险操作范围、规范安全操作技术、严格安全操作原则等方面做好准备，提高控

---

① 钱永健. 拓展训练承受的安全之重 [J]. 山野，2007(6).

制风险向事故转化的几率的能力，为在风险中获得安全找到一个最佳
临界线。

明晰风险范围

适当地加入风险因素是拓展
训练开展的基础，对于拓展训练
的参与者来说，过大的冒险可能
导致危险的后果，甚至会有灾难
性事件发生，但是毫无风险的活
动，也只是休闲娱乐或者是团队
游戏，失去了拓展训练的本意所
在——对个人挑战能力的培养，
即便是锁定目标为培养团队精

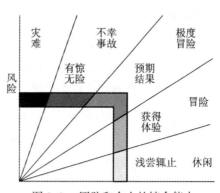

图 9-2　团队和个人的综合能力

神，但缺乏危机应对与风险挑战的团队精神也只能是"假象的团队精
神"（如图 9-2 所示）。[①]

如果参加有挑战性的拓展活动，需要把握"休闲"、"冒险"、"极度
冒险"、"不幸事故"与"灾难"间的尺度，争取将活动的设计与实施安
排在合适的区域内，这样不仅能够让参训者得到适当的冒险体验，对于
安全的问题也自然可以得到很好的控制。大卫·霍普金斯在《在冒险
中成长》一书中认为："参加具有冒险性的活动，只有根据参与者的能
力与风险匹配时，才能更好地从中学习。"

不同学校对于安全的理解需要在学生选课时明确告知，在设计拓
展课程时寻求有安全分析经验的专业人士进行评估，从中选择出最适合
自己学校的项目。在课程实施时根据活动的特征，按照团队与学生切实
的挑战能力，根据项目的难度分析，在一定的范围内对项目的难度随时
进行调节，才能真正让学生得到一次满意的体验。正如获得一次美餐一
样，既能吃饱又觉得可口，这才是风险与安全的最佳博弈。

[①] 钱永健. 拓展训练承受的安全之重 [J]. 山野，2007(6).

规范操作技术

许多时候拓展教师容易产生的一个错觉是误认为自己的经验可以确保安全，但事实并非如此，经验会犯错，而"规范"不会犯错。在经验面前看似简单的活动，有时也包含极强的风险，比如，"信任背摔"是所有拓展课中都会有的项目，对该项目的操作大家都认为已经非常熟练了，但关于背摔出现的身体伤害还是不断发生，好在大多是可以接受的范围，但活动的闪失会给心理造成伤害，尤其是学员倒向"人床"时不能获得安全，会造成信任的危机，细细品味应当属于事故的行列。教师在对"信任背摔"的操作时，必须严格按照"近、快、低、稳、准"五个环节进行操作，学生按照个人挑战技术与"人床"接人技术严格执行，才能让伤害事故降到最低。

在拓展开展的最初几年，北京某重点学校的优秀学生参加拓展，在背摔项目中，由于当时的操作流程还不是很规范，培训师的控制能力受到操作技巧的限制，当同学倒向人床时多数学生不约而同地选择松手，使同学掉在地上。学校带队的老师提起这事觉得不可思议，责怪自己的学生，认为是学生缺乏责任感。我想这不能简单将责任归咎于学生，轻描淡写的课程布置与过高估计学生的承受能力也是"事故"发生的原因。这样的事例不断发生，有肩肘关节受伤的事件，有学员从人床中滑落到地面的场景，有学员在人床上后滚翻落到地面的情况，有在山脚的墙边做拓展，由于地面是一个斜坡，十余人竟然有三人跌落地面，还有一人被砸导致鼻梁骨折。

> 任何事故只要出现一次就不是偶然，就需要分析和改正。
> ——王纯新

时间空间的安全判断技术，课程布置时的安全讲解技术，活动进行中安全监控技术，危机出现时的安全化解技术，事故出现时的安全处理技术，这些都需要接受严格和规范的培训，将它熟记于心并能灵活运用。

安全原则

安全的原则在制订之后，经常会被有意无意地抛掷一边，有时甚至会认为"原则"往往是束缚、框架或者多此一举。事实上，一旦出现意外事故很容易发现是由于某项原则未能执行造成的，与其过后后悔不已还不如严格遵照原则，防止意外事故发生。

1. 双重保护原则

课程设计时所有需要安全保护的训练项目，都必须进行双重保护演练，其中任意一种保护方法都足以保证在实施过程中学生的安全。

例如，我们在做信任背摔时，如何做到更安全，在每一个环节上都要有双重保护。当学生爬上背摔台后，拓展教师一定要将他引带到保护架内，直到他背靠保护架站稳，绑上背摔绳后，拓展教师应将学员慢慢引到台边站稳，后倒时教师确认方向正确后再松背摔绳，倒下后首先是队友双臂接住，即使体重过大，也会落在队友的弓步之上，绝对不会落在地上，因此，接人的队员必须弓步站立。

2. 器械备份原则

任何需要器械保护之处，都必须安置备份器械。

例如，跳跃冲击性项目，必须有两套独立的绳索与主锁保护。空中单杠在进行保护时，需要在单杠的前后方各打一个保护点，两条独立的保护绳各自连接一个主锁，主锁锁门方向相反挂在连接点上，确保其中的任何一个都能起到保护的作用。

3. 多次复查原则

所有的安全保护器械合理使用，完成后必须再复查一遍，操作中部分保护要多次检查，消除操作失误的可能性（如图 9-3 所示）。

例如，我们做高空断桥时，在学生上去前，首先自己检查，然后队长与队友再检查一

图 9-3　教师检查保护器械

遍，当上到断桥之上，拓展教师再次检查安全带是否穿戴正确，安全头盔是否扣好等。

4. 全程监护原则

拓展教师对项目进行中可能遇到的安全问题进行全程监护，将任何隐患消除在萌芽中。

例如，我们做求生墙时，拓展教师与安全监护人员要一刻不停地监护整个过程，不合理动作一出现就要及时叫停，随时提醒，不仅要关注上爬的人员，也要关注墙上的人员，整个过程要尽收眼底，心中有数。

5. 自愿参与原则

按照"挑战基于选择"原则，不得强迫学生参加某些高风险活动，由学生自己判断和选择是否参与，避免因此造成的意外发生。

例如，在做高空或体能要求较高的活动时，身体不适的见习生可以不参加，此外极度逃避某项活动或者不愿说出不想参加的理由的学生，可以由其自己决定，教师不要逼迫或让其他人逼迫其参加活动。

除此之外，还有一些原则性要求是必须做到的，比如，在高空换锁必须遵循"先挂后摘原则"，项目进行中"互相保护原则"，教师的"合理移位原则"与"预判协助原则"等。[1]

第三节　拓展的设施安全

拓展的设施包括场地上的固定设施和可移动设施，也包括用于保护的设备和器械，此外有助于完成任务的辅助器材也属于保证安全的设施中的一部分。

拓展的场地安全

拓展场地是学校体育课中特殊的一隅，绝大多数情况下属于封闭状况，因此也就平添了一些神秘的色彩。拓展场地的最直接风险就是高空

---

[1]　拓展训练网，Http://www.51tuozhan.com.

设施训练架带来的隐患，这种隐患既包括设施本身也包括设施的使用，为了更安全，在以下几个方面要多加注意。

1. 拓展场地的选址非常重要

学校在建设拓展高空设施时，要选择足以展开活动的区域进行设计，否则保护和活动操作会比较困难，这加大了安全监控的难度，必然会带来更大的安全隐患。

（1）注意场地的抗干扰性，最好不要把场地建造在人员流动过于密集的地带，也不要总是将活动暴露在众目睽睽之下，外界的干扰对活动造成的影响远远超出我们最初的想象。

（2）注意场地与自然环境的和谐，不要把通过类项目建在与经常出现大风方向的垂直方向上等。

（3）选择一块可以建立几个项目组合在一起的地段，高架的组合和安全固定会对场地造成影响，如果可能尽量建造组合训练架，学校中的拓展课很少出现几个高空项目同时开展的情况，组合设施增强稳固性的同时，可以节省场地的占地面积。将高架的安全斜拉钢缆通向场地的角落，一定不要把斜拉钢缆通向场地中间或者场地内经常走动的路上，活动时大家仰起头看着上面的挑战者，一旦走动就容易出现绊倒或撞伤。

（4）场地尽量选择在可以独立封闭的区域，这对于防止非活动情况下的伤害事故具有重要意义。

2. 场地建设的细节决定安全

由于拓展课程没有统一的标准，场地作为课程的一部分也是各具特色，保证场地上训练架的坚固性和使用的方便性，建设场地时的细节是重要一环。国内的高空训练架主要有钢管焊接、圆木连接、钢架组接和活树"嫁接"几种，其中最常见的是钢管焊接。

（1）如果是钢结构训练架，地基需要有足够的深度和宽度，这两者和训练架的高度有直接联系，地基深度不能少于训练架高度的1/10，宽度不少于深度的2/3，地基混凝土标号必须达到国标，内设钢爪式地铆和钢管，表面焊接钢板。

（2）选择符合国家标准的材料，不论是钢制还是木质的场地设施，都应材质合格。建设拓展训练设施的做工要考究，尤其是在细小的连接点上更不能有半点马虎和投机取巧。

（3）上方保护点的设置要符合安全原则。既要考虑学生的安全也要保证教师操作的安全，可以采用钢丝绳上设保护点也可以用绳套与主锁直接在钢梁上设置保护点。钢丝绳设置保护点的设置必须是独立双点双保护，两端最好是绕过立柱两周进行固定，不要直接连接在焊接的耳环上。

（4）减少无人指导下的攀爬可能。在非训练时间有人来到训练架下，在好奇心驱使下一定会有攀爬的欲望，活动的爬梯可以摘除，可以将绝大多数想要攀爬的人置入一种无从下手的境地。此类问题在场地建设章节已有描述，此不赘述。

3. 场地的维护与淘汰制度是获得安全的必要条件

场地修建后必须进行检查与维护，某一个高空项目在每一个学期的第一节课一定要仔细检查，教师最好在保护下进行几次尝试，确保活动中不会出现因训练架造成的意外，除此之外，每年都要进行连接点松紧检查和整体防锈处理。使用过于频繁和常年搁置不用的训练架的安全使用期为 10 年至 15 年，绝大多数情况下不要超期使用。

2007 年出现了多起有惊无险的案例，部分场地老化问题也需要提上日程，北京八达岭附近的高架倒塌，就是由于地基松动造成的；某基地求生墙塌顶，除了在上面的人数过多之外，还与房屋经久未修有关；某基地"断桥"在一位体重较大的学生跳回来时，将桥面踩弯后和培训师一起吊在空中，也是由于钢材老化韧性降低造成。因此，仅仅靠防范已经不足以解决问题，训练设施必须在一定时间内进行淘汰与整改，这是获得安全的必要条件。

拓展的器械安全

拓展中大量使用各种保护器械与辅助器械，他们的使用主要是保护学员安全、增强课程真实性、更好地完成模拟情境训练。器械的选择与使用对拓展起着至关重要的作用，尤其是安全保护器械的选择与使用，对学员的身心安全有不可替代的作用。

1. 必须从正规渠道购置符合标准的保护器械

器械的购买必须从正规的户外用品销售商和信得过的代理商处购置，主要有保护绳、安全带、锁具、下降器、头盔等，要查证产品的产地、规格、生产日期和认证等，购买时必须索要产品使用介绍和销售发票。

不要轻易地委托不熟或缺乏从业经验的人代购保护器械，也不要完全按照登山与攀岩的最高规格购置保护器械，毕竟拓展的使用性质和使用要求和两者略有差别。

坚决抵制二手保护器械的买卖活动，不论什么情况下，尽量不买别人使用过的保护器材，除非该器械的使用过程是在你的见证下进行的。

2. 严格执行器械的淘汰要求

保护器械都有严格的淘汰要求，一定要遵章执行，这里可以参照器械介绍时的要求进行更新换代。除此以外，记住不要轻易地借用保护器械，这绝对会增加出现事故的几率。

3. 辅助器械的安全使用必不可少

我们使用一些安全辅助器械，用以保护学员在非高空项目活动中的安全，包括求生墙下的海面包，背摔中使用的绑手绳，电网或"法柜奇兵"下面的薄垫，防滑手套和护腿板等，这些器械可以防止学生活动中的非重大伤害。

在切断感觉类活动的训练中，会使用耳机、眼罩等辅助器械，这可以更加真实地重现项目情境，这些道具的使用在增大难度的同时，也会加大活动的风险性。仔细说明道具的使用方法与要求、不断提醒注意事项，是道具使用时所必须注意的。此外眼罩使用后必须清洁消毒，绝对不允许将同一个眼罩连续使用多次，如果有条件可以使用一次性眼罩。

场地与器械的安全是拓展的基本保障，如果一个学校有多位教师教授拓展课，任何的安全隐患都应该互相通报，共同解决器械出现的安全隐患。不论课程设置多么严格，在没有安全保障的器械面前，我们都不能强行开展，寻找同层次的项目代替是最好的选择，在条件允许后再开展此活动是明智之举。

第四节 拓展的风险管理和安全管理

拓展的风险管理

拓展风险管理的定义是通过理论研究和实践分析找出拓展活动中风险的特性和规律，采用与此相关的手段规避和处理风险，将风险的损失降到最小的同时获得更大的收益。

> 只有安全和不安全之分，两者之间没有中间地带。

风险管理在"安全实践"背后的观点是，采用一些标准的操作方式，在拓展中通过风险识别、风险分析、管理手段使风险损失达到最小化，使其处在"可以接受的"范围之内，或者将风险挡在转化为事故的门外，这也是风险管理的目的。当然，可以接受的风险是主观的，也会因人而异，不同的价值观，不同的个人规避风险的能力，对同一等级的风险有不同的判断。应对风险的实践要通过不断的回顾发展演变，建立在实际经历和其他包括研究实例和法庭决断的经历之上。[1]

拓展中的风险应该在事故出现之前得到避免，但事实上有些风险必然要产生一些小的事故，如何处理和在风险的边缘进行活动，是拓展不可回避的问题所在。

1. 规避风险，防患于未然

通过对项目的难度和风险分析，找出活动监控的重点，及时停止活动中即将出现的不可控风险，避免风险转化为危险和事故。

比如，在求生墙活动中，最后一个人的施救过程可以通过多种方式获得，但是诸如拉住脚踝将一位学生放下来连接地面上的学生，这有极大的风险，教师一定要及时叫停，不允许这种方式进行施救。

---

[1] 钱永健. 拓展训练[M]. 北京：企业管理出版社. 2006：98.

2. 风险的危害最小化

降低危险和损失发生的可能性，不可避免的风险使其最小化至可接受的结果。通过合理的风险管理手段在结果上可以被理解和接受。[①]

在信任背摔中，学生后倒让组成"人床"的手臂受到剧烈冲击，学生肘关节方向不对可能会造成重大伤害，如果只要求学生掌心向上而不注意肘关节必须朝向地面，前臂仍然会感到非常疼痛。即使都按照技术要求去做，体格较弱的学生在努力接住体格较好的学生时，也会出现一些轻微的红肿或疼痛，这种不可避免的风险造成的轻微伤害，学生一般都能够接受并且会从中感受成就。

3. 利用风险管理使活动收益更大

在断桥活动中，两块桥板之间的宽度是对风险管理的最直接利用，间距太小风险降低往往会很轻松地过去，失去了活动的挑战价值，间距太大跳不过去跌落桥下时容易磕伤腿部，或者学生不敢挑战而失去活动意义。因此，活动中教师必须按照自己的经验看学生在地面的状态和跨越能力，然后观察学生在攀爬时的动作，听学生的呼吸和通过问讯听学生的声音，尽量准确地判断学生可能存在的最大能力，及时调整桥板之间的宽度。只有这样才能让风险处于既能锻炼学生又不会出现危险，或者出现危险的几率极低的程度。

在安全的边缘挑战是参与者经历的一个方面，努力地将风险化解为安全，才能获得成功的体验。真正的安全也绝不能通过遵循固定的法则来实现，只能采取随机应变，依据变动的因素制订的安全预案来实现。因此，应对风险时"安全预案"的灵活运用是非常重要的。

拓展的安全管理

拓展设置在体育课中，其安全管理一般会参照其他体育课进行常规要求，在绝大多数情况下这种做法完全可行，但是拓展关于培养个人自信心部分的活动具有特殊性，其安全管理实际上是对风险的管理，因为

[①]　马欣祥. 登山户外运动风险管理 [J/OL]. 培训讲义节选，2007.

活动往往需要一些风险情境作为基础，对于这些风险的管理需要一些特殊的认识。

"科学系统的课程设计、随时随地地安全意识、国际认证的器械装备、严格规范的操作方法、丰富实用的教学经验、灵活有效的安全预案"是拓展获得安全的保障。为了避免事故的发生，我们还要做到的是："消除物的不安全状态、杜绝人的不安全行为、控制不安全环境因素"。常规拓展在野外会加大风险，拓展的安全管理对环境的要求相对减弱，但其影响仍然存在。根据户外活动的风险管理的资料，结合拓展的活动特征，对可能导致事故发生的因素进行分类，大体上可以分为以下几类（如表9-2所示）：

表9-2　拓展中导致事故发生的因素

人	装备	环境
年龄	保护装备的质量	天气
身体的健康	保护装备的数量	上课时段
经验、技能	服装	场地设施
心理和态度	道具	过往人员
团队规模		
文化背景		

作为一项具有冒险性的活动，事故的发生是难免的，但我们要将事故的发生控制在可接受的范围之内。无论过去现在还是将来，事故一定会发生，而且不会低于十万分之一，这在国内国外都大致相同。对于事故的发生要有预见性和应急预案，要不惜一切代价挽救和生命有关的事故，同时避免次生事故的发生。事故发生后要及时通报，寻求社会的适度宽容和业界的互相帮助，尤其是业界之间不能"落井下石"。

"有安全之名而无安全之实"最不可取，通过学术研究，确认安全的意义与制度，可以推动安全的实施。避免犯同样的错误，运用实证方法，找出原因、总结经验、避免重复。

处理风险活动事故的方针：

态度积极，处理冷静。全力救治，避免次生。

人文关怀，获得同情。接受现实，重视安全。

　　没有人能够确保万无一失，在一个高风险的领域里，偶尔的事故出现是难以预料的"必然"。但我们不能为此因噎废食、望而却步。对此，思想上不必过于紧张，正确地对待发生的各种事故，按照应急预案及时处理，及时上报，事后认真分析，好好总结，在经验教训中前进也是为了更好的发展。

思考题

1. 拓展中安全的概念是什么？它包括哪些方面？
2. 拓展有哪些安全原则？试举一例说明其中的一项原则。
3. 结合实践说明如何保证拓展器械的安全。
4. 你怎样理解拓展的安全管理？

第十章
拓展项目介绍

第一节　高空项目

图 10-1

▶高空断桥

一、项目概述

项目层次：层次四

项目性质：个人挑战为主的项目

项目形式：高空项目

项目难度：3+

项目时间：100 分钟

项目人数：12 ～ 14 人

一艘发生意外的船，在下沉前的那段时间，另一艘船前来救援。由于两艘船无法完全靠在一起，船舷相距 1.4 米左右，甲板在风浪中摇晃，人多路窄我们别无选择只能选择跨越才能获救，你会怎么办？

高空断桥是一个以个人挑战为主的项目，它属于高心理冲击的高空通过类项目，整个过程需独立完成。"断桥一小步，人生一大步"浓缩了这个活动的精华（如图 10-1 所示）。

二、场地器械

8 ～ 12 米高的连接好"路绳"的专项训练架，足够数量的铁锁、滑轮、安全带、扁带与头盔，2 段分别略长和略短于上方钢缆到桥面距离的动力绳，上升器 1 把，止坠器 1 把，护腿板 2 副。

三、学习目的

1. 培养克服恐惧、勇于面对困难的态度。

2. 学习认识自我、挑战自我、战胜自我的方法。

3. 学习自我说服与自我激励，认识鼓励他人与获取鼓励的重要性。

4. 培养团队面对困难时的互助精神和团队意识。

5. 培养领导力，观察并分析团队角色与整体统筹。

6. 学习分析风险和化解风险的能力。

四、活动要求

1. 所有学生必须学会头盔、安全带、止坠器与主锁的使用方法，掌握护腿板的使用方法。

2. 连接好安全装备，接受全体队友的队训激励后，沿立柱爬上高空的断桥桥面，换好连接保护装备后沿板走到桥板的板头，两臂侧平举，然后大声地问队友："准备好了吗？"当听到"准备好了"的回答之后，自己大声喊"1、2、3"，同时跨步跳到桥板另一端。单脚起跳，单脚落地，然后按同样的要求再跳回来。

3. 在桥面上不允许助跑，跳跃时最好两手不抓保护绳，确实紧张时可以一只手轻扶绳子以维持身体平衡，但不允许紧拽保护绳；完成后换连接保护装备，沿立柱慢慢爬下，落地时避免下跳。

4. 完成后休息片刻，解下安全带并开始帮助队友穿戴头盔与安全带，随后加入加油的队伍。

五、安全要求

1. 有严重外伤病史，或有严重心脑血管、精神病、慢性病及并发症或医生建议不适合做此类挑战项目者，可以不做此类挑战项目。

2. 摘除身上穿戴的所有硬物，穿安全带、戴头盔、连接止坠器时要进行多遍检查，指定一名队友帮助，一名队友负责检查，队长再做一遍全面检查。

3. 一名学生在挑战时，另一名学生开始穿戴安全装备并接受检查确认合格。

4. 上断桥后，教师理顺保护绳，先挂连接保护绳的铁锁后再摘取止坠器上的铁锁，完成后也要先挂后摘。

5. 任何人爬上断桥都必须戴头盔，学生向前跨出的腿要戴保护胫骨的护腿板。

六、项目控制

1. 布课时找最先挑战的学生参与，边演示边讲解，要求语言精练，重点突出，按照时间与空间顺序讲解。

2. 按照"挑战基于选择"的原则鼓励所有的学生参与挑战。

3. 桥面间距要有针对性，适合个体跨越能力的差异。

> 风险与收获同在，压力过大无法完成并容易造成伤害。相反，断桥桥面过低或桥板距离太近，对学生的心理压力过低，最终的效果也不好。教师通过观察学生的反应，将板的距离设置在学生需要自我暗示和鼓励，并在3分钟左右才有勇气通过为佳。

4. 心理辅导时机与方式要适时和正确。例如，运用层递效应鼓励学生不断接近目标。

5. 按照成功导向的方法进行鼓励。

6. 所有人必须把安全放在首位。

> 学生脸色发白，呼吸急促，动作僵硬迟缓，双眼盯住木板、不敢看其他地方，两腿颤抖，呕吐或表现出呕吐状，两眼发黑不能见物，眩晕，无法站立，声称自己已无法坚持的，个人原因强烈抵触，不得强求其完成。对于有心脏病、高血压、脑血管疾病史的，建议不参加该项挑战。

7. 教师在学生受阻时，除了自己对其进行心理辅导外，一定要让其队友参与鼓励，让其在受到鼓励后的最佳时机跨越。

七、回顾总结

1. 按照"成功取向原则"对所有学生完成挑战任务给予鼓励。

2. 鼓励每一名同学都讲讲自己的感受并给予肯定，注意鼓励完成不够出色的同学。

3. 按照学生的分享要点，对已出现的理念或学生并未讲清的部分给予补充。

4. 从团队学习与团队发展角度，讲讲顺序、榜样以及激励。

5. 在地上跨越的感觉和在高空上跨越的感觉，学生的心态在其中有什么变化？

6. 当学生想要放弃时，是靠什么说服自己完成项目的？为什么说时间是战胜困难（恐惧）的最好良药？

> 某断桥上有一行小字：相信时间能治疗恐惧的人在这呆过，当你认为自己害怕并想下去时，不妨多呆一会试试。

7. 在激励面前，有人喜欢队友们的鼓励，以达到外在激励的作用，有人喜欢让自己处于相对安静的情况下，自己激励自己，没有对错之分，但合适的激励是需要支持的，假如你一个人参加这种活动，你会怎样做？

8. 人生一步一步前进的途中难免会出现困难和意外，用什么心态去面对？

9. "断桥一小步，人生一大步"，讲一讲身边人面对"艰难"渡过难关的故事。

▶ 空中单杠

图 10-2

一、项目概述

项目层次：层次四

项目性质：个人挑战为主的项目

项目形式：高空项目

项目难度：3−

项目时间：100 分钟

项目人数：12 ～ 14 人

> 一个树枝或者一根救生飞机放下的小单杠，都是在极具危险的环境中的机会，我们别无选择只有一条通向它的路，并在最后的关头抓向它。

空中单杠是一个以个人挑战为主的项目，它属于高心理冲击的高空跳跃类项目，整个过程需独立完成。机会就在眼前，经过努力纵身一跃抓向它，不管是否抓住都无怨无悔（如图 10-2 所示）。

二、场地器械

足够大的场地和海面垫，8 ～ 12 米高的专项训练架，足够数量的铁锁、全身式和半身式安全带、扁带与头盔，动力绳 2 根，8 字环 2 个。

三、学习目的

1. 培养学生克服恐惧、勇于挑战的信心并在其中激发个人的潜能。

2. 学习用积极的心态去争取和获得机会。

3. 增强团队精神，面对困难时互相鼓励，互相帮助。

4. 学会目标管理与自我说服。

5. 学习对分析风险和把握能力的机会。

四、活动要求

1. 学习全身式安全带的使用方法，了解头盔等安全设备的使用方法。

2. 两组保护人员学习半身式安全带的使用方法，全体学习"五步收绳保护法"并要求主保护演示，每组有两位副保护。

3. 学生穿戴好保护装备，接受队友激励；由地面通过立柱扶手爬到顶端，通过自己的努力，站到立柱顶端的圆台上，站稳后两手侧平举并大声地问自己的队友和保护员："准备好了吗？"当听到"准备好了"的回答之后，自己大声喊"1、2、3"，同时奋力跃出，双手虎口抓向单杠，完成之后松开双手，在保护绳的保护下慢慢回到地面。

4. 至少6位同学组成两个保护组。

五、安全要求

1. 有严重外伤病史，或有严重心脑血管、精神病、慢性病及并发症或医生建议不适合做此类挑战项目者，可以不做此项目。

2. 摘除身上穿戴的所有硬物，穿安全带、戴头盔、要进行多遍检查，指定一名队友帮助，一名队友负责检查，队长再做最后一遍全面检查。

3. 学生攀登时保护绳要跟紧，当学生跃出时要及时收绳。

4. 禁止戴戒指、留长指甲，长发学生应将头发盘入头盔。

5. 跳出后不要抓保护绳索及主锁，用尼龙搭扣将身后的两根保护绳包裹在一起。

六、项目控制

1. 布课时找最先挑战的学生参与，边演示边讲解，语言精练，重点突出，逻辑清楚。

2. 在"挑战基于选择"的原则基础上鼓励所有的学生参与挑战。

3. "秋千杠"的距离针对学生身体特征适当调整。

拓展心得

231

4. 按照成功导向的方法进行鼓励和心理辅导。

5. 所有人必须把安全放在首位。

> 学生脸色发白，呼吸急促，动作僵硬迟缓，不敢看其他地方，两腿颤抖，呕吐或表现出呕吐状，两眼发黑不能见物，眩晕，无法站立，声称自己已无法坚持的，个人原因强烈抵触，不得强求其完成。对于有心脏病、高血压、脑血管疾病史的，不参与此项目。

6. 保护人员与挑战学生互相配合，教师利用"三角移位法则"全面观察与协调。

> 攀爬者准备时全体队友应在杠下队训激励，攀爬者开始教师手扶连接主锁送其上爬并监控保护组收绳，攀爬者继续上爬教师引导保护组后退并准确收绳，攀爬至圆台时教师站到攀爬者对面，攀爬者站起后教师回到保护组，完成抓杠后教师和全体学生移动到杠下接攀爬者，完成三角移位保护过程。

7. 尽量由同组学生进行攀爬与站起技术指导，教师关注保护组与攀爬者之间的协调过程。

七、回顾总结

1. 对所有学生完成挑战任务给予鼓励。

2. 鼓励每一名同学都讲一讲自己的感受并给予肯定，注意鼓励完成不够出色的同学。

3. 按照学生的分享要点，对已出现的理念或学生并未讲清的部分给予补充。

4. 从团队学习与团队发展角度，讲讲顺序、榜样以及激励。

5. 挑战前后的心理有什么变化？整个挑战活动中最困难或最害怕的是什么时候，为什么？

6. 机会的出现往往伴随着风险，等到没有风险时也许机会就过去了，你怎么认为这个问题？

7. 分享"冰山理论"，分析关于人的潜能问题，包括可激发出的显性潜能和隐性潜能。

> 在海面上的冰其实只是冰山的一角，更大的冰山其实在海面以下。我们的能力也是如此，平时看到的和用到的大多是显性能力，而我们还有更多没有被发现的潜在能力，这些能力通过激发可以表现出来，为我们在需要时提供帮助。潜能包括易于激发和难以激发两种，平常生活中只要能够激发出那些易于激发潜能的就可以超越自我，但在生死关头需要激发各种潜能。

8. 在生活中，争取积极向上，当有机会出现时，尽力去争取，只要我们努力过，不论成功与否，至少无怨无悔。

▶ 垂直天梯

一、项目概述

项目层次：层次五

项目性质：个人挑战与团队配合相结合的项目

项目形式：高空项目

项目难度：3.5

项目时间：100 分钟

项目人数：12 ~ 14 人

图 10-3

在遥遥欲坠的几根原木梯上，我们必须依靠彼此间的相互合作才能爬上更高的原木逃离越来越高的海水，时间越来越紧，海水不断上涨，至少需要爬上 5 个这样的原木梯才可以获得安全，我们该怎么办？

垂直天梯也叫巨人梯，这是一个以 2 ~ 3 人共同挑战并和团队配合相结合的项目。项目具有一定的难度和心理冲击力，相对需要消耗较大体力。想要获得新高，就需要互相帮助，既要甘为人梯，也要勇于探索。最重要的是不能忘记同路人，相互支持与互相感恩可以让大家一起前进和提高（如图 10-3、图 10-4 所示）。

图 10-4

二、场地器械

8 ~ 12 米高的组合训练架或专项训练架，不小于 25 米长的动力绳 2 ~ 3 条，足够数量的铁锁，可以供两组学生使用的安全带与头盔；用于保护的扁带、铁锁和 8 字环 2 ~ 3 套，手套 6 副。

三、学习目的

1. 全力以赴、合理分工、互相鼓励、充满信心、克服心理障碍是实现目标的保障。

2. 培养学生的相互协作、不离不弃的共同体意识。

3. 体会团队内部人员合理搭配对实现整体目标的价值。

4. 了解阶段性目标对于实现最终目标的重要意义。

5. 学会共同探索、总结经验与彼此传授经验对提高整体工作效率的重要性。

6. 珍惜别人的帮助，懂得感恩是能够继续前进的无形助力。

四、活动要求

1. 所有学生学会头盔、安全带和主锁的使用方法。

2. 保护组一同学习"五步收绳保护法"并要求主保护演示，每组有两位副保护。如果采用下方保护，要求保护者站在主绳左侧，右手在8字环后。

3. 连接好安全装备，接受队训激励后，按照要求2人（3人）一组，向上攀登，到达课上要求的目标即宣告任务完成。

4. 在攀登过程中，可以利用的只能是横木和队友的身体以及团队的智慧。

5. 保护者在不影响攀爬者活动的情况下适当收紧保护绳，但不得将绳绷紧。

五、安全要求

1. 有严重外伤病史，或有严重心脑血管、精神病、慢性病及并发症或医生建议不适合做此类挑战项目者，可以不做此项目。

2. 摘除身上穿戴的所有硬物，穿安全带、戴头盔、连接保护点时要进行多遍检查，指定一名队友帮助穿戴，一名队友负责检查，队长再做一遍全面检查。如果直接用8字绳圈连接，可以通过更换安全带换人，最好不要不停地解结绳结。

3. 在每位学生开始攀爬之前必须要求收紧保护绳，学生攀上第一根横木前，教师应站在攀爬学生身后进行保护。

4. 提醒学生使用合理的踩踏动作，学生攀爬由静态转入动态时，保护绳应当跟紧攀爬者。

5. 确认学生攀爬前的站位，攀爬时如果绳交叉需要在静态状态下梳理清晰。

6. 天梯下禁止站人，学生完成挑战下降时，禁止同时下降。

7. 做好充分的准备活动，攀爬前的小组必须慢跑使心率超过 120 次 / 分，在休息片刻后参加攀爬挑战。

六、项目控制

1. 布课时找最先挑战的学生参与，边演示边讲解，语言精练，重点突出，逻辑清楚。

2. 鼓励所有的学生参与挑战活动，确认不适合参加此活动学生的身体状况。

3. 适当建议和调整人员搭配，尽量不要把身体素质都很好的人分在同一组。

4. 最好由同学之间进行指导，适时地给予鼓励和指导，但对于安全问题教师必须在发现问题时及时指正。

> 一个人踩着另一个人的腿先上去时，请踩在大腿根部；上面的人抱横木十指交叉扣紧；两个人站在同一条垂直线上；提拉时使用交腕相握，不能出现手臂拧转；可以先把脚搭到横木上等。

5. 对于非体能原因准备放弃的学生，利用"层递效应"设定阶段性目标进行尝试。

6. 必须将保护学生安全放在首位，学生身体反应明显不适合继续挑战时不可强求。

七、回顾总结

1. 对所有学生完成挑战任务给予鼓励。

2. 鼓励每一名同学都讲一讲自己的感受并给予肯定，注意鼓励完成不够出色的同学。

3. 分组与搭档和完成任务之间的关系，相互合作的重要性，有些时候是一个人无法完成的，要正视这种事实的存在。

4. 对第一组学生的选择与他们的努力给予肯定，先上的学生总结的经验对于随后挑战的学生的价值与影响，成功在于成功模式的不断复制与改善。

5. 不同人爬上去时的先后顺序与技巧分析，信心和鼓励对完成挑战的影响。

6. 阶段性目标对于实现最终目标的重要意义。

7. 珍惜别人的帮助，懂得感恩是能够继续前进的无形助力。

8. 经过艰苦努力登上高峰时的成就感。

9. 有时候互相帮助是基于共同利益，有时是彼此的需要，有时候又会是什么呢？

拓展心得

一个人想要了解天堂和地狱的差别，他透过地狱的窗户看到里面的人围坐在一桌美味佳肴前，手持一根三尺长筷，夹起饭菜却无法送入自己口中，而天堂里每一个人都在吃着对方递到嘴里的饭菜。

▶合力过桥

一、项目概述

项目层次：层次五

项目性质：个人挑战与团队配合相结合的项目

项目形式：高空项目

项目难度：3.5

项目时间：120 分钟

项目人数：12 ～ 14 人

> 毫不相连的几块木板，成为我们度过危险的唯一依靠，几根下垂的绳才是这些依靠的保证，为什么呢？大家尝试一番再回答这个问题吧。

图 10-5

这是一个典型的个人挑战与团队合作相结合的项目，个人挑战的成败除了自身的努力外，团队的支持起着至关重要的作用，想要成功最佳的方法就是融入团队。相信队友，目标一致，相互配合，不怕困难才是获胜的关键。合力过桥也经常作为拓展训练团队组建初期的项目让学员投入其中，感受生活中的每一步都与许多默默支持自己的人分不开（如图 10-5 所示）。

二、场地器械

专项训练架，25 米长、直径 10.5 米动力绳两根，足够数量的铁锁，全身安全带 2 套、半身安全带 2 套，头盔 2 个，8 字环 1 个，60 厘米的绳套 2 条，足够数量的手套。

三、学习目的

1. 训练团队内部的相互信任。

2. 增强学员克服恐惧，勇往直前，挑战自我，激发潜能的勇气。

3. 增强团队意识和面对困难时互相帮助的精神。

4. 培养学员换位思考的意识。

5. 以积极的心态去争取和获得前进的动力。

6. 挑战顺序与团队的组织方法的关系。

拓展心得

四、活动要求

1. 学习安全带、主绳、锁具和头盔的使用方法。

2. 保护组一同学习"五步收绳保护法"并要求主保护演示，每组有两位副保护。

3. 讲解拉拽吊板下方保护绳的方法，并且尝试以上方吊索为支点寻求平衡的用力感受。

4. 安全要求的讲解，包括摘除装、戴的硬物，活动中的注意事项以及影响心理安全的沟通方式等。

5. 学员穿戴好保护装备，接受队友激励后，由地面通过扶梯爬到起点，做好准备，通过有三块 30 厘米宽，不同长度摇晃不平衡的吊板，其他学员分组抓住吊板垂下的绳子，掌握平衡，让高空的学员顺利通过。

6. 通过之后从另一侧扶梯爬下，休息到直到下一位学员挑战完成后，参加保护。

五、安全要求

1. 有严重外伤病史，或有严重心脑血管、精神病、慢性病及并发症或医生建议不适合做此类挑战项目者，可以不做此项目。

2. 摘除身上的所有硬物，穿安全带、戴头盔、连接保护点时要进行多遍检查，学会安全护具的穿戴方法和保护方法。

3. 保护学员应该跟随桥上学员，并在其相对平行位置的后方进行保护。

4. 拉绳学员要有一名机动学员，以防止个别学员无法坚持时及时给予帮助。

5. 教师要通观全局，既关注桥上学员也要注意保护人员和拉绳学员的情况，当出现不合理动作时及时提醒与叫停。

6. 提醒学员严禁脚踩绳索，不得将锁具跌落在硬地上。

7. 拓展教师不得强求不愿参加者。

六、项目控制

1. 布课时找最先挑战的学生参与，边演示边讲解，语言精练，重点突出，逻辑清楚。

2. 鼓励所有的学生参与挑战活动，确认不适合参加此活动学生的身体状况。

3. 学生要有合理的轮换顺序，适当提醒桥上学生积极努力，避免在桥上停留太长时间，防止拉绳学生产生疲劳。

4. 对所有学生顺利完成任务给予鼓励，调动拉绳学生的积极性，防止产生消极情绪。

5. 密切注意负责保护学生的器械状况及动作的规范性，观察并简单记录每一名学生的表现，便于回顾总结。

6. 合理使用不同风格的语言进行指导，保持学生的挑战积极性。

七、回顾总结

1. 鼓励每一名同学都讲一讲自己的感受并给予肯定，可以与生活联系进行分享。

2. 挑战前后的心理变化。

3. 自信和互信的分享，信任问题已经在生活中受到越来越多的关注和认可。

4. 团结合作与他人的帮助对完成任务的重要作用，要想通过桥板，仅靠个人的力量和勇气是过不去的，只有全体学员齐心协力才能使其到达胜利的彼岸，从中体会一个人成功的背后有太多人在默默地付出，成绩绝对不是一个人的。

5. 当够不到前面的吊索时，只有一边放开了，才有机会抓住另一边，从中懂得取舍之间的关系。

6. 时间对于我们来说也是完成挑战的重要影响因素，如果在上面逗留太久，下面的人会因为疲劳而加大困难，想想那首《和时间赛跑的人》的歌吧。

第二节 中低空项目

▶ 信任背摔

■ 一、项目概述

项目层次：层次四

项目性质：个人挑战与团队配合相结合

项目难度：3+

项目时间：100分钟

项目人数：12～14人

> 战场上攻城大军沿梯而上，不时会有人被城墙上的守军从梯子上掀下来，由于手中拿着武器，只能将手上举向后倒下让战友接住，慢慢地出现了一种接人和后倒的方式，并将其作为训练的科目之一。这也是信任背摔有时在梯子上完成的缘由，如今将其演变为安全的背摔台，并有更多的人做规范的保护，为什么不试试呢？让我们开始吧。

信任背摔是最为经典的拓展训练项目之一，倒向"人床"的瞬间是本能的突破，也是人性的释怀。彼此的信任来源与彼此的责任和关爱，以及团队的支持是个人敢于挑战的基础（如图10-6所示）。

图10-6

■ 二、场地器械

1.4～1.6米的标准背摔台，背摔绳一根，海绵垫一块。

三、学习目的

1. 培养团队内部的相互信任。
2. 增强学生挑战自我的勇气和良好的心理素质。
3. 发扬团队精神、互相帮助以及团队责任感。
4. 通过挑战懂得突破本能的重要意义。
5. 感悟制度的制定与保障对完成任务的价值。
6. 培养学生换位思考的意识。

四、活动要求

1. 个人挑战部分的学习

（1）调整好心态后接受队友的"队训"激励，然后沿梯子慢慢爬上背摔台，站到指定的安全区域。

（2）两臂前举，双手外旋，十指交叉相扣，内旋然后紧紧地靠向身体，由教师绑上背摔绳。

（3）在教师的引导下移向台边背向"人床"站立，脚后跟超出台面少许，两脚并拢，脚尖相靠，膝关节绷紧，臀肌收紧，下颌微收略含胸。

（4）调整呼吸，大声地问队友："准备好了吗？"当听到队友齐声回答"准备好了"后喊"1、2、3"，同时直体向后倒向人床。

2. 团队接人部分的学习

（1）身高体重比较接近的两人伸出右脚成前弓步面对面站立，脚尖内侧相抵，膝关节内侧相触，保持重心稳定。

（2）双臂向前平举与肩同高，双手搭在队友右肩前，掌心与肘窝都向上，手指伸直，手臂自然伸展进入用力状态。

（3）抬头看着后倒队友的背，当队友倒下时将其接住。

3. 当大家接住队友后，慢慢地放下，先放脚，站稳才可以松手，解开背摔绳后换另外一位。

4. 地面上演练一人后倒，一人在其身后40厘米处进行支撑的练习，要求后倒者脚不能后撤。

五、 安全要求

1. 学生有腰背外伤病史，或有心脑血管及精神病、高度近视等可选择不做此项目。

2. 检查"人床"组成的承受力，尽量将"人床"搭平。

3. 站上背摔台后应安排其靠护栏站立，移向台边时要稳。

4. "人床"排列从背摔台向外按弱、较强、强、强、较强、弱来排列，3、4组安排男生或力量较大的女生。

5. 必须摘除身上的所有硬物，雨天雨衣必须脱下。

6. 要求两肘加紧，并告知是为了确保背摔绳牵引时比较稳定，帮助调整方向。

7. 任何时候都不能从 1.6 米以上的背摔台后倒，头和肩先落极其危险。

六、 项目控制

1. 教师安排学生一边练习，自己一边讲解，按照"先个人后团队"结合完成的时间和空间进行讲解。

2. 按照"挑战基于选择"的原则鼓励所有的学生参与挑战。

3. 观察挑战学生的同时，注意接人队形。

4. 及时了解学生挑战后的身体反应。

5. 按照"近、快、低、稳、准"的要求完成操作（如图 10-7 所示）。

图 10-7

近：接人队员的脚、膝、肩等部位靠得要近，"人床"离背摔台要近，教师抓背摔绳的手要靠近学生的手，教师离挑战学生的距离要近。

快：教师松手时机选好后松开背摔绳的速度要快，教师下蹲速度要快，教师扶挑战学员后倒后的脚要快。

低：人床平面要以低处为准找齐，避免学生踮脚尖或耸肩提高人床；教师解背摔绳或者观察挑战学生时要蹲低。

稳：背摔台必须摆稳，人床一定要稳，接住队友后放下一定要稳，活动进程要稳。

准：挑战学生站位要准，必须站在人床正中间的位置；教师松手前的微调一定要准；扶脚的时机一定要准。

七、 回顾总结

1. 对所有学生完成挑战任务给予鼓励。

2. 鼓励每一名同学都讲一讲自己的感受并给予肯定，注意鼓励完成不够成功与表现突出的学生。

3. 通过项目谈谈自信和互信的问题，在什么情况下能够增加信任？

4. 通过身体不自主地弯曲，谈谈"本能"是什么，为什么有时候本能并不一定全对，如何突破本能？

5. 运用背摔绳、手臂接人、弓步接人、海绵垫等多重保护对于增加信心的价值，谈谈监督、保障制度对于信任的作用。

6. 是否闭眼，有何感受，躺在他人手臂上的感觉以及接人的感受。

7. 顺序、榜样以及激励对于团队完成任务有什么帮助。

8. 分工协作与关键岗位的价值，不同位置都有各自不同的作用。

如果认为自己在前两个位置没有贡献时，可以告知如果空两个人，很多人都不敢做了，说明你们的作用也很大。就像一个人吃馒头，当吃到第五个时饱了，他说："早知道我就不吃前四个了"，你们赞同吗？

9. 每一个人都尽力是获得安全的基本保障，只靠个人的力量都很难接住队友。

> 把每一个人的力量汇集在一起，就汇聚成巨大的力量，也是团结的力量。有一个人不用力而指望别人，就有可能出现更多有同样想法的人。有一位老妇人过生日，让每一位祝寿者端一碗酒倒入大缸中，到时大家一起喝，结果喝酒时大家面面相觑，酒很淡。由于多种原因有许多人倒进去的是水，因为有人想就我一碗水不会被发现。

▶ 求生墙

一、项目概述

项目层次：层次五

项目性质：团队配合与组织融合类项目

项目难度：4+

项目时间：90 分钟

项目人数：14 人以上

游船出事，梦中惊醒，保守估计时间不会超过 40 分钟，留在原地的人将难逃一劫。除了单薄的没有任何承受力的衣服外，没有任何工具，面对 4 米高的光滑甲板，只有爬上去才能躲过灾难等待获救，如何爬上去？怎样上去？谁先上去？是否都能上去？一系列的问题摆在我们面前，我们该怎样去做？

求生墙也叫海难逃生，因为经常将它安排为最后一项活动，因此，也叫毕业墙或胜利墙。这个活动可以让我们懂得个人目标与团队目标的关系，为了能够不失去任何一名亲密的伙伴，只有团队获得胜利才是真正的胜利（如图 10-8 所示）。

图 10-8

二、场地器械

高度 4 米以上，宽 3 米左右的求生墙一面，墙后平台低于墙头 1 米左右，平台必须带有围栏坚固；300×200×30 厘米的厚海绵垫两块。

三、学习目的

1. 提高危急时刻的生存技能。

2. 培养团队内部及团队之间的协作能力。

3. 民主与有效的讨论、合理与快速的决策、科学与创新的方案、正确与快速的执行是完成团队活动的保障。

4. 认同差异，合理分工，学习最优配置资源。

5. 感受团队成功的魅力与快乐。

四、活动要求

1. 所有成员都要在 40 分钟之内爬上求生墙，如有人没上去则视为团队未成功。

2. 不允许借助任何可以延长肢体的工具，如衣物、腰带等。

3. 这个墙面是大家攀爬的唯一通道，不许利用墙的侧边及周围任何物品。

4. 没有上去的人不能事先从旁边上去，已经上去的人不能从旁边梯子下来帮忙。

5. 所有人员都要摘除戴、装的一切硬物，如手表、门卡、眼镜、发卡、戒指、钥匙串等，穿硬底鞋、胶钉底鞋必须脱掉。

6. 如果大家要采取搭人梯的方法，要采用马步站桩式，不要将身体靠在墙上，注意腰部用力挺直，手臂撑墙固定保持人梯牢固。

7. 帮助做人梯的队友保持稳定，可以屈膝用腿支撑人梯队友的臀部，攀爬时不可踩的头、颈椎、脊椎、肩峰，只可以踩肩窝、大腿跟等处。

8. 拉人时不可拉衣服，拉手时两手交腕相扣，不可将被拉学生的胳膊搭在墙沿上，只能垂直上提，当肩部以上高过墙沿时可以靠在墙上，从侧面将腿上提。

9. 不得助跑起跳，上爬时不可采用蹬走上墙动作，上去后翻越墙头要稳妥。

10. 注意垫子的大小范围与软硬程度，注意垫上活动的安全，避免扭伤脚踝，人多时最外围人员可以弓步站立，一脚站在垫子下。

11. 在攀爬过程中，如果承受不住时大声呼叫，保护人员要迅速解救。

12. 所有学生必须参与保护，保护人员应：以弓步站立，双手举过头，掌心对着攀爬者，抬头密切关注攀爬者，当攀爬者出现不稳时，应随时准备接应。

13. 当攀爬者摔落或人墙倒塌，应迅速在保护自己的同时做出如下动作：当攀爬者顺墙滑下，应将其按在墙上（不得按头）；当攀爬者在不高的地方屈膝向后坐下或脚下滑落，应上前托住；当攀爬者从高空向外摔出，应顺势接住，将其放在垫子上。

五、安全要求

1. 检查海绵垫是否完好无损，上面是否有硬物，检查墙头是否有松动。

2. 要充分热身并确保所有学生心率超过 120 次 / 分。

3. 不断提醒攀爬者、搭人梯者、墙上提拉者注意安全，做到"防患于未然"。

4. 监控先上去学生的安全，不许骑跨或站在墙头上，注意墙后平台的范围，平台上不得超过 30 人。

5. 拓展教师监控时的站位应能控制住人梯正后方及一个侧面，另一个侧面的安全安排专人防护。

6. 重点关注前 3 名和最后 3 名学生的攀爬过程，其他人员的攀爬可以提拉与托举并用，人梯不必过高。

7. 在搭救最后一名学生时，对连接学生的安全要不断监控。

8. 最后一人身体已离地，脚上举或做其他动作，教师应站在学生侧后方，一方面避免头朝下坠落，另一方面避免脸或头磕在墙上，如坠落顺势帮助调整姿势接住或揽到垫子中间，必须休息一会再次尝试。

9. 活动中最好不要搭两路人梯同时上爬。

10. 有安全隐患的问题时，应果断鸣哨或叫停。

六、项目控制

1. 大声清晰、重点突出地向学生布置项目规则和安全要求，及时反馈，确保学生了解任务要求，布置项目时可以模拟情景。

2. 学生讨论时间过长没有决策和执行时，可适当提醒时间，一般应留出 2/3 的时间用于执行。

3. 学生尝试多次受挫时应予以适当的支持，包括鼓励和提示一些小技巧。

4. 记录第一个人开始攀爬的时间和最后一人的耗时及尝试次数等关键细节。

5. 解决问题的办法最好由学生自己想出，不用给安全操作以外的建议。

6. 求生墙高于 4 米或学生确因能力不足而上不去时，可给他们备用绳套并指导使用方法。

七、回顾总结

1. 对大家共同完成活动给予肯定和表扬。

2. 如果时间允许鼓励大家都谈谈这个项目的感受。

3. 应对危机学习的价值如何？我们在这项活动中最大的收获是什么？

4. 第一个上去的人有何感受，先锋的作用与榜样对他人的激励。

5. 上墙的顺序以及角色认定对团队完成任务的积极作用。

6. 甘为人梯的精神值得大家尊重和感谢。

7. 项目完成前后的信心有无变化，今后遇到此类活动的信心是否有所增加？

8. 可以分享曾经个别队伍没有完成后的遗憾以及他们的感悟。

9. 再一次祝贺大家完成此项目，对他们团结互助的团队精神给予提升，希望他们在今后碰到此类情境能够将这种精神在生活中展现。

▶ 电网

一、项目概述

项目层次：层次三

项目性质：团队配合为主的项目

项目难度：4

项目时间：90 分钟

项目人数：14 人左右

完成任务回撤的小组，在无路可走的正前方有一张大网，你们必须从网中钻过去才可以通过，由于你们各自身负重任，必须全体通过。保守估计敌兵 40 分钟内将追来，他们的火力远优于你们。这是一张有"漏洞"的"智能网"，任何人触碰电网都会被"击伤"并关闭网洞，每一个网洞只能通过一人，别无选择开始行动吧。

电网有时也叫蜘蛛网，这是一个著名的户外游戏活动，是幻想和挑战的完美融合。被用来创建团队、培养团队合作精神、学习冲突处理技巧、培养沟通能力。[1]活动中每一个人都需要做最大努力，否则某人的放松将会给别人造成更大的麻烦，甚至会让所有的人前功尽弃（如图 10-9 所示）。

图 10-9

二、场地器械

平坦场地，专用电网设施或利用固定立柱（树桩）临时编织，挂一

---

① 盖瑞·凯朗特.户外游戏大全[M].陈平，等译.北京：企业管理出版社，2003：1.

张 3 米宽、1.5 米高的绳网，网内设有用于学生通过的网眼，数量为学生人数的 120%，在较低处留 2 个相对好通过的网眼。眼罩 2 个。

三、学习目的

1. 培养学生合理计划、有效组织、统一行动、亲密协作的意识。
2. 增强学生充分利用资源和对资源的配置能力。
3. 认识合理分工与服从组织安排的重要性。
4. 培养沟通能力、科学决策方法和严谨细致的工作作风。
5. 合理节约时间的意义和作用。

四、活动要求

1. 所有人在 40 分钟之内，从网洞中穿过，到达电网的另一边。
2. 每个网眼只能通过一人次，通过后即封闭。
3. 任何人、任何物品不可以触网，触网部位所在网眼将被封闭，正在通过的人退回并蒙上一段时间眼罩，此后在合适时机重新选择网眼通过。
4. 过网的唯一通道就是未封闭的网眼，两边的学生不可从网外来回换边。
5. 身体的任何部位触网均视为违例，包括头发、衣服。
6. 如果队友被抬起，一定要确保安全，轻抬轻放。

五、安全要求

1. 检查场地是否有尖锐物体，确认绳网与立柱牢固可靠。
2. 要求学生把身上带的所有硬质物品放在收纳箱内。
3. 学生被托起后，任何情况下不得将其抛起或松手，放下时先放脚，待其站稳后其他人才可松手。
4. 教师要注意站位，保持在人少的一边，时刻做好保护准备。
5. 如果抬女学生通过时，应避免学生面朝下，并可提前提示：扎头发、脱掉厚衣服等。

六、 项目控制

1. 提前确认参加人数和观察整体学生的体型特征，根据分析检查和封闭多余的网眼。

2. 准备好封网眼的挂件，最好是带夹子的小铃铛或模拟蜘蛛，放置在固定的地方备用。

3. 可以在网下或对面放一块海绵垫。

4. 对学生贸然尝试、蹿跃、触摸电网等动作应做相应处罚，如封网或戴一会眼罩等。

5. 封网洞时，动作要轻，态度要严肃，不要用手碰网洞边框绳。

6. 注意保护学生的安全，坚决制止违反安全规则的动作和行为。

7. 对项目过程中完成难度最大的穿越进行鼓励和表扬，使学生始终保持高昂的士气。

七、 回顾总结

1. 对学生顺利完成任务给予鼓励和肯定，没能完成时慎用溢美之词。

2. 鼓励每一名学生谈谈自己的感受，并对发表的意见给予肯定，对自己和团队完成任务的关键学生给予特殊的表扬。

3. 当面对这张网时，我们的第一感觉是什么？通过的信心如何？

4. 我们可利用的资源是什么？时间、身体、智慧、网眼，如何分配和利用这些资源，自己心中选择的网眼与团队配置的异同。

5. 在被人抬起后，我们的感觉怎样？要做的事情是什么？充分的信任是完成任务的重要部分，基于此有时"保持不动"也是最好的"做功"。

6. 引导学生对讨论、决策、执行的各个环节进行分析，结合实际生活与学习、工作进行分享。

7. 寻找方法与总结经验以及借鉴经验重复完成任务的能力，现实生活中的批量化生产与成本最低的问题分享。

8. 统筹方法与全局观点合理运用与提高。

9. 游戏中碰到了哪些问题，哪些因素有助于我们完成任务？

拓展心得

10. 过程中有无冲突产生，应如何化解？

11. 细节决定成败，尽量减少各种不利因素以及在完成任务中的细心与耐心，良好的监督机制对完成任务的价值。

▶ 罐头鞋

一、项目概述

项目层次：层次五

项目性质：团队配合相结合

项目难度：3+

项目时间：90分钟

项目人数：14人左右，板上不超过14人，没有男生的队伍，女生无明显较大力量者可以适当帮助和改做其他项目，建议最少有2～3男生为佳，其余人员参与保护。

身陷沼泽的小组，唯有三只大"罐头鞋"和两块木板，而身边的沼泽中鳄鱼正在等待有人落下，好在我们已经通过努力来到离安全地带不远的地方，但是危机即将加重，估计40分钟内暴雨就将来临，那时我们就有可能从板上滑下。加油吧，抓紧时间冲出去是我们唯一的选择。

罐头鞋是一个团队合作应对困难的挑战性项目，活动中部分人员需要消耗较大的体能。活动中部分人的付出精神对于全体人员的挑战成功起着至关重要的作用，其中的细节也足以让我们回味无穷（如图10-10所示）。

图10-10

二、场地器械

长20米、宽3米的平地。

分别涂成红、黄、绿三种颜色的大汽油桶；长 3.5 米，宽 0.28～0.3 米，厚 0.07 米黄华松木板两块，每块木板 1/3 部分分别涂成红、黄、绿三种颜色；目标设置旗一面。

三、学习目的

1. 培养学生团队决策和高效执行能力。

2. 培养学生相互沟通的意识，提高克服沟通障碍的能力。

3. 培养学生在解决问题时合理分配人力资源、分工协作的能力。

4. 培养学生系统思考的能力。

四、活动要求

1. 全体人员相对均匀地站到木板上，40 分钟之内全体学生利用两块板和三个桶，到达指定地点。

2. 活动过程中任何人身体的任何部位不得触地，木板不得触地。

3. 大家的活动范围是在木板与桶上，不要在木板上故意震颤和打闹，注意不要跌落下来。

4. 学生如需挪动木板的时候，避免手指压在木板与桶之间，避免手被刺扎伤。

5. 桶不能放倒滚动，拓展教师认为有危险叫停后，必须停止。重新开始后仍需按要求继续完成项目。

6. 活动结束后按老师要求回到地面，严禁突然跳下。

五、安全要求

1. 教师和指定的负责安全保护的学生全程监控活动中的每一名学生。

2. 学生挪动木板时，教师关注挪木板的学生，防止其失去重心从木板上掉下来。

3. 学生挪桶时，教师应跟随其旁边，双臂伸开准备保护。挪桶学生不得留长指甲。

4. 教师应注意木板上较密集的学生，不断提醒，注意安全，以免掉下木板。

5. 学生采用杠杆原理，支点后方至少需板长 1/3，至少 4 个体重较大的学生踩在板上，并有人扶，另一端学生做动作需轻灵，保护人员要做保护准备。

6. 当学生抬、放木板时，不断提醒防止压手、压脚。

拓展心得

六、项目控制

1. 语言精练，重点突出，讲解清楚，确保学生了解任务要求。

2. 做项目前确认参加人数和整体学生的体型特征，人员超过 14 人时，其余人做保护员。

3. 鼓励全体学生参加，确因身体原因不适合参加者，可安排做观察员或参与保护。

4. 可以将"生日排序"作为热身游戏：在板上所有人不得从嘴里发出任何声音，按照大家出生的月、日排序，完成任务后手在体前下垂交叉示意，活动中如果换位必须采用面对面扶肩换位，相邻学生应互相帮助。

5. 不断强调安全事项，关注活动中重点任务的学生。

6. 搭木板要符合杠杆原理，包括叠搭木板和木板头在桶上部分，防滑、避免跷跷板现象、不要抽动压在下面的木板。

七、回顾总结

1. 对完成项目所做出的努力给予肯定，鼓励每一名学生将自己的感受与大家分享。

2. 大家对完成项目如何进行决策与尝试的，在执行中如何修订我们前期做出的决策？

3. 整个活动中每一名学生都在做什么？你是否觉得自己很无助或者很无奈？你是如何与大家沟通交流的？

4. 被动的等待与服从调动对完成活动的价值和当时的感受。

5. 如何确定利用杠杆原理并确认和检测可行性，确保安全完成任务？

6. 团队领导如何收集大家的意见进行决策，被领导者有什么感受？

7. 团队成员的分工与协作。

8. 这个活动和我们的实际生活有什么联系，结合实际揭示其中的道理。

▶ 法柜骑兵

一、项目概述

　　项目层次：层次三

　　项目性质：团队协作为主的项目

　　项目形式：中空项目

　　项目难度：3+

　　项目时间：90 分钟

　　项目人数：12 ～ 14 人

　　看过《法柜奇兵》这部电影的人一定会记得其中魔窟历险这场戏，魔窟中遍布绊网。一旦有人不小心碰到了绊网，毒箭就会从四面八方射出来。这里我们要进行一次类似的冒险。请把系在两树之间的绳子想象成魔窟中的绊网，你们整个小组都要从绳子上面过去，而且绝对不能碰到绳子。如果有人碰到了绳子，整个小组都会被毒箭射死。重申一下，游戏成功的条件是从绳子上面过去。而且不能碰到绳子。祝你们好运！[①]

　　这是一个可以用来创建团队的游戏。这个游戏要求小组中的每一名成员都要积极参与（如图 10-11 所示）。

图 10-11

二、场地器械

　　一根 4 米左右的长绳拴在两棵树上，离地 80 厘米左右。海绵垫一块。

---

① 盖瑞·凯朗特. 户外游戏大全 [M]. 陈平等译. 北京：企业管理出版社，2003：17.

三、学习目的

1. 培养共同挑战困难的团队协作精神。

2. 建立团队成员间的相互信任和互相支持。

3. 打破团队成员间的身体行为坚冰，能够很好地利用自身的身体进行合作。

4. 积极地沟通和协作，在有限的时间内完成看似不可能的任务。

四、活动要求

1. 全体队员在 40 分钟内从绳的一边到达另一边。

2. 除了绳上，其他任何地方都不能通过。

3. 如果有人在游戏过程中碰到了绳子，将需要戴上眼罩以示触电变成盲人，并回到开始的一边。

4. 如果需要抬起同伴，必须轻举轻放。

5. 不能助跑起跳，也不能从高处突然跳下。

五、安全要求

1. 检查场地是否有尖锐物体，确认绳的连接牢固可靠。

2. 要求学生把身上带的所有硬质物品放在收纳箱内。

3. 学生被托起后，任何情况下不得将其抛起或松手，放下时先放脚，待其站稳后其他人才可松手。

4. 教师要注意站位，保持在人少的一边，时刻做好保护准备。

六、项目控制

1. 确保第一个人在完成时不采用爆发性用力动作。

2. 学生讨论时间过长一直没有行动时可以适当提醒。

3. 发现学生准备采用有危险性动作时，可以婉转地告知此类动作不允许的理由。

4. 注意学生落地时不要扭伤脚。

七、回顾总结

1. 对学生顺利完成任务给予鼓励和肯定，没能完成时慎用溢美之词。

2. 鼓励每一名学生谈谈自己的感受，并对发表的意见给予肯定，对自己和团队完成任务的关键学生给予特殊的表扬。

3. 你们在游戏过程中碰到了什么问题？怎样分析问题的？

4. 当面对这根绳子时，我们的第一感觉是什么？对通过的信心如何？

5. 在被人抬起后，我们的感觉怎样？

6. 活动中哪些因素对于我们完成任务有帮助？哪些因素会干扰完成任务？

7. 细节决定成败，尽量减少各种不利因素以及在完成任务中的细心与耐心，良好的监督机制对完成任务的价值。

拓展心得

第二节 中低空项目

▶ 足够高

一、项目概述

项目层次：层次三

项目性质：团队协作为主的项目

项目形式：低空项目

项目难度：3+

项目时间：90 分钟

项目人数：20 ～ 28 人

这是一个神秘而又充满传奇的活动，我们寻找到了一种能够帮助我们完成任务的特殊液体，但它在高处必须引导下来，由于具有侵蚀性和飞溅会伤害到我们。苦于没有方法时我们发现所穿的鞋子有神奇的防侵蚀能力，将他们连接起来可以将液体引下收集起来，但是脱下鞋子可能会有危险，我们必须穿在脚上完成。

这是一个所有成员都需要积极参与的活动，活动中层叠而上的一只只脚托起的是希望，挑战的是勇气和智慧。许多学生在参加完这个活动后都认为这是一个看似理念不强但是却极具凝聚力的活动，这是最能体现每一个体对团队都极具价值的活动（如图 10-12 所示）。

图 10-12

二、场地器械

一块 20 平方米的场地，2.5 米的高空挂有一个标志物，或者有 2.5 米高的室内平地一块，两块长 2 米宽 1 米左右的海绵垫。

三、学习目的

1. 培养共同战胜困难完成任务的精神。

2. 建立团队成员间的相互信任和互相支持。

3. 打破团队成员间的身体行为坚冰，能够很好地利用自身的身体资源。

4. 培养团队从不同层次思考问题的能力，学会分工合作。

5. 学会通过不断探索与学习并能够团结协作有战斗力地完成活动。

四、活动要求

1. 全体队员在 40 分钟内通过脚的连接从地面到达 2.5 米高的标志物，并能坚持 15 秒钟。

图 10-13

2. 脚的底面必须在一个方向上，中间必须依次连接。

3. 活动中不能有躯体的直接叠加，不能站在坐、卧同伴的身体上。

4. 如果需要抬起同伴，完成后不能突然放下，必须有序地轻举轻放。

5. 不能利用身边的其他物品或者墙壁等物体（如图 10-13 所示）。

五、安全要求

1. 检查场地是否有尖锐物体，确认周边 2 米范围内没有尖锐的突起物和可能造成伤害的物品。

2. 要求学生把身上带的所有硬质物品放在收纳箱内。

3. 学生被托起后，任何情况下不得将其抛起或松手，放下时先放脚，待其站稳后其他人才可松手。

4. 教师尽量站在有利于保护和监察的位置。学生读秒时检查脚的连接和方向，然后尽快返回适合保护的位置。

六、项目控制

1. 学生探讨和沟通时不做指导。

2. 学生坐在垫上进行脚的叠加时，提醒其他同学不要踩他们。

3. 不提倡采用面向下的方式完成活动。

4. 在叠加中间的位置时，如果学生柔韧性不足时建议不要强行上抬。

5. 高处抬起时要求肩背部和臀部都需要抬起，被抬起人作为"能力指令"发出者，出现要求放下时必须放下重新开始。

6. 读秒时出现问题，如果可以及时调整则继续，否则要求放下重新开始。

七、回顾总结

1. 对学生完成任务给予鼓励和肯定。

2. 鼓励每一名学生谈谈自己的感受，并对发表的意见给予肯定。

3. 你们在游戏过程中碰到了什么问题？怎样分析问题的？

4. 我们是如何利用身体资源的？不同层次的划分和人员调配有什么关系？

5. 在被人抬起后，我们的感觉怎样？作为支持者较大的体力消耗是对同伴负责的最具体表现。

6. 大家共同读秒时的心理感受是什么？有人担心完成后所有人会散成一堆，事实上会很有序，这能给我们有什么启示。

7. 不断的尝试对最后完成任务有什么帮助，为什么最初的尝试都是局部的，而一旦全体开始后需要"又好又快"地完成才能帮助我们获得成功？

▶交叉绳

一、 项目概述

项目层次：层次三

项目性质：个人挑战和团队配合相结合

项目难度：4

项目时间：100 分钟

项目人数：14 人左右

湍急的河面上，来自两岸的两棵藤蔓互相交叉，长到对岸并紧紧地缠绕在树上。由于特殊任务我们需要沿着藤蔓过河到达对岸，其间的艰险与风险需要我们克服，如果坠入河中那将随滚滚河水流向远方。

交叉绳是利用高空训练架进行练习的中低空项目，看似简单的活动却是一个由轻松到紧张再到轻松的过程，突破其中最关键的一个点，一切又回到了它的起点。

二、场地器械

平坦场地，利用高空训练架的固定立柱，离地 30 厘米到 2 米高交叉的两根静力绳或长扁带，下设多块海绵垫。

三、学习目的

1. 培养学生勇于挑战、克服困难的精神。
2. 增强学生化解危机、应对危机的能力。
3. 培养学生用积极的心态克服恐惧，在关键时刻坚持不懈的精神。
4. 通过团队间的互相鼓励和帮助，获得经验共同进步。

四、活动要求

1. 学习抱石保护与辅助保护动作，防止队友跌落在垫子以外。

2. 学生准备好后接受队友激励，脚踩下方的绳，手扶高处的绳向中间行进，慢慢到达并通过中点然后交换手脚所踩扶的绳索，最后到达另一边。

3. 活动中出现不稳定情况时要尽量坚持，不要轻易从绳索上跳下。

4. 保护人员要在队友身后垫子外保护，双手做好准备但不能触摸队友。

5. 交叉处对面需要有专人保护，确保队友不会向前摔出。

五、 安全要求

1. 检查场地是否有尖锐物体，确认绳网与立柱牢固可靠。

2. 要求学生把身上带的所有硬质物品放在收纳箱内。

3. 挑战前需要充分热身，可以戴手套。

4. 教师要站在挑战学生的身后跟随保护。

5. 交叉点前后都需要有海绵垫保护。

6. 过交叉点时需要缓慢通过，不要突然抓绳防止手部被绳擦伤。

六、 项目控制

1. 最初阶段项目比较简单，容易轻视项目需要及时提醒安全。

2. 安排具有保护能力的学生在交叉点附近进行保护。

3. 交叉点正对的地方不要出现海绵垫的接缝。

4. 对于个别困难的学生可以适当地给予一点辅助。

5. 对项目过程中完成交叉点的学生进行鼓励和表扬，使学生始终保持高昂的士气。

七、 回顾总结

1. 对学生顺利完成任务给予鼓励和肯定，没能完成时慎用溢美之词。

2. 鼓励每一名学生谈谈自己的感受，并对发表的意见给予肯定，对自己和团队完成任务的关键学生给予特殊的表扬。

3. 当面对交叉绳时，我们的第一感觉是什么？

4. 寻找方法与总结经验以及借鉴经验重复完成任务对于全队完成任务的作用。

5. 生活中许多时候就像过交叉绳，整个过程是"易、难、易"，正如突破"瓶颈"或者"玻璃屋顶"，结合生活谈谈此问题。

拓展心得

▶ 孤岛求生

一、项目概述

项目层次：层次三

项目性质：团队熔炼为主的项目

项目难度：4

项目时间：90 分钟

项目人数：14 人左右

> 你们正随着一艘游船漂浮在太平洋海面上，一场原因不明的大火已烧毁了船身及大部分内部设备，比较幸运的是我们还活着，并且被冲到了不同的小岛上。

孤岛求生是针对企业管理设计的最经典的项目之一，看似简单的活动所蕴含的道理、揭示的问题和对人的震撼能够让我们回味无穷。在孤岛上发生的场景，在生活中随处可见，但愿我们以此为鉴，扬长避短，对真实生活有所帮助（如图10-14 所示）。

图 10-14

二、场地器械

三座孤岛或者 12 个 60 厘米 ×60 厘米 ×25 厘米的木箱组成的孤岛、25 厘米见方的木箱一个、两块木板、一个塑料桶、5 个羽毛球、任务书一套、A4 白纸两张、生鸡蛋两个、筷子两双、一段 50 厘米透明胶带缠在筷子上、1 支笔、5 个眼罩。

三、学习目的

1. 学习层级之间、部门之间以及不同角色人员的有效沟通。

2. 培养领导艺术与领导力，换位思考领导角色的任务与方法。

3. 学习突破思维定式的意识，培养创新与风险意识。

4. 感受信任与合作对于完成任务的重要性，并培养团队的整体意识。

5. 学习时间管理与 80/20 法则。

四、活动要求

1. 所有学生分成三组，可以有针对性地进行调整。

2. 先给一组人戴上眼罩、带至盲人岛，告知所处环境并要求注意不要掉下去。

3. 将一组人带至哑人岛，告诉他们："从现在开始你们就成了哑人，任何人不许从嘴里发出任何声音，如果违规，将进行'惩罚'或取消资格"。

4. 最后将一组人带至珍珠岛。

5. 将珍珠岛任务书、鸡蛋、笔、白纸、筷子与胶带发给远离其他岛方向的那个学生。

6. 将任务书交给哑人岛任一人，最后将盲人岛任务书悄悄塞到一名学生手里，并且将羽毛球分发给不同学生。

7. 宣布项目开始，限时 40 分钟。

五、安全要求

1. 重点注意监控盲人岛上的学生，在等待救援时，及时提醒他们注意自己岛上的位置，不要掉下去。

2. 在木板搭好后盲人向其他岛移动的过程中严密监控盲人，以防其掉下木板，拓展教师应跟随其一起移动，张开手臂做出保护的姿势，但应与学生身体保持适当的距离。

3. 一个岛上集中人数较多时，尽量将盲人安置在岛的中间部分。

4. 提醒盲人在摘眼罩时要先闭眼再摘眼罩，捂住眼睛再慢慢睁开眼。

5. 哑人运用杠杆原理搭板时，提醒不要压伤手指，同时注意监控不要压伤学生的脚，木板搭好后防止呈跷跷板状态。

6. 大多数人集中至一个岛上时提醒他们相互保护。

六、项目控制

1. 语言精练，重点突出，讲解清楚，及时反馈，确保学生了解任务要求。

2. 如团队中有人做过此项目，安排其做观察员和记录员。

3. 男女搭配分开，哑人岛上尽量安排一个力气大的男学生。

4. 严格按照规则要求学生，如发现盲人摘眼罩，哑人说话时应立即禁止，并告知其如果再违规将受到处罚。

5. 密切监控哑人在盲人未投进球前挪动木板，告知他们违例或说："不能动"。

6. 时间过去大半仍无人下岛，建议提醒学生反复、认真、仔细地看任务书。

7. 项目伊始有人无意落水，建议装作没看见，时间过半可以利用学生偶然落水的机会将其带至盲人岛。

8. 除盲人外其他人不得触球，盲人长时间仍无法扔进球可将桶挪近。

9. 健全人、盲人不得帮助搭放木板，哑人特别努力但木板的一端仍轻微着地时可以不将木板拖至盲人岛。

10. 如发现学生有隔岛传递或两岛之间传看任务书的情况则应制止。

11. 野外活动时可以画圈做"岛"，用纸做"板"做此项活动。

七、回顾总结

1. 安排同一个岛上学生相对集中整体坐在一起，谈谈自己的感受，可以让他们自由争辩一会。

2. 教师不要过早进行总结，可以先让学生分享和探讨。

3. 分别把 3 个岛上学生的任务由各自的岛上人员大声读一遍。

4. 完成任务的程序确认后，引导学生不再谈完成求救的方法与技术问题，可以谈谈问题出在哪里，从而影响任务的顺利完成。

5. 引导学生比较分析三个岛各代表高层、中层、基层的哪一个层级，并确认理由和获得其他学生认同，如果争议较大可以询问："高层是不是决定、制订整体计划与目标？哪个岛知道最终的任务？哪个群体需要别人不断指挥按要求工作，投球的人没人指挥能否完成等问题。"

6. 对不同层级的学生重点分析一个层级为主。

7. 最大的困难来自于沟通：沟通方式的不同、信息的不对称、沟通对象的选择、沟通时机的选择、沟通的信息发送、接受与反馈等，学生谈过之后运用专业知识进行简单的总结，针对哑人岛谈谈怎样才能做好所谓"上传下达"的工作。

8. 突破语言与文字的误区，突破常规思维，通观全局的"粗读"与"精度"习惯的养成。

9. 对珍珠岛上的人如何选择任务，可以分析紧急与重要的事情应如何区分。

10. 对盲人岛主要谈谈积极主动的工作愿望、努力想办法完成任务的能力、懂得如何去干工作，而不是"瞎干、胡乱干"，可以推荐《把信送给加西亚》，并分享"罗文精神"。

11. 彼此的信任与全局观。

12. 层级管理分析的问题。

我们最擅长的是对下级的管理。

同级间的管理是最困难，最无效率、最具竞争性与反抗性、最难达成一致的意见，可以和大家分享"第一把交椅与长凳领导"的管理理念。

向上管理也是一种管理能力的体现，在职场上为了工作的顺利实现，它不是传统意义上的献媚和溜须拍马，这是一种领导力，也是一种生产力。

13. 简单的物理定律的运用能力说明了什么，哪些是我们值得反思的?

14. 最后可就杰克·韦尔奇关于三个层级的"梯子的比喻"和大家分享。

> 领导决定把梯子放在哪面墙上，管理层决定如何放梯子并确定可行性，基层学会如何运用梯子并合理使用梯子来完成任务。

15. 分享回顾一定要朝着积极向上的愿景发展。

> 整个活动中，如学生情绪激动和就项目布置不清与拓展教师产生争执，建议:
>
> 请学生将三份任务书清晰、完整地读一遍。
>
> 将争议交给学生讨论，拓展教师不要过早亮出观点。
>
> 不要成为学生的对立面，多给学生适当的正面激励。

附：孤岛任务书

盲人岛——1号岛

一、任务

1. 将一个羽毛球或网球投入桶中。

2. 将所有人集中到同一个地方。

二、可用资源

1. 数个羽毛球或网球。

2. 学生的聪明才智。

三、周边地形

学生现在处在"盲人岛"上，周边是激流，激流湍急并布满漩涡，任何欲通过激流离开孤岛的企图都是徒劳的，只要触及激流，即会被冲回孤岛；在激流远处的岩石上固定着一个桶。

四、规则

1．为了安全你们不得踏入激流。

2．在整个过程中你们不得摘去眼罩。

哑人岛——2号岛

一、任务

1．帮助盲人。

2．将所有人集中到同一个地方。

二、可用资源

1．两块木板。

2．你们的聪明才智。

三、周边地形

你们现在处在"哑人岛"上，周边是湍急的水流，任何从岛上坠落的物品，都将被激流冲至"盲人岛"（1号岛）。

四、规则

1．任何物品、任何人触及激流，将被迅速冲至"盲人岛"。

2．在盲人岛上的盲人们完成第一项任务前，你们不得使用木板。

3．在完成任务前，你们不得从嘴里发出任何声音。

4．只有盲人可以触球。

5．你们是唯一可以使用木板的人。

珍珠岛——3号岛

一、任务

1. 外包装设计：使用岛上资源、两张纸、四只筷子、几段胶带、为两个鸡蛋设计外包装。质量要求：站在岛上，双手持包装好的鸡蛋，平伸，然后撒手，落下的鸡蛋着地不碎。

2. 集合队伍：将所有人集中到珍珠岛上。

3. 孤岛决策：你们正随着一艘游船漂浮在太平洋海面上，一场原因未明的大火已烧毁了船身及大部分内部设备，游船漂流到珍珠岛后下沉。由于关键航海仪器被损坏，你们不知道所处的位置。最近的陆地大约在西南方向上，最乐观的估计，你们离那1 500公里。下面列出15件未被大火烧毁的物品。你们的任务：把这15件物品按求生过程中的重要程度排列。把最重要的物品放在第一位，次要物品放在第二位，依此类推，直到排至相对不重要的第15件（所列物品均为虚拟）：

15件物品	序号	15件物品	序号
指南针		小半导体收音机	
剃须镜		驱鲨剂	
一桶25公斤的水		5平方米不透明塑料布	
蚊帐		一瓶烈性酒	
一桶压缩干粮		15米尼龙绳	
若干太平洋海区图		两盒巧克力	
一个救生圈		钓鱼具	
一桶9升油气混合物			

二、周边地形

你们现处在"珍珠岛"上，周围是湍急的激流，任何触及的物品将被冲至"盲人岛"（1号岛）。孤岛中央非常坚固，但当遇到强大压力时，周边的松软土地将崩塌。

三、规则

1．岛不能移动。

2．岛的边界不能改变。

3．所有物品、所有人不得踏入激流，否则将被立即冲至"盲人岛"。可以运用一些物理定理；但是，不能准确运用这些定律，将会导致危险的后果。

第三节　地面与心智项目

▶ 盲人方阵

一、项目概述

项目层次：层次三

项目性质：团队熔炼为主的项目

项目难度：3+

项目时间：90分钟

项目人数：14人左右

我们误食了一种奇异果实，在大约40分钟的一段时间内无法看见东西，为了保护我们的安全，用我们所找到的一堆绳子，围城一个方阵来抵御外来侵扰我们的各类敌人，作为我们的安全避难所。由于越大的正方形对于敌人来说越有魔力，使他们无法攻破，因此，我们必须努力将其建造的又大又方，建好之后我们相对均匀的分布在四周进行把守。

盲人方阵也叫黑夜协作，这是一个以团队挑战为主的项目，活动中每一名学生都可以获得一次非同寻常的经历，它将让我们得到一次全新的反思和认知（如图10-15所示）。

图 10-15

二、场地器械

边长不小于 25 米的平整开阔的场地一块，宽 3 米、5 米、15 米左右，粗 1 ～ 1.5 厘米的绳子各一根，预先打结并揉乱，眼罩 14 只或与学生人数相等。

三、学习目的

1. 培养团队成员的沟通意识，提高沟通技巧和决策能力。
2. 了解团队领导者的领导风格对完成任务的影响和重要作用。
3. 培养学生做事时方法和知识的结合与运用能力。
4. 使学生理解角色定位及尽职尽责的完成本职工作的重要性。
5. 理解"失与得"的辩证关系。

四、活动要求

1. 由于活动要求所有的人戴上一个眼罩，为了使我们的活动有价值，必须确认完全不能看到亮光。

2. 大家的任务是在你们附近不超过 5 米的范围内有一堆（捆）绳子，活动开始后把它找到，并在 40 分钟内，把它围成一个最大的正方形，最后所有的人相对均匀地分布在这个正方形的四条边上。

3. 所做的正方形是一个极具价值的防御工事，我们要以足够的理由证明正方形的精确度。

4. 整个活动中任何人不得摘去眼罩，确认完成后，将绳踩在脚下，并通知教师，得到准许后才可以按照教师的要求摘下眼罩。

五、安全要求

1. 要求地面平整，周围没有障碍物，以保证学生的安全。

2. 学生戴上眼罩后应将双手放置胸前，不得背手行走，严禁学生蹲坐在地上。

3. 不要被绳子绊倒，不要猛烈甩动绳子以免打到其他同学的面部。

4. 听到停止移动信号后，不得继续向不安全地带移动。

5. 摘下眼罩时背对阳光，先闭一会再慢慢睁开眼睛。

6. 避免在烈日下或其他恶劣天气下完成任务。

六、项目控制

1. 语言精练，重点突出，讲解清楚，及时反馈，确保学生了解任务要求。

2. 最好将绳放在训练场地相对中间的区域，可以适当地运用技巧增加或降低找绳的难度，但不可时间太长。

3. 在特殊情况下，可以稍加改变，如果正方形做得很好，可以先领到回顾地点再摘眼罩，让学生在不知结果的情况下回顾。

七、回顾总结

1. 对学生顺利完成任务给予肯定或鼓励，但是最好慎用赞美之词；学生回顾完成情境时由于比较激动，拓展教师要帮助协调发言顺序，争取让每名学生有机会发言。

2. 学生回顾完成正方形的方法，怎样确认正方形：四边形相等、四角为直角、对角线相折成 12 段用勾股定理，先折正三角形找垂直平分线确立直角等，他们是怎样操作的，用模糊的变量来量边长是不可取的方法，比如，拉成四边形用脚步量，相对来说用手臂量的理念已比较接近，只有用定量来衡量是相对精确的方法，如对折，联系生活比如评优评奖，用业绩判断还是用"感觉"判断更有说服力。

3. 学生在摘去眼罩后会觉得眼前的"方阵"没有之前感觉得那么大，这与心理学中人在相对不安的情况下更希望靠近一样，可以和生活中许多情况相联系。

4. 怎样用不擅长的沟通方式表达或接收信息，如有些人在活动中提出正确的方法却没人注意，自己也就不再表达了。

5. 民主讨论与决策，个体决策与群体决策，可以简单介绍群体决策所做的实验方法。

6. 合理分工，六个人梳理绳子、组方阵足矣，其他人想办法制订方案、确定检测方法。

7. 领导（队长）合理授权给"专家"，并维护"专家的领导"，确保任务完成。

8. 拥有了知识只有运用才能转化成有用的能力，如确认四边形的方法，很简单的知识但在完成任务中有时就想不到。

9. 可以让学生复述拓展教师布置的任务，并向大家介绍自己所做正方形的优势，证明在现有的条件下自己做的是最好的。

10. 对当时出现的其他情况进行应变分析与联系，如在四角的人是否能够始终握住绳角位置不松手，坚守自己的岗位等。

拓展心得

▶ 雷阵

■ 一、项目概述

项目层次：层次三

项目性质：团队熔炼为主的项目

项目难度：2.5

项目时间：90 分钟

项目人数：14 人左右

> 几天前你和同伴意外被捕，关在一间牢房中，你们侥幸逃出，但糟糕的是遇到一片地雷阵，初步估计 40 分钟敌人就会追来。由于你们带有一种探雷工具，每一次可以探出一个地雷并将其确认，每次确认需要一个新原件，而这些原件一次只能带进雷区一个，由于任务艰难，一个人的体力有限很难连续进入雷区，大家一起努力争取自由吧。

雷阵也叫突破雷区，是一个以团队挑战为主的项目，挑战我们突破定式思维与团队的有序协作的能力（如图 10-16 所示）。

图 10-16

二、场地器械

5 米 ×5 米的画有雷阵的场地 1 块，或野外空地与画有 5 米 ×5 米大雷阵图一块。硬皮夹、笔和教师用图一张（如图 10-17 所示）。

雷 阵 出 口

109	110	111	112	113	114	115	116	117	118	119	120
97	98	99	100	101	102	103	104	105	106	107	108
85	86	87	88	89	90	91	92	93	94	95	96
73	74	75	76	77	78	79	80	81	82	83	84
			67	68	69	70	71	72			
			61	62	63	64	65	66			
			55	56	57	58	59	60			
			49	50	51	52	53	54			
37	38	39	40	41	42	43	44	45	46	47	48
25	26	27	28	29	30	31	32	33	34	35	36
13	14	15	16	17	18	19	20	21	22	23	24
01	02	03	04	05	06	07	08	09	10	11	12

雷 阵 入 口

违例次数：_____ 　　　　最后得分：_____

出现重复触雷

1	2	3	4	5	6	7	8	9	10	11	12	13	14	15	16

未按原路返回

1	2	3	4	5	6	7	8	9	10	11	12	13	14	15	16

踩线或入错格

1	2	3	4	5	6	7	8	9	10	11	12	13	14	15	16

多人进入雷区

1	2	3	4	5	6	7	8	9	10	11	12	13	14	15	16

图 10-17　雷阵示意图

三、学习目的

1. 培养学生勇于尝试，不断探索的精神。

2. 培养学生创新意识，突破定式思维。

3. 培养善于总结经验和吸取经验教训，提高避免同种错误和复制成功的能力。

4. 学习善于利用工具与资源。

5. 学习团队分工和团队决策对团队绩效的影响。

四、活动要求

1. 请不要向教师提问，教师不回答任何问题，要求大家认真听清活动规则。

2. 在40分钟内，所有学生从雷区的入口进入，依次通过雷阵，成功地到达雷区的另一边。

3. 活动要求：雷区内只允许有一人进入；每走一步只能迈进相邻的格子里，不准跳跃及试探；雷区中每走一步未被确认的新格子要听拓展教师的口令，口令有两种："请继续"示意学生继续前进，或"对不起有雷，请按原路返回"学生退出雷区，换另一人进入。

4. 全队按时完成为100分，每违例一次扣1分，违例现象有4种：重复触雷、未按原路返回、踩线或未进入相邻的格子，进入雷区的人数多于1人。

也可以采用违例一次扣除5～10秒的规则，如果重复触雷可以要求单腿跳回，也可以要求营救背回去等方式。

5. 每人至少进入雷区两次。

五、安全要求

1. 地面的场地清扫干净，雷阵清晰。

2. 铺设雷阵图要清理地上的尖、硬物体。

3. 避免在暴晒和寒冷的天气下进行活动。

六、项目控制

1. 语言精练，重点突出，讲解清楚，及时反馈，确保学生了解任务要求。特别要清楚讲明，活动中有问题由学生之间解决，教师不回答提问。

2. 学生必须站在雷阵两边延长线与入口边线的区域内。

3. 严格监控学生的行为，一旦有违例的情况立即说明并按要求记录。

4. 学生间争论教师保持沉默，也不回答。

5. 可以两个组共同完成，分别从单双号进入或各自半区进入，但每次只能进入一人。

6. 可以两个组一起完成，分别从各自半区进入，由两名教师在一张雷阵图上记录，每次各组都可以进入一人。

7. 可以直接将打印的雷阵图发给学生，教师保持合适的距离，安排不同学生跑步前来汇报代替进入雷区。

8. 雷区地雷分布可以采用随机设定，如果过早进入"红区"可以将此区设为"有雷"。

9. 项目完成后，提醒学生注意保密。

七、回顾总结

1. 公正地给予评价。

2. 让每一名学生谈自己的感受并与大家分享。

3. 团队行动前的讨论与决策对于执行的价值。

4. 有时候不断尝试是重要的，要大胆尝试、勇于尝试。第一次尝试不处罚，进入红区不处罚，其他情况下才会受罚，意味着什么？

5. 经验的积累对后面此后尝试的价值与作用。

6. 分析扣分的原因，重复踩雷、同时 2 人或多人进入雷区，原因何在。

7. 关于理性的分析与感性的尝试，拓展教师可以分别引导，理性更应该选择"四倍路程的突破"。

突破思维应当遵守的原则：

（1）以道德为底线。

（2）不拿法律做尝试。

（3）学习突破思维是为了追求积极向上。

8. 可以和大家分享"野生动物园与狮子"的故事，"跳蚤跳高"的试验故事。

野生动物园的雄狮在被围栏长期围困后，拆除围栏后它会选择继续沿原来习惯的路线行进。

跳蚤在玻璃瓶中向上跳碰到盖在上面的玻璃，会在以后降低跳起的高度直到不会撞上玻璃，拿掉玻璃盖后，跳蚤仍然不会跳出超过瓶口的高度，除非用酒精等加热，跳蚤才会立刻跳出。

▶ 七巧板

一、项目概述

项目层次：层次三

项目性质：团队熔炼或组织融合类项目

项目难度：4

项目时间：90

项目人数：14～28人

图 10-18

在一个竞争激励的竞聘考核中，你和你的同伴遇到一个特殊的考核，如果能够在这个环节中获胜，你们将成为一个顺利通过的团队，获得人们羡慕和能够有机会实现自我价值的机会。考核活动正是我们儿时玩的游戏——七巧板。

七巧板，又名"益智图"，是由中国人发明的。七巧板英文字Tangram 往往称为"唐图"。这是一个利用资源互相整合获得最大绩效的活动，这个活动和身边发生的许多事情极其相似，能给我们带来一些反思和启示（如图 10-18 所示）。

二、场地器械

拓展训练专用七巧板5套，图纸、任务书各7套；[①]可以安排7组人员围坐的场地（如图 10-19 所示）。

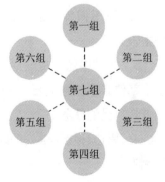

图 10-19　七巧板场地安排

三、学习目的

1. 培养团队成员的沟通意识，提高

① 图纸与任务可在 Http://www.51tuozhan.com 下载区下载。

沟通技巧和沟通能力。

2. 了解团队领导者的角色定位和领导作用。

3. 了解团队目标与个体目标之间的关系，并通过实践分析两者之间的关系。

4. 学习竞争、合作与共赢之间的内在关系和学习价值。

四、活动要求

1. 全班同学分成七个组，按照场地要求坐在固定的地方。

2. 活动中不得走动，不许离开固定的区域，不许随意抛接七巧板。

3. 活动中的任务书必须留在自己组中，不能传递。

4. 按照任务书要求完成规定的任务，每完成一项任务及时通知老师或助教进行检查，确认完成后可以获得相应的分数。

五、安全要求

1. 由于七巧板有尖锐的角，传递时绝对不可以运用抛接方式。

2. 不允许有争抢和撕扯动作，活动过程请注意使用合适的沟通语言。

六、项目控制

1. 使用绘有各组区域的专用的七巧板场地，第一至第六组之间的距离 1.5 米左右，或者使用提前摆放好的海绵垫或者椅子。

2. 简单精练的语言讲解活动要求，明确指出所有任务以任务书为主。

3. 活动中随时提醒活动要求：不要抛接七巧板，不要站起或膝盖以下部位必须接触地面，完成任务一定要及时召唤老师检查，有问题仔细查看自己的任务书。

4. 周边环境不够安静时，条件允许的情况下可以给第七组一个手提喇叭。

七、回顾总结

1. 快速计算出学生的得分，并将它写在记分板上。

2. 组织学生围坐在一起，每一个组先派一个代表或者所有人都简单地发表自己的看法。

3. 每个组轮流大声念一下自己的任务书，如果任务书相同可以直接归属。

一三五组的任务完全一样、二四六组的任务完全一样，并且这六组的第三个任务完全一样。只要各组通过有效的交流，或者第七组有效领导与分享传达信息，项目会简单很多，在现在看来共享信息是节约成本，减少消耗的很重要一环。

4. 资源和信息的优化配置根本不可能在很多局部"小交易"中进行，也不可能达到人们想要的结果。个体的利益追求如果没有大的团队目标指引和规定，必将会出现小团队为获取自身利益的最大化而不顾大局，从而导致系统的崩溃和项目的失败。

5. 关于第七组的任务，容易让人产生歧义，正是这样的原因才能真正让我们产生真正的团队观念和意识，这也是一个非常重要的角色定位问题。

Joel Ross 和 Michael Kami 曾有言论："没有战略的组织就像没有舵的船，只会在原地打转。"第七组如何定位自己和如何制定战略问题，是在一个团队中需要不断强化需要强大的领导力的问题，即使没有第七组我们也需要快速产生领导并形成战略，这是团队学习所必须认识的一个问题。

6. 活动中出现的信任问题必须要正确认识，交换的承诺和"好借好还"对于在没有规则的活动中是自我检测的一次机会，它可以给我们更多的反思机会。

7. 大家对第七组的队友往往似有微词，这的确是对第七组的重要性的认定，第七组的任务带有明显的领导特点，第七组对其他小组完成正方形会作出不懈的努力，但是对于团队目标达到 1 000 分这个重要任务传达得不够，这也是很难让大家形成大团队的重要因素。

由于团队目标的不明确，使得我们把各自的小目标当成了自己的终极目标，而不知道大目标的存在。由于资源有限，每个队在实现自身的小目标时，势必会出现对有限资源的争夺以及独占的情况，从而导致其他队的利益受到损害。如果我们确实是各自为政的小团队，这样的结果无可厚非，毕竟大家在各自利益的驱动下必然会想尽办法使自己得到最大利益。但当我们是一个团队下的不同部门的时候，情况就有了变化。团队的收益并非各个部门收益的简单加和，单独的一个部门获得最大收益并不意味着整个团队收益的最大化，相反很可能会损害到整个团队的总体利益。

因此，想要成为一个成功的高效的团队，必须要让团队成员明确整个团队的大目标，而不应该只告诉他们各自的小目标。这样，团队的各个成员在完成各自的小目标的时候，才会从团队大目标出发，进行全面的统筹安排，兼顾团队的其他成员，对有限资源进行合理配置。

8. 虽然我们对第七组的同学有过多要求，但我们必须认识到我们中的任何人换到第七组可能都会出现同样的问题，因此，换位思考理解别人也是我们这个项目的学习目的之一。

9. 可以联系到人际交往，人在遇到困难的时候都会先去寻找自己的熟人和朋友，若不行才会去找陌生的人，在与陌生人的交往中，逐渐熟悉并建立了初步的信任和友谊，因此就会进一步交往。当你的朋友越多时，你收集资源的能力就越强，并且能够得到越多越大的支持。

10. 如果有社会学专业的学生，可以简单地介绍一下关于社会学中的功能学说、冲突学说、互动学说的一些问题。

11. 关于竞争、合作与共赢是这项活动中的重要理念。由于资源有限，使得每个队不得不产生竞争；而每个队已有的资源又不足以完成任何一项任务，又使得大家要完成任务就不得不进行合作。

在游戏过程中我们听到的最多的话是"你们的 ××× 能给我们用一下吗，下次你们要什么我们都给你们"或者"我们给你们 ×××，不过你们下次要给我们 ×××"。这种合作，是基于竞争的合作，目的还是为了自身利益的最大化，而非双方利益的最大化。而真正意义上的合作，应该是一种双赢的合作，即在双方明确共同目的的情况下，对有限资源进行合理的配置，使得彼此都能获得较大的收益从而使得总收益最大。例如，许多研究生在课上讲过许多共赢的例子：沃森、克里克合作提取DNA分子的双螺旋结构，还有贝尔实验室的 Penzias 和 Wilson 一起设计射电天线，意外地测到微波背景辐射，并因此获得诺贝尔奖。

▶ **有轨电车**

一、项目概述

项目层次：层次三

项目性质：团队熔炼为主的项目

项目难度：3

项目时间：90 分钟

项目人数：14 人左右

你们身陷一片沼泽地，走出沼泽的唯一办法是全体学生使用两块木板。由于暴雨就要来临，每一次尽量多的人参加可以获得更高的成功机会。在行走时如果出现步调不一致有可能会摔倒或者从板上掉下，这样将会被沼泽淹没，为了你和同伴的安全，请尽力协调合作完成。

有轨电车是一个以团队挑战为主的项目，挑战我们协调一致、团结合作的能力，大家步调一致走出的不仅仅是困境，也走出一种精神和一种希望（如图 10-20 所示）。

图 10-20

二、场地器械

户外空场地一块，电车一套。

三、学习目的

1. 培养学生获取胜利的信心和勇于向前的精神。

2. 学会提前演练与总结经验对实际工作的价值。

3. 学习协作的一致性与指挥方式对完成任务的作用。

4. 培养学生理解个人、小团队、大团队的相互关系。

四、活动要求

1. 学生按照电车上脚套或者绳子的数量站在电车上，听到发令后让电车开动起来。

2. 活动过程中要保持步调一致，否则请尽快调整，如果调整不及时出现摔倒的情况，手要扔掉绳子，同时大声地叫停告知同伴。

3. 不要把绳子缠绕在手上，失衡后脚要向两侧踏，不要向中间。

4. 如果是脚套的有轨电车，注意不要出现拧转，防止受伤（如图 10-21 所示）。

图 10-21

五、安全要求

1. 学生如有严重外伤史和不适合剧烈运动的可以不做此项目。

2. 尽量安排在平整的场地上。

3. 避免学生在过程中速度太快。

4. 如果安排拐弯，此处要防侧滑。

5. 拓展教师一定要跟随在电车侧前方 1.5 米左右观察学生，做好防护准备。

六、项目控制

1. 讲解清楚，及时反馈，确保学生了解任务要求。

2. 人数多时可以交替使用，不要同时使用多部电车。

3. 可以分开进行模拟练习。

4. 没有参与的学生可以在旁边保护。

5. 如果有指挥，最好是参加活动的学生指挥，不要在不默契的时候由旁观学生指挥。

6. 如果出现拐弯要提醒减慢速度。

七、回顾总结

1. 对所有人齐心协力完成项目给予肯定和鼓励。

2. 对活动中存在的问题进行简单的回顾，尤其是那些起到关键作用的学生。

3. 完成任务的标准需要所有人的互相协调，就此和队友们分享自己的感受。

4. 经验是在不断的尝试与失败中总结出来的，积极的尝试对完成任务的重要作用。

5. 统一的指挥对完成任务的重要作用，指挥者和领导者的异同是什么？

6. 团结就是力量。

▶ 击鼓颠球

一、项目概述

项目层次：层次三

项目性质：团队熔炼为主的项目

项目难度：3+

项目时间：90

项目人数：14 人

> 一个拴有十多根绳的大鼓，在众人的牵拉下将一个排球不断颠起，努力挑战更多的数量，那种专注与激情不是比赛胜似比赛，挑战新纪录吧，300？ 400？也许更多。

击鼓颠球，也叫鼓上飞球，这是一个以团队挑战为主的项目，挑战我们团结协作的能力。

二、场地器械

平整空旷场地 1 块，拴有 10 ～ 20 根 3 米长绳和大鼓一面，排球或同类用球 1 个。

三、学习目的

1. 全体学生取长补短、团结协作完成共同目标的能力。

2. 培养学生不怕挫折、不断进取，争创佳绩的意识。

3. 感受互相鼓励对完成任务的积极作用。

4. 感受团队成长与团队绩效的提高过程。

四、活动要求

1. 要求在保证安全的情况下，尽可能多地创造更多的颠球纪录。

2. 每人牵拉一根鼓上的绳子，如果人多绳少可以轮流替换，如果人少绳多可以让某些学生牵拉两根。

3. 颠球时学生必须握住绳头 30 厘米以内的地方，绳头有把手只能握住把手。

4. 颠球开始后鼓不得落地，球飞离鼓面后，可以安排专人捡球。

5. 每组学生的最低纪录不应少于规定时间的分钟数，例如，40 分钟至少 40 个。

6. 球颠起的高度不低于鼓面 20 厘米，否则此球不计数或从头计数。

7. 颠球过程中注意安全，教师叫停时必须停止，因场地原因停止，可视情况决定是否累加。

五、安全要求

1. 所有的绳子都有学生牵拉，防止落在地上绊倒学生。

2. 要有足够大的平坦场地，检查场地上不要有石头、木棍等硬物。

3. 学生需穿运动鞋参加颠球活动。

六、项目控制

1. 讲解清楚，及时反馈，确保学生了解任务要求。

2. 确认人数与鼓绳的数量关系，并仔细讲解安全要求。

3. 由学生选派一名或随机安排一名捡球的学生。

4. 学生在屡次受挫后多加鼓励，提醒加强协作。

5. 不断提醒关注排球的同时，也要关注自己的脚下和身边的队友。

6. 从颠起第一个球开始，球不得落在地上，否则从 0 开始计数。

7. 如果完成较好，可以告知这个活动最近的最好成绩。

七、回顾总结

1. 通过团队成员的协作，体验目标管理。

2. 民主的讨论之后如何形成决策，是否每一名学生都了解决策的结果，这对于执行有何帮助？

3. 对于在短时间内无法制订出方案的情况，懂得先做后说比纸上谈兵要重要得多。

4. 和预料的结果不符时如何调整与应对是很重要的。

5. 关注过程，但也注重结果。

6. 成功往往是量变到质变的过程，不断练习是成功的基础。

7. 如果做为第一项活动，可以让学生展望团队学习的变化，对不断进步充满信心。

8. 团队间的竞争可以促进绩效的提高。

拓展心得

第四节　户外项目

▶ 校园趣味定向

一、项目概述

项目层次：层次三

项目性质：团队熔炼为主的项目

项目难度：3-

项目时间：90 分钟

项目人数：14 ～ 28 人

> 你和你的同伴必须按照要求完成任务，寻找到指定的地点并完成这次秘密任务。你们拥有高级的侦查工具和密函，准确完成任务并不在当地留下任何痕迹，完成任务后快速返回者将获得嘉奖。

身边的校园看似熟悉，但当我们真正要快速准确地到达具体地点时，我们忽然觉得熟悉的地点变得模糊起来，这时候队友之间的互相协作，通过认真分析、判断、寻找和确定，终究可以到达我们想去的每一个地方。

二、场地器械

计时秒表一块，根据任务不同可将其他器械分为两类。

A 类：标有校园不同地点描述的任务书一张，每 4 名学生自备的相机一部。

B 类：标有学校不同地点的描述任务书一张，其上有空格需要学生填写，圆珠笔一支。

三、学习目的

1. 培养学生确认方向与寻找指定目标的能力。
2. 培养学生快速判断与分析能力。
3. 培养学生协作和互助的能力。

四、活动要求

1. 将全班同学按照每组 4 人进行分队，其中男女生相对平均分入各组。
2. 每组同学相隔 1 分钟出发一组，出发前领取任务书和相应用品各一份，各组同时出发时任务书中指定的第一地点顺序略有不同。
3. 活动中各组见面后不得互相询问路线和地点。（如果允许互相询问，每见到一组后交换下一次活动的任务书，是团队校园寻宝的提高版玩法，可以安排在学校冬季长跑活动前进行。）
4. 活动过程中，可以询问路人，但要注意使用礼貌与文明用语。
5. 跑动中 4 个人必须同路，不允许分头寻找。
6. 注意路上的安全。

五、安全要求

1. 在路上必须靠右行进。
2. 不要从不明路段和有潜在危险的地方行进。
3. 注意路上的行人和车辆。
4. 出发前做好准备活动。

六、项目控制

1. 提前进行踩点确认任务书中的地点和标识没有变化，进行地点描述时要确认地点的大方位和独特细节。
2. 不同组别之间的首发地点方位不同，但要设法确认其后不要过早相遇或相遇后路线有所不同。
3. 可以按照顺序寻找，也可以只确认首发点后自由寻找。
4. A 类活动，每到一地后拍摄队员与标志物的合影照一张，B 类到达后按照任务书要求完成填空即可。

5. 活动完成后迅速回到出发地点，没能完成活动的队伍也需要在规定的时间内回到出发地点。

6. 可以安排各组进行角色认定，如组长、记录员、安全员等。

七、回顾总结

1. 各组的成果分享，为大家完成任务的能力表示肯定并互相鼓励。

2. 鼓励各组将自己的感受与大家分享并适时进行常规提问，例如，各队在接到任务书后的第一反应是什么？是先通观全篇还是直接朝向第一个目标？活动中出现不熟悉或不明确的地方时，队内如何分工协作，比如谁负责问路？谁负责决定小组的讨论结果？

3. 看到其他小组后的心理感受如何？

4. 各组成员角色与责任的分配对于完成项目的价值。

附：任务书参考

拓展课校园文化趣味定向记录卡

队名：_____ 队员：_____

1. 岛亭附近的"北京大学星"是为在北京兴隆发现的_____号小行星而制作的纪念雕塑。

2. 抗日战争联络点的使用时间为_____年秋至1941年前后。

3. 乾隆诗碑又名梅石碑，目前北大校园中的碑为该碑的第_____块复制品。

4. 李大钊同志雕像的正面朝向_____方。

5. 北大烈士纪念碑由_____块独立石碑建筑组成，共列出了83位烈士的姓名与生卒年。

6. 鲁迅先生的作品《纪念刘和珍君》中描述的"三·一八"惨案

发生于 1926 年，参加游行的有北大、清华、燕大和北京总工会共二百多个社会团体_____多人，遭到段祺瑞反动政府的残酷镇压。

7．西南联大因日军侵华而成立，1938 年迁往昆明，1946 年结束。北大复制该纪念碑的时间是_____年。

8．葛利普教授生于 1870 年，卒于 1946 年，他的主要研究方向是_____学。

拓展心得

9．西门附近华表建于乾隆_____年。

10．民主楼里是西方语言文学系和_____研究所。

11．校景亭的原名是翼然亭，于_____年改名为校景亭。

12．生物技术楼（生物工程实验室）前的 DNA 双螺旋标志是_____色螺旋在_____色螺旋之上。

13．朗润园 9、10 号楼之间的草地上的告示牌上的第 14～16 个字是_____。

14．请写出五种北大校园中的植物名

_____

15．请写出四种北大校园中的岩石名

_____

拓展课校园文化趣味定向记录表

次序	队名	队员	出发时间	返回时间	用时	成绩	名次

▶帐篷扎营

▬ 一、项目概述

项目层次：层次三

项目性质：团队挑战为主的项目

项目难度：2−

项目时间：90 分钟

项目人数：12 ～ 14 人

> 你们小组在执行任务时，所乘飞机由于恶劣天气严重受损，按照指示你们跳伞求生。在离开飞机时你们拿到一些帐篷、睡袋和防潮垫。你们要尽快搭好帐篷，因为暴风雨马上就要来临。加油吧，幸运的朋友们。

亲近自然是拓展训练的本源，未来的休闲生活会让我们有机会感受大自然，在星空下安扎一个属于自己的帐篷，获得一份属于自己的静谧和安全，带自己进入一个冥想与静思的世界（如图 10-22 所示）。

图 10-22

▬ 二、场地器械

最好是学校的投掷场地或者天然草坪场地。

平均 3 ～ 4 人一顶帐篷，每顶帐篷配备相应防潮垫与睡袋，扎营手册一本。

三、学习目的

1. 学习帐篷的使用方法。

2. 通过协作完成户外帐篷的扎营技巧。

四、活动要求

拓展心得

1. 一队学生领取 4 顶帐篷和对应的防潮垫和睡袋，3～4 人一组完成扎营。

2. 认真阅读扎营技巧说明，检查帐篷包内的所有物品并做记录。

3. 不要强行拉扯帐杆，不要撕扯内外帐。

4. 注意清理地面，按照要求支起帐篷，拉好防风绳，铺好防潮垫和睡袋。

5. 教师检查后收拾防潮垫和睡袋，并按照要求装好。

6. 所有人一起轮流观察队友们的帐篷，并互相分享经验。

7. 教师讲解与同学分享后各自组的收起帐篷。

五、安全要求

1. 装拆帐杆时轻拿轻放，不要用帐杆扎伤他人或被他人扎伤。

2. 拉防风绳前钉帐钉时不要砸伤手脚。

六、项目控制

1. 要求学生仔细阅读扎营要求。

2. 在着手扎营前，可以做一个小的关于扎营的知识问答竞赛。

3. 可以先找几个人支起一顶帐篷，然后其他人再模仿练习。

4. 练习时要强调爱护物品和注意安全

七、回顾总结

1. 可以结合扎营与撤营活动时进行边练习边回顾。

2. 面对陌生的物品，不仅考验我们的分析能力，也是动手能力的锻炼。

3. 在野外扎营还会遇到什么情况？大家就此进行分享。

4. 坐进亲手扎好的帐篷内，得到一种愉悦与安全感，这种感觉能给我们带来哪些反思？

5. 队友之间的合作对于完成任务有何帮助？

6. 和队友一起分享成果是什么心情？

附：扎营知识

一、了解帐篷

1. 户外帐篷的构造

帐篷具有防风、防雨、防雪、防寒、防尘和防蚊虫的功能，在野外环境中为你隔离出一个独立安全的个人空间。帐篷主要由以下几部分构成：内帐、外帐、支架、帐底、包装和辅配件，另外帐篷的设计和支撑方法也是其重要的技术指标。

外帐：外帐是帐篷的保护层，一般帐篷外帐是带有涂层的尼龙布。涂层的厚度和质地决定帐篷的防雨性能，尼龙布的质地表现在结实耐磨防撕裂程度，外在观感也很重要。

内帐：内帐相对要简单得多，使用尼龙布或纱网，保证良好的透气性和防蚊虫功能。

支架：支架是帐篷的支撑骨架，常用的材料是玻璃钢和铝合金，玻璃钢和铝合金被加工成长度 25～45 厘米，直径 7～12 毫米的中间有孔的单节帐杆，多节帐杆用松紧绳连成一套，单节与单节用插接的办法连接。相对来说铝合金的帐杆要比玻璃钢的好些。

帐底：帐底用防水和结实耐磨的 PE 布和防水聚酯布。PE 帐底用在中低档帐篷，防水聚酯布用于中高档帐篷。PE 是聚乙烯材料，看上去和低档的蛇皮袋相似，帐篷使用的是双面附防水膜的 PE 材料，包括大量的出口帐篷都使用该材料。有时使用帐篷地布，帐篷地布一般使用420D 的耐磨牛津布，铺在地上形成保护层。

包装和辅配件：包装袋，帐钉、防风绳等辅配件同样影响到帐篷的使用。包装结实方便，大小适宜的帐包可以更好地为帐篷的存放服务。

帐钉数量要够，铝钉强度更大，质量更轻。防风绳用于固定帐篷。

2．户外帐篷的分类

户外运动的帐篷分为两大类： 三季帐篷（普通户外活动用）和 四季帐篷（冬季／高山用）。

三季帐篷通常较轻，一般用于春、夏、秋气候较温和的三季中。三季帐篷通常可以在风雨中表现良好，但是设计特点也决定了他们一般难于应付冬季过大的降雪量。

更为结实的四季帐篷通常会增加1～2根支撑杆，以使支撑系统能抵御更强的风力或是更厚的落雪层。四季帐篷的外形通常设计成圆滑的穹顶形，以尽量减少外帐顶部的平坦部位，防止堆积积雪。四季帐篷同样适用于相对温和的气候条件下，只是它们额外多出来的支撑杆的重量使他们要比三季帐篷更重一些。

还有一种用于温暖天气的帐篷，重量非常轻，且单薄，一般可容一两人，并往往采用大面积的网状面料以加强通风。这种帐篷可用于春、夏、秋三季，但一般来说，由于它的设计特点，这种帐篷在温热、潮湿的天气中最为适用。

最简单的形式是单层帐篷。基本上，这种帐篷只是一块用帐杆支撑起来的带有几个通风口的雨布，在较温暖的天气中，可以将通风口的拉链打开，以加强通风。

二、帐篷的支撑

常见的帐篷有三种支撑方法：

1．内撑外披

即用支架撑起内帐，然后将防水外帐披上，然后固定好。这种撑法比较便捷，大多数帐篷采用内撑外披的支撑方法。

2．外撑内挂

即先撑起外帐，然后把内帐挂到外帐上。这种撑法更利于防雨，因为内挂的内帐总是和外帐保持一定的距离，但第一次支撑时要费些时间。

3．单架支撑，再用地钉和拉绳固定

这种帐篷支撑环境有局限性，必须是能够扎地钉或系绳子的环境，在水泥地面和硬石地面，帐篷不能自动站立。单杆帐和屋脊型帐篷使用这种支撑方法。

我们在学习时采用第一种方法，先支起内帐再披外帐。

帐篷的支撑过程：

各种帐篷用法不一样，普通帐篷在选择好营地后，把帐篷的内帐平铺在地上，把折叠的帐杆取出来，一节节拉直，接成一根长杆，按照说明书上的说法穿进帐篷上面的帐杆套里，常见帐篷是十字穿法。

两根杆都穿好后。把每根杆的一头插进帐篷角上的小孔里，然后两个人同时拿住活动的两个头，把帐杆往里顶，让帐篷拱起来，一直到能把这边的头也插进小孔里，插进去后，帐篷的形状就成了，把帐杆的交叉处用绳子拴好。然后选好门的方向，展平帐篷后用地钉钩住四角的环插进地里。

挂外帐时先把外帐打开，蒙在内帐上，注意内外帐的门的朝向一致，四个角挂在内帐的四个角上，或把外帐的四个角也用地钉钉在内帐四角附近。检查外帐是否还有挂环可以钉地钉，让外帐绷紧和内帐之间有一定的距离。

外帐上的绳子是用来加固帐篷的，用地钉连接绳子用力均匀地拉好。

收帐篷时将露水稍微晾干，先拆外帐放置一边，把内帐的地钉拔掉后把门打开，帐篷举起来抖抖，把里面的杂物倒出，然后放在地上。摘下两根帐杆的一个头，把帐篷铺平了，把帐杆从一头推出来，不能从一头拉帐杆，因为帐杆是插起来的，容易拉散或拉断里面的连接绳。最后把帐杆折叠起来，内外帐收好放回袋子，按照拿出时的清单把它们一一装进帐包里。

三、野外宿营的注意事项

1. 近水：扎营休息必须选择靠近水源地，如选择靠近溪流、湖潭、河流边。但也不能将营地扎在河滩上或是溪流边，一旦下暴雨或上游水库放水、山洪暴发等，就有生命危险。尤其在雨季及山洪多发区。

2．背风：在野外扎营应当考虑背风问题，尤其是在一些山谷、河滩上，应选择一处背风的地方扎营。还有注意帐篷门的朝向不要迎着风向。背风不仅是考虑露营，更适用于用火。

3．远崖：扎营时不能将营地扎在悬崖下面，一旦山上刮大风时，有可能将石头等物刮下，造成危险。

4．近村：营地靠近村庄有什么急事可以向村民求救，在没有柴火、蔬菜、粮食等情况时就更为重要。近村也是近路，方便队伍的行动、转移。

5．背阴：如果是一个需要居住两天以上的营地，在好天气情况下是应该选择一处背阴的地方扎营，如在大树下面及山的北面，最好是早晨照太阳，而不是夕照太阳。这样，如果在白天休息，帐篷里就不会太热太闷。

6．防兽： 建营地时要仔细观察营地周围是否有野兽的足迹、粪便和巢穴，不要建在蛇多鼠乱的地带，以防伤人或损坏装备设施。要有驱蚊、虫、蝎药品和防护措施。在营地周围撒些草木灰，会非常有效地防止蛇、蝎、毒虫的侵扰。

7．防雷：在雨季或多雷电区，营地绝不能扎在高地上、高树下或比较孤立的平地上。那样是很容易招至雷击。

四、建设营地

来到野外首先选择好一个营地，营地的建设主要分以下一些步骤：

1．平整场地：将已经选择好的地方打扫干净，清除石块，矮灌木等各种易刺穿帐篷的任何东西，不平的地方可用土或草等物填平。

2．场地分区：一个齐备的营地应分帐篷宿营区、用火区、就餐区、娱乐区、用水区（盥洗）、卫生区等。用火区应在下风处，以防火星烧破帐篷。就餐区应接近用火区，以便烧饭做菜及就餐。活动及娱乐区应在就餐区的下风处，以防活动的灰尘污染餐具等物。卫生区同样应在活动区的下风处。用水区应在溪流或河流上分为上下两段，上段为食用饮水区，下段为生活用水区。

3．建设帐篷露营区：如有数个帐篷组成的帐篷营地区，在布置帐

拓展心得

第四节 户外项目

篷时，应注意：帐篷门都向一个方向开、并排布置。帐篷之间应保持一定的间距。

4. 建设用火就餐区：就餐同用火一般在一块儿，烧饭的地方最好是有土坎、石坎的地方，以便挖灶建灶，大家拾来的柴火应当堆放在区外或上风处。就餐区最好有一块大家围坐的草地，"餐桌"可以用一块大平石，或者就在地上。

5. 建设卫生区：卫生区即是大小便的地方，如果只是住宿一晚，可以不必专门挖建茅坑，可以指定一下男女方便处即可。如果住宿天数在两天以上，即应当挖建，临时厕所应建在树木较密的地方，最好拉上围帘。大小便应该在修建的卫生区里进行。

6. 建设娱乐区：娱乐区只要是场地平整即可，并清理场地里绊脚、碰头的东西，有时在玩一些游戏时应在一个划定的圈子里拉上保护绳，避免发生意外事故。

▶ 沿绳下降

一、项目概述

项目层次：层次四

项目性质：一个人挑战为主的项目

项目难度：4+

项目时间：120 分钟

项目人数：14 人组队，也可以不定人数自由组队

你们在一个摩天大楼的圆顶舞厅聚会，突然接到警报大楼的中部一侧着火了，火势凶猛并且浓烟弥漫在所有的楼道，已经确认无法从楼中下去，由于火势越来越猛我们需要适当抓紧时间撤离。正好楼上有一些户外高手练习的装备可以让我们使用，我们必须穿戴好安全保护装备，才能下到地面（如图 10-23 所示）。

图 10-23

这个项目的名称叫沿绳下降，我们习惯叫它下降或速降，它起源于瑞士，盛行于欧美。下降是很多极限爱好者喜欢的运动，有时在城市高耸的建筑物上也会看到有人挑战这项运动。上去不易，下来也是一种勇气。

二、场地器械

1. 户外活动场地，包括人工岩壁、山崖或训练架。

2. 足够长度登山绳 2 根，（直径大于 10 毫米），其中 1 根备用。

3. 丝扣主锁 4 把，钢锁 4 把。

4. 40 厘米的绳套 4 根。

5. 8 字环 6～8 个，主锁 10～12 个。

6. 半身式安全带 6 条，安全头盔 6 顶。

7. 手套 12 双，毛巾 1 条，医用胶布若干。

三、学习目的

1. 学习沿绳下降的技能。

2. 克服恐惧，勇往直前，挑战自我，激发潜能。

3. 以积极的心态去迎接挑战。

4. 培养团队意识和面对困难时的互助精神。

四、活动要求

1. 任务是从场地的顶端，连接好安全装置后，自己控制绳索和身体下降到地面。

2. 学习安全带的穿法、学会安全头盔、8 字环与主锁的使用方法。

3. 所有学生学习保护方法，在学生失控或速度过快时保护员可以适当拉紧绳子。

4. 学习下降的技术要领，如蹬踩岩壁两腿略分开，防止身体向两边倾倒。身体后倾，略为顶髋；双手在 8 字环后握住准绳索，虎口向前，松紧适度。

5. 空降时手抓 8 字环后面的绳子（接近顶端的为前面），双腿分开，上身微后倒，不能趴在前绳上，脸部离开绳子，前手协助后手握 8 字环后的绳。

6. 接近地面时速度不可过快，双脚主动触地。

7. 教师可以进行活动的演示与讲解，可以讲解常见错误及危害。

五、安全要求

1. 学生如有严重外伤病史，或有严重心脑血管及精神病、慢性病及并发症或医生建议不适合做此类挑战项目者，可以不做此项目。

2. 所有学生摘除身上佩戴的硬物，学习安全护具穿戴方法和保护方法。

3. 项目有一定的高度和挑战性，所有学生必须严格按照要求规范操作。

4. 教师必须检查学生是否正确穿戴安全带、头盔。

5. 学生下降之前，必须由教师连接保护装置，检查完毕，挂好下降装置后才可以拆除保护，整个过程要符合全程保护原则。

6. 整个活动器械要有备份，符合器械备份原则。

7. 至少 3 名学生进行保护，下方保护的人必须戴头盔。保护学生不要站在下降学生的正下方。

8. 上方保护点最好比站立点高一些。

9. 下降距离较长或野外场地上下保护点必须各有一位拓展教师。

六、项目控制

1. 语言精练，讲解清楚，及时反馈，确保学生了解任务要求并激起学生挑战的激情。

2. 鼓励所有的学生参与挑战活动，对所有学生顺利完成任务给予鼓励。

3. 提示学生互相帮助，确保护具穿戴安全。

4. 合理使用不同风格的语言进行指导，保持学生挑战的积极性。

5. 长距离下降时，可以戴手套，或在食、中与无名指指肚上沾两层医用胶布，也可以在拇指内侧和手掌易磨的地方做些保护，但不建议使用护掌。

七、回顾总结

1. 对所有学生顺利完成任务给予鼓励。

2. 对活动中出现的困难和学生发现的问题进行回顾。

3. 鼓励每一名学生都讲一讲自己的感受并给予肯定，回顾每名学生在下降过程中的心态。

4. 顺序、榜样以及激励。

5. 在激励面前，有人喜欢队友们的鼓励，以达到外在激励的作用，有人喜欢让自己处于相对安静的情况下，自己激励自己，没有对错之分，但合适的激励是需要的，当你一个人参加这种活动，你会怎样做?

6. 欲速则不达,合理的控制可以确保最好的前进。

7. "上山容易下山难"与生活中相似的案例。

8. 在这个活动中我们的注意力在不断地变化,我们是怎样寻找和关注这些的,如脚下的支点、手中的绳、前后方的路等,联系生活总结提升。

9. 团队的鼓励和支持看似没有其他项目重要,但事实上的影响很大,拓展教师可以有针对性地提升。

▶ 攀岩

一、项目概述

项目层次：层次四

项目性质：个人挑战为主的项目

项目难度：4

项目时间：120 分钟

项目人数：14 人左右

拓展心得

攀岩号称"岩壁上的芭蕾"，作为一个高空挑战类项目，个人能力的挑战与感受岩壁上的动作同样吸引学生，设定目标并努力完成、合理使用固有的资源、感受团队成员的帮助等也成为学生关注的要点。

二、场地器械

1. 室外专用岩壁。

2. 50 米长、10.5 毫米粗的动力绳一根，半可调坐式安全带 3 条，头盔 2 个。绳套 4 个，丝扣主锁 6 个，8 字环 1 个，手套 4 副，镁粉袋 1 个。

三、学习目的

1. 培养学生挑战自我、不断进取、勇于攀登的精神。

2. 认识自我，设定切实可行的目标并通过自己的努力达到目标。

3. 合理使用岩壁上的岩点，将它们最优配置。

4. 感受前人探路的艰辛与后来者获得的间接经验对取得成功的重要价值。

四、活动要求

1. 攀岩是大家比较熟悉的项目，只是亲自体验的机会并不是很多，

第四节　户外项目

因此希望全体学生都能参与，感受号称"岩壁上的芭蕾"的美妙感觉。

2. 这是一个以个人挑战为主的项目，但是团队的作用不可小视，我们必须在 120 分钟内让全体学生达到各自设定的目标。

3. 学生自己设定目标并告知记录员，并在 8 分钟之内完成，脱落 3 次就不能继续攀爬了。

4. 要求至少攀爬岩壁高度的 1/3 以上（可根据岩壁和学生情况稍做调整）。

5. 所有学生一同学习穿戴安全带、头盔的方法，学习主锁与 8 字环的使用方法，保护学生学习五步收绳法。

6. 简单介绍手臂的用力方式，尽量要求学生学会腿部以用力为主的用力感觉。

7. 介绍脱落后手脚如何推扶岩壁与继续攀爬的方法。

8. 了解镁粉的作用，学习使用镁粉的技术动作与手臂放松的技术动作。

五、安全要求

1. 学生确因身体原因不适合参加该活动的可以做记录员或观察员。

2. 学生攀爬前一定要做充分的热身活动，学生留长指甲的必须剪掉之后才能攀爬。

3. 学生穿戴安全护具前必须摘除身上装、戴的多余物品。

4. 学生攀岩前必须按照多次检查原则穿戴保护器械，拓展教师做最后一遍检查并且亲自摘挂主锁。

5. 学生做主保护时，必须使用 8 字环，至少再安排两名副保护，主保护须经拓展教师认可才可以换人。

6. 学生攀爬到 2 米以上高度时拓展教师才可以停止在其身后保护。

7. 学生攀爬较快时，可以由第一副保护直接快速抽绳，确保学生胸前的保护绳相对收紧，但主保护 8 字环后的手不得离开保护绳。

8. 其他学生尽量离开岩壁 3 米以外，体重较小的保护员应当和固定点连接或有一学生拉住其安全带的腰带。

9. 要求学生尽量直线攀爬，防止脱手时摆动过大而受伤。

10. 不允许学生穿裙子参加此类活动。

六、项目控制

1. 讲解清楚，适时鼓励，树立学生攀爬的信心。

2. 了解学生的身体状况，观察学生的设定目标，通过对学生的了解进行简单的评估。

3. 不断进行团队鼓励，避免少数人游离活动区外，适当向队长施加管理压力。

4. 提醒学生注意攀登的技术要领，如贴紧岩壁、三点带动一点、多用腿部力量、多观察、不断用手试探、甩手休息等，会有明显效果。

5. 尽量促使每位学生竭尽全力，都能体验到体能极限的感觉，可以使用语言辅导技巧给予多种激励。

6. 树立榜样，并让他们鼓励、指导其他学生。

7. 轻易放弃的学生，若有时间，可安排其重新攀登。

七、回顾总结

1. 对所有学生顺利完成任务给予鼓励，如果完成情况不好，慎用溢美之词。

2. 鼓励每名学生谈谈自己攀登时的心态，自己是怎样挖掘自己的能力并促使自己不断前进的。

3. 团队的鼓励和支持对自己完成任务的帮助非常重要，就此谈谈感受。

4. 对表现特殊的学生进行评价，让他们多发表自己的看法。

第五节　组合项目

▶ 挑战150

■ 一、项目概述

项目层次：层次三

项目性质：以团队熔炼为主的项目

项目难度：3+

项目时间：120 分钟

项目人数：28 人分两组

在 150 秒内完成一系列看似不可能完成的任务，对于团队和个人来说都是不小的挑战，然而通过努力我们将会看到"一切皆有可能"。对于团队来说，提升的空间和我们见证的成长是团队学习的价值所在（如图 10-24 所示）。

图 10-24

■ 二、场地器械

相对较大的场地；不倒森林用杆 16 根，弹力球 2 个，直径 6～8 厘米的圆桶 1～2 个，长宽 40 厘米、厚 10 厘米的方台或汽车轮胎一个做"诺亚方舟"，可以供 10 人一起跳的跳绳一根，20～30 厘米的专用的 U 形管和弹力球。

由于可以安排不同的项目组合，因此，需要不同的器械道具，比如眼罩、排球等。

三、学习目的

1. 培养团队成员统筹协作能力。

2. 了解团队学习的成长潜力与成长过程，培养团队快速学习的能力。

3. 培养学生在压力下坚持不懈地努力和敢于拼搏的精神。

4. 通过每一个项目学习其中暗含的道理。

四、活动要求

1. 通过团队的努力，在规定的 150 秒时间内完成 6 个项目。

2. 活动项目如下：

（1）不倒森林：用 8 根 80 厘米的杆首尾相连组成一个圆后按顺序从一头扶起，右手按在杆头，左手背在身后，保持距离，大家同时向前去按前一个人的杆，连续完成 8 次回到原位，杆倒或用手抓杆都要从头开始。

（2）诺亚方舟：8 个人同时站在 40 厘米的方石台或者汽车轮胎上保持 10 秒钟，任何时候有人脚触地即重新开始。

（3）集体跳绳：共需 10 个人参加跳绳，每人跳 10 次，任何时候中断都重新开始。

（4）能量传输：在 6 米的距离内，6～10 人每人手持一截 20～30 米的 U 形管，将小球在 U 形管上连续传递到终点线的杯子里，整个过程不许用手扶球，不能使球停止或向后，U 形管之间不能接触球落地后从出发点开始重新传递。

（5）击地传球：两人相距 3 米以上，一人将球抛出，落地弹起后另一人用圆桶接住。

（6）激情击掌：所有人围成一个圆，击掌 6 次，每击一次掌说出一个字，第一次说一个字，第二次说前两个字，以此循环增加。击掌时先用双掌拍左边队友肩背部 1 次，然后拍右边队友 1 次，随后体前屈击掌一次，然后拍左边队友 2 次、右边队友 2 次，击掌 2 次，如此循环增加直到完成后全体同学跳起完成。以"我们是最棒的"为例，过程为"1、1、我"，"12、12、我们"，"123、123、我们是"……。

3. 练习时如果器械不能保证两队同时使用，请队长协商解决。

4. 项目挑战前，各队有 40 分钟时间练习，活动项目和顺序由各组自己决定，练习结束后进行比赛并努力获得成功。

5. 活动中请注意安全并合理分配时间，确保 40 分钟内每个项目都有练习的机会。

五、安全要求

1. 认真做热身体操，然后再做剧烈的项目练习。

2. 不要拿器械道具玩耍打闹，避免误伤他人。

3. 活动项目轮换时，不要把器械随意地扔在地上，按照提前摆设的项目区域适当放置。

4. 一个队挑战时，另一个队在指定的区域内观察。

六、项目控制

1. 结合学生的人数和场地条件，适当调整项目难度和内容，但要提前进行项目评估和分析。

2. 项目讲解时教师和助教可以进行简单的演示，但不需要提醒技术要领。

3. 适当提醒学生一个项目不要练习太多的时间，各项目都练一遍后再重点练习某些项目。

4. 在联系一段时间后，教师可以帮助学生测试一次，测试时间最好有一个上限，比如 8 分钟必须结束。

5. 两队第一次比赛结束后，再给几分钟时间练习，然后进行挑战。

6. 如果成绩不理想，可以征求学生意见进行补练一段时间再次挑战，征求意见时要有引导学生继续练习的倾向性。

7. 尽量能够有一个队伍完成或都完成，适当的鼓励和激励是可以的，但不要有过于明显的帮助。

七、回顾总结

1. 公平公正地对活动结果进行公示，不要对挑战的成败带有太多的偏见。

2. 关于统筹方法对项目的影响，继而了解合理规划统筹对工作绩效的影响。

3. 通过第一次测试和其后的挑战结果，了解团队学习的潜力。

4. 每一个项目暗含许多道理，可以就此分别分享：

（1）不倒森林：只有先照顾好自己的杆，给后来者方便，我们才能从容地前行，否则急中出乱必将导致恶性循环。

（2）诺亚方舟：在有限的空间内完成看似不可能的事情，有时候个体的不平衡感是团体平衡的基础，让出一点个体利益是团体获得成功的保证。

（3）集体跳绳：多人协调一致的努力是获得成功和提高绩效节约时间的保障。

（4）能量传输：每一名学生不仅要负责好自己的工作，还要和其他人密切配合，任何环节的失误都会导致其功亏一篑。

（5）击地传球：关键岗位的顺利完成为全体人员赢得更大的空间和更多的时间。

（6）激情击掌：激情为我们的工作带来的不仅仅是干劲，其中还有参与其中的快乐。

5. 合理分工和合理配置人员是活动取得成功的重要组成部分。

拓展心得

▶ 穿越封锁线

一、项目概述

项目层次：层次三

项目性质：以团队熔炼为主的项目

项目难度：3+

项目时间：120 分钟

项目人数：14 人一组共 2 组

这是一个在 100 米长，15 米宽的跑道上，在模拟火力密集的封锁线上通过，考验的不仅仅是胆量，还有智慧。

二、场地器械

一块平整的空地或者田径跑道。

三、学习目的

1. 团结合作应对风险。

2. 通过比赛性质的活动，考验团队协作，促进团队成长。

四、活动要求

1. 通过团队的努力，在规定的 5 分钟内通过封锁线，并且有半数的队员没有负伤。

2. 封锁线上的内容如下：

（1）穿越绳阵（0～15 米）：从起点开始，每隔 5 米有 2 个戴眼罩的人站在封锁区两边，手持长绳进行上下摆动，共有 2 组摆绳的人员，摆绳人员不能移动。通过队员触绳即为受伤，从受伤处到封锁区的边界返回起点"治疗"1 分钟。

（2）排球炸弹（20～40 米）：在 20～40 米左右，两边各有 4 个投球手，利用软式排球（塑胶球胆）击打封锁线内的突围者。被打中者将排球拣出并从两边返回起点"治疗"1分钟。

（3）钻越栏架（40～60米）：在20米区域内按高低相间要求，摆有5个栏架，其中3个106.7厘米的高栏，2个76.2厘米的低栏，在不触碰栏架的情况下，从高栏下钻过，从低栏上越过。穿越栏架时两边各有1人用"保龄足球"击打突围成员，他们可以进入区内捡球，被击中者需回到起点重新开始。

（4）穿越沼泽（60～75米）：利用5块25厘米见方的泡沫垫往返，通过15米沼泽。为防止泡沫垫被水冲走，泡沫垫必须始终在脚下或者手中。

（5）跳绳出阵（75～100米）：这段封锁区的距离是20米，有2根长2.8～3.3米的跳绳，我们只有在连续跳绳的保护下才可以来回通过，否则将从起点开始。

3. 练习30分钟，练习可以两队协商进入封锁区内外进行演练。

4. 练习结束后进行比赛，此时一队进入封锁区突围，另一队在封锁区外封锁，如果在规定的时间内突围成功，则突围组获胜，否则封锁组获胜。

5. 两组交换进行，可以采用三局两胜制或其他方式进行比赛。

五、安全要求

1. 充分做好准备活动，确保身体进入竞赛状态。

2. 练习时要将身上的硬物等掏出，必须穿戴适合运动的服装和鞋子。

3. 有条件的情况下可以戴头盔和护膝等装备。

4. 场地必须平整，最好在草地或者塑胶跑道到上进行。

六、项目控制

1. 可以适当减少或者增加封锁区距离，也可以适当增减封锁区障碍和封锁"火力"。

2. 练习时可以安排组内人员进行封锁区内外人员的演练。

3. 鼓励所有人都要进入封锁区，否则成功的可能性将会降低。

七、回顾总结

1. 竞赛性活动注重过程，也注重结果。

2. 良好的心态和积极进取的精神是获得成功的保证。

3. 部分队友虽然没能通过，但是正是他们用躯体挡住了"对方"的火力，才为其他队友争取了时间，对于这些可敬的人应当给予感谢。

4. 活动有些项目需要勇敢，有些项目需要智慧，有些项目需要配合，你们是怎样安排这些项目的？

5. 在封锁对方时，你们运用了哪些策略？

6. 换位思考和行动是我们学习中最重要的一部分，你在这个活动中得到了哪些启示？

趣味运动会

一、项目概述

    项目层次：层次一

    项目性质：

    项目时间：120 分钟

    项目人数：不限

    这是一场以趣味为基础的运动会，他能给参与者一些乐趣，并且通过在趣味游戏和比赛中得到身体和心理上的锻炼，同时也能增加团队的协作。趣味运动会的重要理念之一是能够让更多的旁观者得到乐趣，并在不知不觉中融入其中。

二、场地器械

    适合跑跳投等动作的开阔场地或者田径场。

三、学习目的

    1. 参与竞赛、感受对抗、体验趣味、努力争胜。

    2. 锻炼身体、心理和团队精神。

四、活动要求

    1. 分别按要求完成不同的比赛项目。

    2. 比赛项目主要有以下几项：

    （1）带球赛跑：两人一组站在起跑线上，每组发 1 个气球；开始计时后，让他们将气球吹起检查合格后用绳绑住气嘴，大小以不漏下事先准备的检查"漏圈"为准；在保持气球完好的情况下，用两人的腿夹住气球，完成 30 米赛跑。其中落地必须回到起点重新开始，不允许夹在一个人的腿中间，不允许用手臂夹球。将小组中三组最好成绩和一组最差成绩相加计算总分。

（2）握杆齐跑：5根长1.8米的圆头光滑木杆，离杆头杆尾10厘米处有握点标志；前后2人为一组共6组队员组成矩阵，两边队员单手握杆，中间队员双手握两边的杆；按照田径站立式起跑要求，完成50米比赛，以最后一人通过为结束。过程中队形散开或者松手宣判无效。

（3）击鼓颠球：10人牵拉鼓绳，一人放球。两分钟内连续颠球的最高数量，其中球的高度不少于队员平均肩高。

（4）用一张A4的白纸，叠一个纸飞机，将其投入观众席并被观众接上为止的时间。也可以按要求搬完多个毛绒玩具。

（5）钥匙环传递：10人一组，每人发一根吸管（普通长吸管从中分成两段），用嘴咬住直到比赛结束；比赛开始时把钥匙环交给第一个人，按照顺序从队首传到队尾，只允许用吸管传递，不允许用手碰，如果掉在地上，用手捡起从第一个人开始继续；最先传到队尾的队伍获得胜利。

（6）袋鼠跳：起点到终点共30米的跑道上，每人发一个气球，夹在两腿中间，从起点跳到终点，过程中不能拿手碰气球，否则被判违规回到起点继续，中途气球落地捡起后也须回到起点重新开始。

（7）运水比赛：在50米的比赛区内分为10个接力区，每队12人参加，每人发一个纸杯，用嘴叼住；给起点负责倒水的人2个装有干净水的矿泉水瓶，终点处一人拿住一个空矿泉水瓶负责接水；任何人不能双脚踏入队友的区域，否则被判违例倒掉此次运输的水；比赛开始后，在不用手的情况下通过纸杯传递并灌满空矿泉水瓶的队伍获胜。

（8）齐心独木桥：田径场的跳远沙坑上，用6根长绳托起的7米长0.2米宽木板一块，团队队友和邀请的助威团共同牵拉长绳，并保证没有人进入沙坑的情况下，让5名队员从上通过，最后一名通过后计时结束。木板不能超越沙坑边缘，牵拉人员不能用手扶木板；从木板上跌落后回到出发点重新开始或者换人重新开始。

五、安全要求

1. 充分做好准备活动，确保身体进入竞赛状态。

2. 练习时要将身上的硬物等掏出，必须穿戴适合运动的服装和鞋子。

3. 独木桥最好戴头盔和护膝等安全装备。

4. 场地必须平整，最好在草地或者塑胶跑道上进行。

5. 比赛中使用的所有硬质物品必须打磨光滑，没有尖锐边角。

6. 裁判要按照实际情况降低活动难度，不建议增加活动难度。

7. 必须在有经验的专业人员指导下练习和进行项目编排。

六、项目控制

1. 合理安排比赛队员和助威团的位置，既要能够参与比赛又不能影响比赛。

2. 组织人员要对比赛项目进行提前演练，合理安排比赛区域。

3. 可以适当降低难度，优胜者可以适当进行奖励。

4. 比赛要公平公正、对于初体验者可以安排少量的时间集中练习。

5. 可以选择其中的个别项目进行比赛，也可以和其他项目进行组合。

七、回顾总结

1. 在拓展课上对于竞赛类活动要从心态入手进行辅导。

2. 团队的鼓舞和士气对于比赛过程和结果的影响。

3. 每一个项目的参与技巧和蕴涵的生活道理是什么？

4. 如何打造高绩效团队？

5. 如何理解对手的精彩表现能让自己显得更加出色？

6. 从竞赛中的规则体现出的公平公正中你得到什么启发？

拓展心得

第六节　破冰课与考核课

▶ 破冰课

一、项目概述

项目层次：层次一

项目性质：理论课

项目难度：1+

项目时间：90 分钟

项目人数：28 人

二、场地器械

1. 教室或有临时座位的空场地，黑板或投影仪。

2. 齐眉杆、破冰"百宝箱"。

三、学习目的

1. 了解拓展训练课的概况、学习目的、学习方式、学习要求与考核办法。

2. 打破学生心理与行为上的坚冰，消除陌生感，建立互信。

3. 通过破冰课促使学生和老师彼此认识，对此课充满期待并产生学习动力。

4. 通过体验了解拓展训练关于"挑战自我，熔炼团队"的内涵。

5. 组建团队并进行团队文化建设。

四、活动要求

1. 将选上课的学生带到指定地点，或按照选课手册规定的地点集合。

2. 按照拓展训练的问好方式开始课程，教师自我介绍。

3. 介绍学习方式：

（1）体验式学习。

（2）团队学习。

（3）冒险与避险学习。

4. 介绍学习目的：挑战自我，熔炼团队。

5. 将学习方法与学习目的之间的练习进行互动。

体验个人挑战——快速击掌练习：A.先让学生估计自己1分钟快速击掌次数；B.讲解击掌方式与计数方式，击掌要轻快，计数以10为单元记；C.学生挑战，6或10秒停止；D.询问数量，然后让学生估计时间；E.评价自己的数量与估计数量之间的差距；F.分享回顾，找几位学生谈感受，并引导总结；G.讲解操作环节与体验式学习的对应。

6. 团队学习体验：

（1）简单介绍团队与团队学习。

（2）齐眉杆练习：A.找出14个有过团队合作经验的学生，所有人伸出食指托于杆下；B.将杆从眉毛的高度降到膝盖的高度；C.手不得压在杆上和两端，手指一旦离开杆立刻还原并将在活动后受到"惩罚"；D.体验并观察；E.进行分享回顾。

7. 导入团队的几个时期：形成期—动荡期—规范期—运行期。

8. 简单介绍后开始形成期的任务——组建团队之"旗人旗事"活动：

（1）分队

发给他们一张有标志的卡片，卡片的标志种类数量由组数决定，各种卡总数由每组的人数决定，男女分开，保证同样的组数即可。当然我们经常在不超过四个组时用扑克牌进行，如，此次有59人参加训练，其中男生38人，女生21人，如何分组？

A. 首先确定组数：应该分4组。

B. 按上述结果，用扑克牌花色代替组别，第一组用红桃，第二组方片，第三组梅花，第四组黑桃。

需准备男生分组用牌：红桃1——10，方片1——10，梅花

1——9，黑桃1——9。

需准备女生分组用牌：红桃1——5，方片1——5，梅花1——5，黑桃1——6。

（2）队长、队名、队歌、队训、队徽的要求讲解

队长：有责任心和影响力，愿意带领大家铸造精诚团队，最好有过成功的院系或班级"领导"经验，建议大一和大四的学生不当队长。

队名：积极上进，健康文明，有个性又有内涵。

队歌：可以自己谱曲填词，但至少应自己填词，振奋响亮易学易唱，提神带劲能给人力量。

队训：简单有朝气，一般八个字两句话即可。

队徽：既是LOGO也是图腾，和团队文化契合，容易识别和理解。

9. 各队展示成果。

10. 介绍活动要求，尤其是安全问题，同时讲解冒险与避险学习的特点和安全要求。

11. 介绍学习要求与考核办法。

五、安全要求

1. 区别于商业培训中的快速热场，避免使用过多的成功学技巧，符合当代大学生的心理发展适应区，避免给学生造成心理压力。

2. 不要做过多的身体接触与高难度的活动项目。

3. 以心理安全为主导，为其后的课程开展做好安全轨迹。

六、项目控制

1. 上课前可以和学生进行简单的课外沟通，了解部分学生的特点并记住他们的姓名，为课上提问和互动做准备。

2. 做个人挑战发现潜能的活动时，提问最好先找那些看上去自信心不足的内向学生。

3. 做团队挑战体验时，适当体验，点到为止。

4. 团队建设时间不用太多，20分钟左右。

5. 团队展示时多鼓励，适当制止起哄与打闹情况。

6. 安全要求要严肃认真，课堂常规与考核要求要准确通告，最好发给学生《拓展学习须知》。①

7. 对于个别学生的身体健康问题与疑惑，课后应坦诚相告和细心辅导。

七、回顾总结

1. 每一次小的游戏活动后，随机找几个人进行简单的分享回顾。

2. 个人挑战主要引导学生了解自己有许多自己都没有认识到的潜能，可以通过今后的拓展项目进一步认识自我。

3. 团队挑战项目主要为团队领导的作用、团队角色的互补、团队合作的成长性等问题的展现进行分享回顾与引导总结。

4. 通过分享回顾让每一位学生感受到体验式学习与常规学习的区别，并认可拓展课轻松和谐与开放的氛围。

---

① 可在 Http://www.51tuozhan.com 下载区下载。

▶ 考核课

一、项目概述

项目层次：

项目性质：

项目难度：

项目时间：

项目人数：

二、场地器械

1. 相对安静和封闭的空间用于理论课考试。

2. 足够数量的绳结用绳和两条用于考核的互保装置，其中包括头盔 4 个，半身安全带 4 个，25 ～ 30 米动力绳 2 根，上方保护点使用的扁带和主锁，计时器 2 个。

三、学习目的

完成考核获得成绩。

四、活动要求

1. 理论考核 20 分，考核时间 20 分钟。理论试卷为 40 道选择填空，每道题 0.5 分。

2. 实践考核 30 分：

（1）绳结考核 15 分：

A. 布林结三种形式结绳：双手打结，单手打结，两个同学之间用布林结连接绳。

B. 8 字结三种形式结绳：双手打结，单手打结，两个同学之间用8 字节连接绳。

（2）互保技术考核 15 分：

两组同时进行，每次有 2 个人参加考核；考核程序是两个同学在绳的两端站好，在 3 分钟之内自己穿戴好安全装备，将主绳用 8 字环与主锁连接好，进行五步收绳保护法练习，一端收绳一端送绳，完成后另一端学生用同样的方法将绳收回即为结束。

评分标准：3 分钟完成 60 分，每提前或延后 2 秒增加或扣除 1 分。

3. 团队内部评优与考核 30 分：

（1）教师评定：技能评定和技术评定 15 分。主要针对团队发展中表现出的团队学习能力进行打分。

（2）学生互评：一共 15 分，其中优秀者占 30%，可获得 13 ～ 15 分，其他同学为良好占 70%，可获得 9 ～ 13 分。

五、安全要求

1. 理论考核必须严格按照学校规定的考场纪律进行要求。

2. 注意技术考核时的人员与器械安全。

六、项目控制

1. 理论考试试题为试题库随机抽取组成的试卷，试卷难度评估适合学生考查要求。

2. 理论考试试题题目为破冰课与平时理论讲解中的主要内容，包括拓展概述与拓展项目知识和操作理论。

3. 考场纪律要在考试前讲解清楚。

4. 技术考试要规范，同时做到公平、公开、公正。

5. 互评考试可以运用"教练技术"进行决策与辅导。

七、回顾总结

1. 简单点评考试过程。

2. 如果考试课不是最后一节，可以让大家在此后的课上通过实践再次巩固所学知识。

第七节　热身游戏

▶团队热身操

一、项目概述

项目时间：15 分钟

项目人数：全体学生

充分的热身是所有需要身体运动为基础的拓展项目的基础，在拥有和谐的团队氛围中热身，能够在充分活动关节的同时，感受团队对于个体的支持（如图 10-25 所示）。

图 10-25

二、场地器械

一块相对平整的空地

三、学习目的

1. 热身活动，使身体达到适合拓展项目的活动要求。

2. 提高学生参与活动的兴奋性，以此活跃课堂气氛。

四、活动要求

1. 全体学生围成一个圈，双臂搭在相邻队友的肩上。

2. 按照教师的示范完成关节操。

3. 也可以安排所有学生每人领做一节关节操。

4. 活动内容以腰背和下肢为主。

五、安全要求

1. 认真完成各项动作，注意身体之间不要出现剧烈碰撞。

2. 可以适当调整距离，以方便完成不同类型的动作。

3. 部分国际健身联合会建议不做的动作应加以说明，例如，转动膝关节、快速绕颈等动作。

六、项目控制

1. 可以安排大家一起喊口令。

2. 学生的动作和口令指示不够清楚时，教师可以帮助说明。

3. 尽量保证身体的不同关节都能够得到锻炼。

七、回顾总结

简单回顾或不回顾。

▶ 松鼠与大树

一、项目概述

项目时间：15 分钟

项目人数：28 人左右

松鼠与大树作为热身或者辅助项目，能够很好地打破团队坚冰，营造团队氛围，当然仅仅作为一个热身游戏也未尝不可。

二、场地器械

一块相对平整的空地。

三、学习目的

团队热身。

四、活动要求

1. 3 人一组。2 人扮大树，伸出双手蹲在地上搭成一个圆圈；一人扮松鼠，并站在圆圈中间。也可以大树站着，松鼠下蹲，安排出至少 1 位或 2 位为自由人。

2. 活动由教师下令，口令有三种，第一个口令：教师喊"松鼠"，大树不动，扮演"松鼠"的人就必须离开原来的大树，重新选择其他的大树；第二个口令：教师喊"大树"，松鼠不动，扮演"大树"的人就必须离开原先的同伴重新组合成大树，并圈住松鼠；第三个口令：教师喊"地震"，扮演大树和松鼠的人全部打散并重新组合，扮演大树的人可以做松鼠，松鼠也可以做大树。

3. 听到教师的口令之后，大家快速行动，不要成为落单的角色。

五、安全要求

1. 松鼠跳出树洞时不要踢伤同伴。

2. 活动中不要撞伤同伴。

六、项目控制

1. 可以改变规律下口令，口令要清晰准确。

2. 可以让落单的学生下令。

3. 教师可以突然参与其中。

4. 落单的同学可以表演节目作为活动结果的"惩罚"。

七、回顾总结

安排几个人简单回顾，也可以不安排分享回顾。

拓展心得

▶ **牵手结**

一、项目概述

项目时间：20 分钟

项目人数：14 人

将牵手结作为热身或者辅助项目，可以激发小组的协作能力，对于创建团队和加强沟通有帮助，最重要的是可以让每一名成员都参与，同时考验从纷乱的活动中找出头绪，理清思路的能力（如图 10-26 所示）。

图 10-26

二、场地器械

一块相对平整的空地。

三、学习目的

1. 学习如何通过观察和沟通解决问题的能力。

2. 培养协作精神，创建团队。

四、活动要求

1. 做简单的肩臂部位关节热身操，可以用手臂波浪和轮流转身活动。

2. 所有学生肩并肩站成一个面向圆心的圆圈。

3. 先举起左手，去握住不相邻的人的左手。

4. 再举起你的右手，去握住与你不相邻的人的右手，并且不握同一个人的手。

5. 面对一个复杂的乱网，要求团队成员共同努力将其解开。

6. 当出现反关节动作并且学生感觉痛苦时，可在手保持接触的情况下松开调整后再握紧。

7. 可以随意握住对面不相邻的两个人的手进行尝试。

五、安全要求

1. 要求学生摘除身上的硬物。

2. 在学生出现反关节动作并且感觉痛苦时，不得强行拧转。

3. 注意在跨越学生手臂时不要用膝盖和脚碰到其他学生的脸部。

六、项目控制

1. 第一次抓手时要仔细检查，确保没有抓与自己相邻和同一个人的手。

2. 任何人不允许将手松开以达到解开的目的。

3. 在移动换位时注意不要扭伤学生手臂。

七、回顾总结

1. 安排几个人简单回顾，可以让不同组的人互相通报各自情况并做总结。

2. 教师进行简单的总结评价和提升。

▶ 数字传递

一、项目概述

项目时间：30 分钟

项目人数：14 人

数字传递又叫驿站传书，这是一个考验团队沟通能力的项目，活动中信息传递的准确性和迅速性同样重要，要想成功挑战需要我们在沟通的技巧上不断磨炼，如果是在比赛中完成这个项目，它将带给我们更多的刺激与乐趣。

作为热身与辅助活动项目，主要用于天气较热或者午饭后活动，也可以用于学生体力消耗较多或比较疲劳时进行。

二、场地器械

室外较开阔的场地，夏天找一个阴凉处也是不错的选择，白纸、笔、秒表。

三、学习目的

1. 培养团队成员对沟通能力中信息源、传递方法和接受能力的学习。

2. 培养学生积极参与和认真完成任务的态度。

3. 感受多环节合作中每一个环节都起决定作用的重要意义。

四、活动要求

1. 在接到数字后，各队学生排成一列纵队，如果多个队伍，适当保持距离。

2. 队尾的学生将得到一组数字，你们必须把这组数字通过肢体语言传递给你前面的学生，然后由前面学生继续向前传，一直到最前面一名学生，并将数字写在拓展教师指定的纸上，看哪个小组传得准，传得快。

3. 传递过程全体学生不允许说话，后面的学生手臂不能伸到前面学生面前，前面学生不能回头看。

4. 比赛进行三局，传对且不超过 5 分钟为有效，都传对时间快者获胜，都传错为平局，如果平局继续加赛一局决出胜负（如果全错全体受罚）。

5. 每次比赛前有 5 分钟讨论，比赛过程违规即宣判失败。

五、安全要求

1. 暑天应寻找阴凉处，不要在烈日下进行。

2. 学生传递中动作不得过重，尤其不得使用敲打头部和掐、捏等动作。

六、项目控制

1. 注意队形的排列，距离选择便于拓展教师观察和监控。

2. 第一次比赛前可以适当多练几分钟，后面的挑战如果沟通顺畅可以适当压缩练习时间。

3. 每次给的数字要有变化，并且适合团队当时的能力，如先给中等难度的两位数，其后加大难度，最后给一个一位数。也可以将数字的排序进行变化，如，一组 824，另一组为 842，防止组建互相观察。

4. 要求学生遵守规则，并严格要求数字传递之后的学生遵守规则。

5. 队形可以适当调整，可以适当打破他们的传递规律，比如，队伍全体后转或随机选出一名学生来接受数字并做第一传递者，提高学生的应变能力。

> 首先要努力理解别人，
> 然后努力争取被别人理解。
> ——沟通的原则

6. 制造合理的竞争气氛。

七、回顾总结

1. 各队学生根据自己队伍的表现进行简单的分享回顾，也可以安排一两个人简单回顾。

    2. 教师可以适当提问或者总结。

    当我们对计划进行讨论与决策时，是否应该采取系统思维全盘考虑？在有障碍的情况下怎样解决沟通问题，怎样提高沟通效率和沟通的准确性？有些时候细节决定成败，在传递的过程中我们会观察到一点，就是失败源于忽略细节，成功也源于认真留意细节；只有大家在统一的规则下，团队所有成员都按共同的方式和方法去做事，我们才能够成功；选择什么样的沟通方式呢？是以自己擅长的还是以对方熟悉的，结果会截然不同，换位思考问题也很重要；沟通是双向的，有呼有应，有去有回，要注意信息的接收和反馈。经验是宝贵的财富，每一轮活动之后我们是如何改进的？失败的教训很重要，成功的经验对下一次活动更重要。

▶ 风火轮

一、项目概述

项目时间：30分钟

项目人数：14人

利用报纸、胶带等组成的履带或者专用的帆布履带，小组学生在其中协作完成前进，到达安全区前任何人不得从履带中将身体露出，在不破坏履带的前提下争取以最快的速度完成（如图10-27所示）。

图 10-27

二、场地器械

室外较开阔的场地。

三、学习目的

培养团队协作的能力。

四、活动要求

1. 用自己制作或者提前准备的"履带"将团队成员运输到指定地点。

2. 在保证"履带"不断的情况下，小组之间进行比赛。

五、安全要求

在足够大的开阔地进行。

六、项目控制

1. 如果时间允许可以让学生利用所给的报纸、胶带等物品自己制作"履带"。

2. 作为热身辅助活动可以使用提前做好的"履带"进行练习。

3. 在练习一段时间后再进行比赛。

4. 营造公平的竞争气氛。

七、回顾总结

1. 根据自己队伍的表现进行简单的分享回顾，也可以安排一两个人简单回顾。

2. 对于团队配合、领导指挥，以及结果的胜负进行简单分享。

3. 教师可以适当提问或者总结。

主要参考书目

[1] Bacon, Stephen. The conscious use of metaphor in outward bound[M]. Denver: Colorado Outward Bound School, 1983.

[2] Colin Beard, John Wilson.Experiential learning[M]. London: Kogan Page Limited, 2006.

[3] Cousins, Emily, ed. Roots: from outward bound to expeditionary learning[M]. Dubuque: Kendall/Hunt Publishing Company, 2000.

[4] Flavin, Martin. Kurt Hahn's schools & legacy[M]. Delaware: The Middle Atlantic Press, 1996.

[5] 盖瑞·凯朗特. 户外培训游戏大全 [M].陈平，等译. 北京：企业管理出版社，2003.

[6] 柯林·比尔德，约翰·威尔逊. 体验学习的力量 [M].黄荣华译. 广州：中山大学出版社，2003.

[7] 毛振明，王长权编著. 学校心理拓展训练 [M]. 北京：北京体育大学出版社，2005.

[8] Miner, Joshua L，Joe Boldt. Outward bound USA: crew not passengers[M]. Seattle: The Mountaineers Books, 2002.

[9] 钱永健. 拓展训练 [M]. 北京：企业管理出版社，2006.

[10] 斯蒂芬·P·罗宾斯. 组织行为学 [M].孙健敏，李原，译. 北京：中国人民大学出版社，2005.

[11] 杨成. 经历·体验·成长 [M].广州：广东人民出版社，2004.

郑 重 声 明

　　高等教育出版社依法对本书享有专有出版权。任何未经许可的复制、销售行为均违反《中华人民共和国著作权法》,其行为人将承担相应的民事责任和行政责任,构成犯罪的,将被依法追究刑事责任。为了维护市场秩序,保护读者的合法权益,避免读者误用盗版书造成不良后果,我社将配合行政执法部门和司法机关对违法犯罪的单位和个人给予严厉打击。社会各界人士如发现上述侵权行为,希望及时举报,本社将奖励举报有功人员。

反盗版举报电话:(010)58581897/58581896/58581879

传　　真:(010)82086060

E - mail:dd@hep.com.cn

通信地址:北京市西城区德外大街4号

　　　　　　高等教育出版社打击盗版办公室

邮　　编:100120

购书请拨打电话:(010)58581118